林贤治自选集

看灵魂

林贤治 著

贵州出版集团
贵州人民出版社

蜥灵書

著 俞渝

自 序

由于出版社给了一个编印自选集的机会，便得以“从头收拾旧山河”，从个人的写作生涯中，仔细择取其中的文字并集中加以检视。这些文字，在读者看来未必便佳，但于个人来说，不论好坏都连着自身的血肉；且光阴如驶，情随事迁，保存下来至少有着记念的意义。

我迷恋文学始于中学时代。在一位“右派”老师的指导下，阅读从中国现代开始，再及于古代，然后是外国文学；阅读当代文学很晚，已经临近高中毕业了。五四文学接触最早，回想起来，影响也最大。它给了我以一种人道主义和个人自由的思想底色，再就是世界主义的眼光。这些思想观念上的东西，在当时，通过文学的主题、形象、故事，还有氛围和韵律等，悄然渗透一颗纯白的心灵。

鲁迅始终是我最喜欢的作家。他的乡土小说，包括《阿Q正传》，是我愿意读的；毕竟是乡下的孩子，读起来感到亲切。虽然杂文还不能完全读懂，但是能感受他作为一代独立、自由的知识分子精神领袖的巨大气场。他批判中国历史和国民性，以及有关“实人生”的篇什，多少能有所领略，曾在笔记本上摘录过不少“警句”。“文革”后期，由于经受过许多变故，有过苦痛的经验，这才真正懂得他，热爱他，接受他的导引。

不知道是阅读的诱惑，还是出于成长期的创造的欲念，我尝试着在纸上誊写一些让自己感动的文字。在学校里，我写了大约20多首短诗，一首长诗，两个小诗剧。幸好小诗剧保留了下来，这里选作首篇，可以就中照见当年耽于想象的少年人的影子。还写过一些短小的散文，很可惜毁于同学的告密，三个册子全被校方没收了。为此，作为“和平演变”的典型，我得每周写作“思想汇报”。后来才知道，许多知识分子都曾使用过这种文体，只是对于一个学生来说，未免尝试得太早。被没收的诗文，可能保存在个人档案里，“文革”开始时曾被当作“牛鬼蛇神”“小邓拓”的罪状，以大字报的特异形式发表出来。

“文革”期间几经劫难，写诗却未曾中断。除了后期一首楼梯式抒情长诗，记录个人的精神觉醒之外，所写的两个长诗及少数短诗，均属流行的“颂歌”。对此，我曾在《沉思与反抗》（复旦大学出版社2010年8月第1版）的自序中写道：

> 或许，仅仅出于无知而粉饰太平是可原谅的；问题是，当时的时势已经使我因长时间的恐惧与忧虑而感到厌恶，甚至绝望，我的写作是在头脑清楚而非狂热的情况下对现实的改写。我说这是耻辱，不是屈辱，是因为当时这种背叛良知的写作完全是自觉进行的，并不存在任何外部压力;仅仅为了实现个人的目的，便甘愿与邪恶势力合谋。如果说屈辱乃来自对强制力量的服从，尚有一点心的反抗的话，那么，像鲁迅说的“亲亲热热的撒娇讨好”，直至“忠而获咎”，就只能认作耻辱的。

我愿意在这里重复写下这段近于忏悔的话，是因为这个教训对我个人来说实在太深。

上世纪70年代后期，随着“文革”的结束，我的竖琴拂去了不正的声音，还有往日的悲抑，从此开始扬起来自心底的激越的音符；即使歌唱黑夜和滴血的喉管，也伴有早春背景的和声。《长城辞》的结尾部分，集中表现了这种个人的，也是时代的亢奋。但不久，也写了《墙》《黄昏》《贝多芬》和《沉船》等另外一些短诗。此外，还写过几首长诗，待写完《悲剧的诞生》之后，自觉诗的思想容量不够，就同缪斯挥手告别了。

曾经出版过两个诗集：《骆驼和星》和《梦想或忧伤》。虽然断续的歌唱有一致的音色，而音调毕竟有所变化，多少可以看出转型的大时代所带给一个小人物的精神震荡。

“清污”之后，我投入《人间鲁迅》的写作。在此前后，写过一些短小的散文，多发表在报刊上。文字的内容包括几个方面：一、乡土题材；二、在阅读西方传记时，为一些战斗者、流亡者、牺牲者所感召，随手写下读后的印象和感受。三、思絮的记录。这些文字，大多收入集子《平民的信使》中。1993年，同邵燕祥先生合编《散文与人》，因作《论散文精神》，表明创刊的宗旨。关于散文，人们多从内容或形式方面进行讨论，其实，精神是带根本性的，它决定散文的品质。所谓“散文精神”，它意味着个人性、真实性、现时性、创造性、不驯性，简言之，就是一种自由精神。

1997年，发表长文《胡风集团案：二十世纪中国的政治事件和精神事件》，是我写作史论的开始。后来还写下《五四之魂》，以及《五十年：散文与自由的一种观察》《中国新诗五十年》《潮打危城第一波》等，论域涉及革命、社会运动、知识分子与文化、文学与艺术等，多少带点精神史、思想史的性质。评传《鲁迅的最后十年》，其实同上述史论是属于同一谱系的，故有论者评为“思想评论”。

《胡风集团案》在我个人的写作史上是一个大的转折。从此，我的阅读及写作，溢出文学之外，更多地集中于历史，集中于国家的政治文化体制、意识形态、文化政策，以及知识分子问题。全景式的文字写得不多，写作大抵从个案出发，而且材料也多择自外国，这样写起来感觉较为便捷。但因此，利用随笔的形式就变得再自然不过了。

理论上，随笔是散文的一个分支。我们所称的散文，其实是狭义散文，包括记叙文，抒情文，连议论文也被分了出去。表面上看，随笔接近论文，但亦常常借碎片化的知识进行“娓语”式的叙述，随机释愤抒情。比起惯称的散文来，随笔反而格局更大，涵盖面更广。鲁迅的杂文集，将散文，甚至广告、启事都囊括其中，所谓“杂感”，其实大可以看作随笔的。笔，即文字断片；随，即自由书写，有一种开放性，是一种无边的文体形式。美国政治学者阿伦特推崇随笔对于思想的洽合性，应当是有根据的。

90年代以来，个人结集出版的随笔集有《守夜者札记》《时代与文学的肖像》《午夜的幽光》《纸上的声音》《夜听潮集》等。关于艺术的著作《火与废墟》和政治学著作《革命寻思录》，若以文体分类，也都算是长篇随笔。

10年前，曾经同筱敏女士合编过一种丛刊《人文随笔》，创作与译文各半，意在引进更多国外的随笔文字。但是，未及两年，便同编辑过的其他几种刊物一样，中途夭折了。

从开篇的诗剧到前不久写作的介绍苏联传媒帝国的书评，不想前后已跨过了半个世纪。回顾这段不算太短的历程，我还能说些什么呢？重阅为《沉思与反抗》作的序文，其中关于写作的自述，拿来表达此时的意向和心情，仍然是合适的：

> 为什么写作？因为热爱自由。自由是第一性的，艺术和学术是第二性的。……就在感性和理性之间，在诗与思之间，在艺术与学术之间找到一条贯通的道路是好的。如若不能，我宁愿返回创作，

返回诗，摆脱灰色的理论，抛弃长期以来用逻辑语言建构的形式，连同时时受阻的苦恼，去寻找一种最切合我个人的方式，因而也是最自由的方式，让自己尽可能地接近生活和生命中的真实。

原意写篇短文，对自选集作个交代；旧文抄讫，也就可以打住了。

2018年8月27日深夜

目 录

壮士行

风萧萧兮易水寒，

壮士一去兮不复还！

——荆轲渡易水歌

时间：公元前227年深秋的一个傍晚。

布景：易水北畔。一个小小的枫林，尽染作一片血红色，躺在西风残照里。南面是一望荒凉的原野。原野尽处，有青山一环。

一切，沉默着。只听到易水低声的呜咽。

忽然，一声马的长嘶。枫叶血雨般纷纷落下，太阳吃力地晃动了一下……

这时，从林间驰出一辆高大的马车，马车上立着一个彪形大汉，束着头发，蓄着胡须，犀利的双眼深藏在浓眉底下。外袍敞开，露出腰间匕首，闪着白光。他把左手搭在辕上，右手放在额间，朝远方凝望。

画外音：（悲壮地）天苍苍，野茫茫，日暮途穷——壮士！你要向什么地方？

荆　轲：（拔剑四顾，茫然地）我去，我去什么地方？（稍停）啊啊，是的，我备了生命的弓矢，到西边射虎，射狼！

马车继续前行。

马的嘶鸣声又起，随着荆轲视线的转移，可以望见原来的地方，继有一辆马车驰出，上面载着七八个白衣冠的人。

车上的声音：荆卿！荆卿！停一停！停一停！

荆轲勒住缰绳。

后一辆马车在十步之内的一个空地上停下。

白衣冠的人们纷纷下车。

荆轲也随即下车。

车上人：
荆　轲：（同时地）这是最后一别了！

太子丹：时间都像是有人把握着似的。它偏不让离人多消费一些儿！我们来时，还是黑茫茫一片，只是东方有泛泛的一点鱼肚白；可这时候，又要还原成暗夜了，周围都披上了暮霭的迷冥了！（深意地）我们一程程地送你，马不停蹄，走到这步田地，已是山穷水尽，面临绝境——前面不就是易水么？

荆　轲：前头就是易水。其实，路是走不尽的。远行者的脚步，又哪里送得尽呢？！

太子丹：是的，过了易水，伴你的，就只有一支孤剑，满地西风了！（着重地）但你必须努力地负着肩上的担子前行！那担子的分量，真是太重，太重了啊！

荆　轲：（点头）我知道，我知道普天之下民众的痛苦！五百余年，若断若续，战争一直没有停止过。烽火红了整个天空，干戈布满了整个大地。到处是杀机，到处是死亡的恐怖！只是东方诸国合众抗秦的那一刹那，人民始有片刻的机会呻吟、喘息……可是，在自己的营垒内，却有人反叛了，和敌人里应外合，毁了这道逶迤南北的铁壁铜墙！让强秦鲸吞了我们的邻邦，砍断了我们的臂膀，终于以征服者的姿态出现在我们的面前！（感慨地）不想，现在，又出现了一个洪水时代！生命，不值钱了！（坚决地）我，我誓以我的双手挽住这既倒的狂澜！我要孤注一掷，掷出我这颗头颅，撞破敌人的肝胆！（停顿）我知道，我所负荷的担子很重。它，载着万千民众的心，载着万千民众的希望——

太子丹：（不由自主地）还有我……

荆　轲：唔唔……

这时，高渐离持筑走到荆轲跟前，宋意在他的旁侧。其余白衣冠的人围成半圆，太子丹似有不快意。

荆　轲：太阳在呼唤我，我就要同它一道归去——渐离！你还有话送我么？

高渐离：我，静静的心波，早有无数的涟漪在荡，在漾了。它在酿眼泪，它在酿歌词。眼泪和歌词都酿就了！（凄然泪下）荆卿！且听我为你唱一支歌——

荆　轲：好的，我打开心的门扉，让你的音乐慢慢地流注到这荒芜的田地。唱罢，但愿你的“送行曲”是一支“送终曲”。要知道，我所求的是死的欢愉，而不是生的安慰！

高渐离：我不晓得我的歌是欢愉呀，还是安慰，我只觉得，有万千愁绪在绞我的心！

众人把视线集中在高渐离身上。

高渐离左手扼筑，右手持竹尺击之。

高渐离：秋风正萧瑟，

如何满身雪？

今有七八子，

凄凄与君别！

君归指何日？
俯仰问天地。
易水东流去，
白云还自飞！

渐离泣下，荆轲笑之。

高渐离：忆昔在市屠，
知音独有君。
悲歌伴悲筑，
泣下若无人。

去者如云烟，
来者亦渺渺。
明日心之梁，
唯有余音绕！

渐离泣下如雨，荆轲微笑顾之。

高渐离：一击心已裂，
再击心破碎。
三击悲不胜，
欲哭早无泪！

渐离击筑罢，呜咽不能语，荆轲但无言。

宋　意：（上前）渐离！怕荆卿的气焰都被你这般悲婉的音流浇灭了！在这个时候，你需要十分勇气！你应当坚强起来！荆卿，请你也听听我的一曲歌罢！

宋意弹铗作歌。

宋　意：燕京有壮士，

提剑入秦庭。

衣冠皆白雪，

慷慨送君行。

宋意回顾荆轲，荆轲正低首陷入深思。

宋　意：黎民久涂炭，

豺狼尽冠缨。

苍天折其柱，

且看东南倾。

愿君满腔血，

化作倾盆雨。

净洗迹斑斑，

莫令豺狐舞！

愿君七尺躯，

化为五彩石。

热情熔作浆，

补彼天之裂。

挥手一为别，

诛秦可屈指。

天意有不测，

风云犹继起！

荆轲抬头惊叫一声，太子丹、高渐离、宋意和众宾客用惊诧的眼光看他，但他又陷入沉思了。这时，他才开始朦胧地意识到行刺秦王这一举动的冒险性，才朦胧地虑及这一去的前途……他以后的话，的歌，也不再如先前的充满自信，而是无限的一个调的慷慨悲凉了。

荆　轲：（走到众人面前）让我给自己唱一首挽歌罢！

荆轲拔剑起舞，慷慨悲歌。

荆　轲：暮云开兮起大风，
壮士西去咸阳宫。
才看胆力一何雄，
只今不复气如虹！
拔剑作歌对秋草，
秋草漠漠连秋空。
呜呼一歌兮歌始放，
子不我知独惆怅！

暮云卷兮舞大风，
壮士西去咸阳宫。
易水桥畔一林枫，
不知为谁红复红？！
我亦茫茫迷远道，
白衣冠者竟何从？
呜呼二歌兮歌声扬，
子不我知伤衷肠！

暮云合兮歇大风，
壮士西去咸阳宫。
剧怜未遂平生志，
地崩山摧身已终！
路衢荆棘复蓬蓬，

谁人更肯寻孤踪！？
鸣呼三歌兮歌未已，
子不我知泪如雨！

荆轲流泪，众瞿然。

高渐离：你的铁石心肠都化为泪水了么？

宋　意：（同时地）你的满腔热血都化为泪水了么？

荆　轲：英雄末路，未尝不会临风一洒泪的。泪，洒得尽；血，却洒不尽。我的脉管还有血浪在翻腾，洒了泪之后，还要洒血！

太子丹：（失望地）你心中的罗盘……

荆　轲：我的心，是我形的缩影。它早已被灰雾所笼罩，看不到指针的方向了！也许，它正在廓大的胸间踯躅，在纷乱的思路里彷徨罢！但，重任在肩，我已做定了时代的牺牲、历史的奠品了！

画外音：（悲凉地）暮色苍茫，夜色渐降——壮士，你还去什么地方！

荆轲举首，愕然，复低首。蓦地，纵身上车。划然长啸，草木震动，风起水涌。马车疾驰，终已不顾。又作歌曰："风萧萧兮易水寒，壮士一去兮不复还！"反复地旋回一阵阵低沉的回声："不复还——不复还——不复还………"如此，久久不绝。

随着西风的传送，凄厉而且恐怖，如一匹受伤的野兽挣扎时绝望的呼号。这时，黑暗突然扑来，首先，吞没了荆轲，吞没了还站在那儿频频挥手的送别者，继而吞没了整个舞台。幕，自回声的节奏中落下。

1963年7月20日完稿

附记：

中学时代曾计划写作小诗剧《狂飙三部曲》，三部依次为《毁灭》，写屈原哀郢；《壮士行》，写荆轲刺秦；《大泽乡》，写秦末起义。拟意中，屈原为改良主义者，荆轲为冒险主义者，皆不足以抵抗强秦，惟革命方可颠覆秦王朝，终结专制统治。第三部最后未完成，其余两部有誊正稿，几经水火相侵而保存至今。

此为少作，颇自珍爱。一日，从箧中取出，交由同事胡君输入电脑，剧中文字除个别改动外，悉仍其旧。

2009年3月12日

长城辞

记不清是哪个深夜
当帝王遽然惊醒
我便从绳索和盾牌中获得了最初的形象
经过无数次征集
经过无数次杀戮和鞭笞
经过无数次中断而又响起的号子的催逼
在黧黑的肌肉
山丘般崩倒的地方
我站了起来
于是，在教科书里
我成了文明
我成了东方的骄傲

多少个黄昏
多少个苍茫的月夜

我凝视自己的影子沉思
沉思
古代的悲歌
和写在身边的冗长的故事

在日晷所不能测知的神秘的时刻
始皇帝成了鲍鱼。陨星历乱如雨
纪功刻石处有女皇的题诗
骊山墓。兵马俑。再也不能呜咽的
童子守卫着圆丘下的威仪
大泽乡的旗杆是一支无力燃烧的火柴梗
抛一粒火星烫不死部署的夜色
不是只有愚昧。不是只有封闭
焚书坑内，思想和诗篇仍在生长
丝绸之路打我的脚下通往天际
可是，纵使炎黄子孙制作了第一只罗盘
也不能为自己的民族确定未来的方位
姜女庙写一天烟篆意味着什么呢
昭君墓涂一块青色意味着什么呢
当一群群岁月退远，石舫
搁浅在昆明湖。只有历史
嚼着青草和木犁耕种的谷实
俯对苍老多皱的土地
作着一遍又一遍新鲜的反刍……

我是遗嘱
是一部已经完成的书

帝王写下意志
黔首写下潜力
凭着一页页斑驳的砖石
我阅读自己
我认识自己

在缺口，那崩溃的地方
夜一样黑的眼睛终于被光亮洞穿
社会是不规则圆形
大地是球体，虽然并不浑圆
能有什么可以阻拦天蓝色的想往
我已不复成为边缘和极限
尼罗河。金字塔。灰白的庞培
斯芬克斯失落了古老的谜
三套车。蒸汽和电
牛顿定律。相对论。辩证法
尽管十字架下的火焰不熄地燃烧
真理和地球仍在转动。连太阳
也不再成为宇宙的中心
无限的时空
到处都有生命和运动
到处都有发光和不发光的天体
进化——革命——突破
当人
不再作为象形文字
被群雁写上天空
当帝王和神

不再在奴隶的额间敲出威严和惊恐
中国。新的纪元
已经开始

地平线上
民族和民族在疾奔
而中国的道路
仍然像黄河一样曲折地伸展向前呵

今天，不要说
阴霾的日子将永远被记忆湮埋
晴空毕竟铺开
当奔月的神话和飞天的壁画
褪去奇幻的光辉
电子模型
却代替了陶罐和铜鼎的花饰
而成为最迷人的民族图案
我为什么要站在这里
我为谁站在这里

不。我不是墓碑
不是回音壁和凯旋柱
我不愿作为风景画片夹进旅行家的纪念册
哪怕登上环形山
俯对小小寰球，也只能窥见我的影子
让又一群群涌来的岁月
冲走身后的阴影

烽火台、断戟、种植死亡的沙漠
我属于现代，属于未来
属于创造，力，不受压抑的热情
属于扇形的道路
属于已写和未写的史诗
炎黄子孙，龙的传人
当你们向初画的蓝图
向更为广袤的空间
构筑年轻的大厦时
请允许我
献出全部的砖石和寄托
同钢筋混凝土一起
为你们作一次庄严的奠基
——中国呵！

1982年7月—8月

墙

广场上
旺多姆圆柱坍毁了
而墙兀立着。多管炮的吼声
嘶喊和威严的呻吟
还有三月潮汛般的欢呼
都在两只低垂的手臂后边沉没
——公社母亲成了悠久的象征

穿过墓道的风不是呼吸
目光已经凝固。只有常春藤
苔藓和憔悴的花圈装饰
上百个灰白的头颅。一群群
倾斜的雨雪如高加索的鹰
一样剥啄着前额，而他们
依然以石头的坚忍

平视原来的方向。那儿，黑夜和星
像记忆一样清晰，尽管季节
不许石竹花重新绽放鲜血
远方的地平线上，黎明
仍以报答般的深情
 响起
碾过墙根的太阳的回声……

黄 昏

多么美丽 五月的黄昏
蓝幽幽的暮霭像朝雾一样上升
檐角给霞光涂出蔷薇的颜色
将落的太阳分外硕大而浑圆

归去的猎人背走了枪和恐怖
安详的梦悄悄滑落兀鹰的眼睛
翩翩起舞的是盲目的蝙蝠
空中没有云雀，那欢乐的精灵

深谷里的群狼来不及生亮篝火
只有溪水在偷偷传递着风声
天真的小鹿像往日一样梳理着丱角
斑马在思忖怎样改制古旧的衬衫

蘑菇和刺桐谈着莫名其妙的恋爱
青草絮说着失去露珠的轻松
纺织娘过早地纺织月光的童话
火星老是炫耀些古老的光荣

夜的序幕　白昼的尾声
连多余的骚动也变得这么宁静
五月的黄昏美丽而神秘
只是时间已经不再年轻

野　马

只消一小块灯光就可以融化
覆额的寒霜吗
啊野马

那围栅　那马厩
都不是你的归宿地
你闻酒的芳香
看氆氇红着
哪个温暖的地方不住着牧手

影子倒在地面
没有缰绳
没有鞍鞯
只有兀落的脊背和纷乱的长鬃
为什么要披挂呢

为什么要寻找
牧杆的引领或是手掌的抚摸
自由是孤独的
纵有未泯的深情
也不该
向炊烟和火光靠得这么近

要是
白云从身边逸去
太阳也远离了你
剩下的原野仍是实在的
那无人照管的岩石 草丛
失落溪涧的星星
都会成为
你漂流中的友伴
和未来岁月里的安宁

那么 你背转身去
骄傲地扬起脖颈
让你奔跑
奔跑 向绝无人迹的远方
不要回头
啊野马

三　月

三月注定是守望的季节
二月茫茫

当雷声不经意地鸣响
阳光脆薄
如鸽子的红唇儿
那是二月。走出
阴暗的房门和曲折的巷道
世界便大了

于是我唱歌，风一样
奔跑于旷野
牵一匹风筝畅饮蓝天
帆影绰约
大江泱泱流过

远远地，有人在拉纤
江岸并不沉重
坐在看风景的地方，看
莫奈的日出
当泥土吐一种气息叫芬芳
鸟雀嘤嘤而鸣
便有朋友和风前来
谈野火，塔，放火的名人
或者读《草叶集》
数惠特曼的胡子
直到大海从四面八方弥漫过来

二月有雨霏霏
二月寒流如注
二月未必是最温暖的日子
可是梦想的
枝条都在二月里发芽
迎春花怯怯开过
木棉花就开了
我说：木棉开花是最美丽的
朋友说：霜叶红于二月花
我说：二月富有生机
朋友说：美丽的是性格

落红萧萧
人也萧萧
而今只剩一条邮路

自北向南
大雪纷飞

三月。依稀一道栏杆
凭栏而望
二月茫茫

四月是不开花的季节
四月是结青果的季节
四月有一个断魂的清明
朋友呵，往日
重重叠叠都覆盖在阴影里了
此刻，我已不能捡拾
哪怕是一瓣苍白的丁香

四月正在走来

沉 船

从陆地出发
最后回归陆地

青草淹没了船舷
年轮不复生长
记忆多少回写进波涛
又被波涛抹去
只有残损的木板留下
风暴、搏击
与裂心的呼号

失去颠簸的宁静
不是宁静
认识打捞船队成了多余的事情
即使梦像星星

仍然悬在远方
即使年轻的帆楔入遗落的位置
航路未曾中断

取一副卧姿，也是卧成
紧张的弓
想往是再发的响箭
向天空
向大海一样无边的澄明

贝多芬

为命运所围困
活着就是对抗

贝多芬

没有武器
只有声音
当文字被钉上十字架的时候
你以无羁的旋律
成为一名征服者

贝多芬

大海，贝多芬
风暴，贝多芬

雷，电，喧嚣的原生林，贝多芬
二百年后的月光
也因你的弹拨而变得狂暴
深深地
搅乱了少女的心

可是，你没有情侣
即使你的每一根头发都上升着激情
你把《欢乐颂》奉献给世界
留给自己的只有《悲怆》

耳廓封闭了。你
用心灵倾听
地底下无声的痛苦和隐忍
被绝望分割开去的一群
都会通过对位
从《英雄》中找到属于自己的音符
即使空气坚持着
不肯风化
你也要穿透穴隙
扬起自由的和声

在人民的头顶
那是不许悬挂宝剑的
所以，当礼炮轰鸣的时刻
你才举手
为将军叩响丧钟

在第一王国里，你是王者
你战胜了拿破仑

命运在敲门
命运在敲门

只要心灵和心灵中间连接着道路
一个人就不是孤独的存在
决斗的意志
会凝聚起全人类的力量
门环在你手心

贝多芬
只有一个贝多芬

五　月

宁溘死而流亡兮，
恐祸殃之有再。
不毕辞而赴渊兮，
惜壅君之不识。
——屈原：《九章·惜往日》

自从汨罗江
无端地打了一个涡漩
多胆汁的楚人
便使力划龙舟，擂鼓，扔粽子
喝酒与雄黄
挂满屋满屋芳烈的蒲艾
以群体的行动
把五月
重重复复，闹成一个节日

五月是怀念的日子
五月是深沉的日子

假如屈原
只是一名左徒
只是一名国王膝下的侍臣
只是一名起草文件的好手
只是一名智囊人物
只是一名善于辞令的外交家
人们一定会忘掉他
像忘掉
五月的一只甲虫

幸而
他被流放了

远在大禹
把国家当作一件虎纹大褂那样
传给宝贝阿启的时候
政治就成了最高权力者的事情
而你
竟也想尝一块禁脔
唉唉屈原
你天真得可以

关于楚王
你不是不知道那脾性

他好细腰
不好骨头
南后郑袖恰好是一个不安分的女人
她喜欢的不完全是脂粉
她爱出风头
爱接见外宾
连横家张仪当然要打她的鬼主意
要打鬼主意
当然少不了一班弄臣
上官大夫靳尚
令尹子兰
最最肉麻的谀词胜似蒙汗药
把好一个怀王
灌得昏昏沉沉

几次三番的劝阻
拚死拚活的诤谏
屈原，你
高贵的血统与显赫的勋业
预支了太多的自信
只要不闻战马的嘶鸣
你想，总可以
叫治国的人才
在各级政府的锦荐里
找上一块垫屁股的地方
叫俗丁伧父
在汗水流干以后，有余兴

嚼嚼白米饭
逗逗小囡囡
因此
你从来无心营造个人的威权
却有意做
郢都的一道结结实实的城垣

城垣是一回事
御沟里流出的落叶又是一回事
迤逶数百里宫墙
把无遮的世界分成两半
在朝
在野

汨罗江畔莽莽苍苍。你
瘦成了一条水草
你可以忍受
成群的牛虻和长脚花蚊的叮咬
却不堪远离君王的寂寞
满眼秋风
声声总是鹈鴂
于是你吧答吧答地落泪了
于是神经衰弱
于是做梦
驾青虬兮骖白螭
登昆仑兮食玉英
醒来犹是

幽幽的一条水草

想象不会太远
五月倒是近了

留一颗头颅算你命大
你也该记得
吕望和伊尹和子胥和比干的长长一份清单
矰戈在上
罻罗在下
为何不高飞远走
船
容与而不进
马
蹝局而不行
本来你不是那号优柔寡断的人

五月近了

作诗到底是没落的事业
要不，且行且吟
你不会不承认
你是一位诗人
惜往日
思美人
为政治害单相思，卜向龟蓍
是怎样的一种不幸

诗人，感觉痛苦便要呕吐
满腹离骚
你哀郢
你怀沙
天下四方，你
魂兮魂兮为自己的民族招魂

五月不是抒情的日子
五月是凶杀的日子
你选择了五月

五月呵
五月呵
所有的草野中人
都趴在五月的胸脯上号啕大哭

偷乐的党人
曾经那般地令你忿恨
戴一冠巍峨
穿一袭斑斓
江离飘飘
兰蕙飘飘
顾影而自矜，屈原
你竟忽略了
如此浩大的哭你而来的一群

饥饿的一群

褴褛的一群
可以沉默得像石头的一群
顷刻间便燃得着火的一群
唱你的歌词娱神
为你所愿意靠近而又拒绝融化的一群

他们是真正宽厚的
他们忽略了
你期期艾艾的愚忠的呓语
而接受了你
献给民族的丹心
在为你痛哭的同时
他们
痛哭自己的命运

五月是一个缺陷
五月是一次完成
五月的死亡成了庆典
五月是一则悲恸而壮烈的故事
五月，从五月开始
雷阵雨和阳光突然多了起来……

1985年5月24日于漠阳江畔

蚕室之一夜

勇者不必死节。

——司马迁

月亮和灯
都是未央宫的设置
蚕室里没有光

如果让我裸陈于阳光之下
我是谁
一只笼鹰
一头被宰的家羊
一具残缺不全的土俑
一个女人
历史
虽然可以成为帝王头顶的尊神
而著史的人

永远是帝王胯下的子民呵

驾一辆传车
扬满地雷霆
城堞，山川，道路
和如林的碑碣都纷纷
迎我而倒仰
我为我的枝杈勃发的年龄而骄傲
我为我的宫廷侍者的身份而骄傲
封禅那天，仪仗队
盛大的旗旆和乐奏阻遏了云雨
看大地如砥，群山
俯伏不起
我和泰岱显得多么地高大呵
皇上就在身边
太阳红得那么近

炭火熄灭了
蚕室里没有光

权力的哲学是东方的哲学
生命的哲学是东方的哲学
东方的哲学是神秘的
错误在于真诚

李陵于我有什么关系呢
正直和热情究竟是史官的致命伤

自从史学
咬断巫祝的脐带开始
爬竹简的太史令
就被成群的事实推向是非的中心
一切宠幸都是偶然的嬉戏
只要一旦承认
回避和粉饰都是罪过
灾星就要降临

当匈奴咆哮如塞北风雪
满朝文武
都背向迟凋的秋海棠暖手
唯有李陵
携一身孤胆，五千壮士
请缨开赴边城
八万骑兵望似水
战旗裂
弓弦断
箭囊空
力量和勇敢，又
怎能驶出无边的海域
降幡一叶
终于迟迟
浮起，自覆没的汉营

于是
宫中所有的舌头都拉长了来诅咒

虽然昨天，曾经
以那般歌唱的调子
向皇上称颂
李陵是绝代英雄

舆论多么可怕
舆论是变色龙

一员降将
便搅浑了一片升平气象
太阳也有黯淡的光景
虽然受封未久的
李陵部下
可以照例赐死而无须一瞥
一国之君，却不免
侧身而坐
向阶垂问一声

真理从来是隐匿的
真理是不能说破的
我竟不知道

我说：飞将军的血液不会褪色
李陵横挑强胡
即使肩膀
也高出所有战将的头顶
强弓既已挽满，他

就没有错失
投降也许是一场别种意义的退却
一场新的潜伏
且等待
单于后院
那未来的一阵飙风

醒来已经完了
蚕室里没有光

通往天牢的道路有两条
或者死刑
或者宫刑
只两袖酸风
凭什么赎取自由的生命
三年，三年被感觉拉得那么长
皮肉和心灵都在渗血
没有呼唤
没有回声
狱卒之外是虱子的逡巡
墙壁墙壁墙壁墙壁
而我
是一直酣饮于辽阔而又辽阔的星空里呵
一千次思考是一次选择
我选择了苟活
而不是庄周式的永生

苟活
苟活
崇高的使命因屈辱而保存
苟活是一种神圣

最伟大最坚苦的人物与我同在
你孔夫子
你左丘明
呵，让庄严的日子
重新开始为我编年吧

我要夺回我全部被劫的阳刚之气
铸成文字，向子孙
讲述历史的命运
是无数高贵的人和卑贱的人
汇成浩瀚的江河
流百年千年一直流着曲折和不平
高皇帝可以唱大风歌
可是，我不会忽略
一个市井无赖的本性
项羽是死了。死得很有色彩
因此我要说
即使倒下也仍然是站着的英雄
张汤，杜周，王温舒
所有的酷吏
都要回到魑魅魍魉的列传中去
在属于人的传记里

我将以饱墨写下
游侠。刺客。许许多多强壮的灵魂
历史是一条河
贪暴。无耻。渣滓和泡沫
都是上流社会的漂浮物
而美丽的人性
只能来自幽暗的底层
是的。历史是一条河
即使河面已经结冰
潜流不冻——
在被压抑的痛苦里，仍然有
一个呜咽的翻腾

呵，我要回到遥远遥远的黄河边上
我要逆水寻回
父亲的墓地和遗嘱
寻回我的龙门

明天是怎样的一个日子呢

没有更漏
没有鸡鸣
蚕室里没有光……

最后的怀想

我将与蓝天碧水永处。

——萧红

一

是谁
在呼唤我呢
萧红 萧红 萧红

哦
挂钟

二

我已经生活在时间以外了

三

呼兰河
我的母亲河
既然你以乳汁哺育了我
为什么要把我抛弃
在这个荒凉的孤岛

我的蝴蝶呵
我的蜻蜓呵
我的蚂蚱 蜜蜂和花翅鸟呵
童年的小天使
飞到哪儿去了呢
三月的风和九月的纸鸢都织不出蓝色的天空了
炮火
比熟了的高粱还红
我的天空没有蓝色也没有红色
只有一片
坚硬的白垩覆盖着我

呼兰河
松花江上的河
松花江有一支悲愤的歌
张寒晖的歌
人人会唱的歌
你呢

当你
和你的儿女默默挣扎在
生死场上
我为你唱歌
我一生都在为你唱歌
我的咽喉不尽是忧伤的
你听得见么
呼兰河

四

伏在一个人的膝上
我唱
爱和仇恨 不平如涌浪
穿过胸膛
老祖父走了
只有一个人像老祖父一样
仔细地听
我深情地唱
我嘶声地唱

呵先生
为什么你也遽然走了

五

爱过
飘泊过
野玫瑰一样快活地笑过
自由地活着是多么美丽呵

为了自由
我穿着有孔单鞋 狠狠地
踩过一个冬天
为了自由
宁愿吃桌子 吃草褥子
吃空洞的夜晚
为了自由
我游行 摇红红绿绿的旗子
绘画 站夜哨 饰演娘姨
和牵牛房的朋友一起去募款
自由是美丽的
自由的想往会使最黑暗的日子发出光芒
我绣过心形的假珊瑚
为了那第三颗心
我走了 伴同一匹勇敢无羁的灵魂
我们作别了
呼兰河 铁蹄下的故乡

北方多雪
南方多雨

但我总不肯相信
天底下没有一块晴朗的地方

跋涉
跋涉

一直到黄浦滩头
这才发现
人生仅仅有梦想和热情是不够的

六

为了逃脱命运的追捕
我们只好
把最大的希望投向
小小邮箱

一个微笑出现了

一个微笑
便融尽了多年郁结的冰雪
靠近先生身旁
看火星明灭 烟篆
从指间从容地升起
我第一次感到 江南是那么温暖
您告诉我 别同白俄对话
您告诉我 别去工人区

从钻网到冲锋
您告诉我那么多
一部油印手稿
淌遍了您的心血
修改 作序
您催生而且响亮地命名
奴隶丛书

为了掩护
众多起来反抗的奴隶
您站得那么高
您不能不站那么高
一身战袍聚集了漫天的流矢
您是真正的将军
中国
敢于单身鏖战的勇者

多少年过去了
万年青
犹在我的心间舒放
藤躺椅 台灯 马蹄钟
一样有蹄声得得
哦先生 我记住了
“茶”的旁边九号
“茶”的旁边九号
您的女儿时时按响您的门铃呢

七

没有回声

八

我不敢相信
一具烈火般的生命
会最后变成
冰凉的墓碑

而我
毕竟拜献过一株小小的花草了

那一天天空
没有太阳
周围只有钻刻墓石的声音
丁丁 丁丁
我的心被捣空了
世界顿时
变得那么空旷
孤零零墓地里只剩下我一个人

九

民族
从您倾斜的肩头

滑下
而烽火蛇升

既然您
给我留下的是
笔杆 军靴 未完成的道路
我就仍然是
您的旗帜下的一名
不屈的士兵

我知道
您是不喜欢哭泣的

十

可是 先生
我倒下了 我将永远倒下
再也爬不起来了

呵
从认识天空的那一天
开始 我就想飞
我曾经飞得多么好呵
而今 没有赶上回归的季节
翅膀就完全
折断了

女性的天空是低的
我的天空更低

十一

可躺倒的地方不是战场呵

十二

难道我
就这样带着半部红楼走了么

我要写
我要写
我要写

1987年1月，为纪念萧红逝世四十五周年而写

写在风暴之后

——献给父亲

在故乡的一座临流的小山上，多出一抔坟垄。这坟垄，竟然成了您的陌生的新居了，父亲！

月光如水。好冷的月光呵。星群都在窗外灿烂，我独自厮守的是古老的油灯。灯焰微微颤动，吐着黯淡的苍黄的光晕。今夕何夕？我乃沉思过往的哲人对于生命的各种礼赞与感叹，沉思您的一生。

“开到荼蘼花事了。”温柔了整整一个春季，父亲，我却不能日夕侍候于您的旁侧。面对一个社会，背负一个家庭，我不能不持续着我的工作，那始终惹您忧思的文字生涯。只是，每隔一段时间，才悄悄拉扯出几天，匆匆归来看您，但也得匆匆离去。人生聚首的时刻何其短暂！记得病后的头两个月，您犹能垂询和叮嘱我以凝注的眼神，此后就漠然无所视，已经认不得我了！虽然直到最后，您也不肯瞑目，而我，又怎能完全读懂其中所蕴含的意思呢？

奈何不能言说。从瘫痪卧床的头一天起，您就不能言说。三年前，当您把手中的一张处方写得七歪八倒，不得不被送上吱嘎吱嘎的手推车的那一天起，就告示着脑血栓已经形成。事后，我凭仅有的一点医学知识，劝您认真调治，您高隆的鼻子于是仰起。您太自信了。在您的眼中，生命仿佛是不可战胜的。作为中医，您那般忠实于先贤的教条，不相信《黄帝内经》之外还存在着什么严密的科学。尽管越来越健忘，甚至吐属不清，您仍不服药，仍放纵伤人的思虑，仍吃您所嗜好的富于油脂的食物，在一个并非人为的禁区里逞能，结果悲剧提前发生了——中风！

这是您所不敢逆料的。作为“六淫”之首的“风”，对于您，准确一点说，乃源自那场社会大动乱：“文化大革命”。那样一场史无前例的罡风，是数以亿万计的善良的中国人所未及逆料的。

风起于青萍之末，旋即动作于泰山之阿。只消一个早晨，就以虚假的“大民主”毁灭了存在于纸面上和现实中的所有法律，接着托言“群众专政”而剥夺了人民群众的全部自由。风邪之盛，致使人们在长达几年、十几年之后犹未能完全清醒过来。

当斗争的哲学一旦成为唯一的哲学，最高的哲学，运动便颠连起伏，没有已时；我们也只好随之颠沛浮沉，命途叵测。以父亲这样在乡间具有港澳关系而且颇为通达的人物，在“清理阶级队伍”中，自然要成为最佳人选了。宣传队进驻以后，曾在小小的卫生站内逡巡搜索了几天，结果发现，壁上的一幅张贴已久的领袖像，面部有些许凭肉眼尚可辨认的模糊，于是立即宣布了“阶级斗争的新动向”。您当然是一名“现行反革命”了。

您以同情心、能力与勤勉，还有相当的冒险精神，为自己赢得了一个小康的家庭和甚高的人望。现在属于您的，则只有关押、游斗、挂黑牌，领受拳脚的教训等等充满凌辱的日子。如此人生的大差跌，您能忍受么？后来您对我说，这期间，您常常想到自杀。父亲，如果让您知道全国有数以万计的著名的政治家、学者、艺术家，都因为他们的正直善良而惨遭迫害的事实，您也许会变得稍微豁达一些。但居此僻壤，您知道的并不多。

眩晕。眩晕。眩晕。从此，您经常地诉说眩晕。由于有足够多的问题的困扰，加以服用点菊花、白芍之类可以很快应付过去，于是眩晕，作为高血压的重要暗示，也就轻轻地被忽略过去。

人类的神经，其坚强，可以抵抗10万甲兵；而脆弱时，竟不堪承受一场运动，一次批判，一种折磨……

您在一个名叫“三结合”的监禁地足足蹲了8个月，加上后来“一打三反”运动中被押的5个月，一共被劫夺了一年多的生命。但自然，都先后被宣布“解放”了。

“解放”是流行于中国20世纪六七十年代的一个特定的术语。它意味着：政治审查已经暂告结束，可以重新做人了。做起人来以后，不幸的是，人所固有的精神，都在运动期间暗暗地消磨殆尽。对于运动中的“棍子”角色，您本着东方人的“费厄泼赖”精神，主动讨好，形近于谄。长久酝酿而成的一场民族大悲剧，固然不必过多地根究个人的责任，但又何必自卑自贱若此？只是偶尔重翻鲁迅写的关于中国人敬火神的故事，我才不禁动了深深的哀怜：您是害怕再次被烧呢！其实，我也并不比您勇敢多少，只是不愿与具体的个人相周旋，而寄希望于一种普遍的上头的精神，期待“革命路线”能够宽容些再宽容些。呵，父亲，我们为什么老是等待别人或是上面的“正确对待”？我们到底做错了些什么？“如临深渊，如履薄冰”。从什么时候起，我们就已经失掉“国家主人翁”的性格了呵？

想往之外的日子终于到来了。一种探索、开拓、创造的空气，在坍塌和残存的栅栏上面弥漫开来。

1976年以后，经过3年的云雨天气，天空开始逐渐变得明朗。阳光不再是一种抽象，一种假设，您已经能够感觉到身上的灼热了。您亲眼看见：您的女儿结束了长达20年无望的思念，获准到了香港与丈夫团聚；您的儿子也已经获得了一度失去的发表作品的权利，调到省城去做专门的文字工作。如此重大的补偿，自然使您十分满足。本来，从我懂事的时候起，您便常爱发点小牢骚的。一个人，唯其有了满足感，才害怕失去。我几次听见您说："这日子到底能延续多久呢？"

要完全摆脱"文革"的阴影是不容易的。因此，只身在外的唯一的儿子，才依旧成了您担忧的对象。您每次叮嘱我：无论是日常交往或是在工作中，都千万不要种刺；种刺者得刺，人为何不可以学点世故呢？特别是文字，在您看来，其神秘性无异于传说中的百慕大三角。不必说古来有多少士人惨死于文字狱中，就拿"文革"的事实和自家的遭遇来说，那由文字组成的众多美丽的谜面，其谜底就有多么可怕！可是，我们的道路毕竟宽阔许多了，封建大一统式的禁锢已经打破。今天，难道您不觉得：我们必须，而且可能告别自身的沉积已久的奴隶根性么？当此人们在各个方面同僵化的保守的体制与势力相决裂的改革的时代，雪崩的声音只能令人振奋。让众多的诗人喜鹊群般赞美崛起的幼芽吧，我仍愿做一只猫头鹰，一只啄木鸟，一万遍诅咒那些拦路的朽木和害人的虫豸们！美和刺，都是人们所需要的。只要人们需要，就值得一个平凡的人竭尽一生的力量去呐喊，去抗争。父亲，直到弥留时刻，您也没有给我留下哪怕是一句遗嘱。如果能说话，您将嘱咐些什么？是不是有必要最后重复一次以往的那些关于明哲保身的哲学，果真如此，那么，我要告诉您：父亲，我不遵从！

您是躺倒了，而时代仍在走路。有多少昨天犹属新鲜的观念，在今天就变得与之完全不相适应了！假如您能思想，我想，终不会责怪我的。

没有殿堂，没有墓碑，只有这么数百行断续的文字。此后，就让我以结实的工作，作为对您的记念吧。那放在您棺中的诗集，曾是我梦醒时的自语，待清明时节，当我应了鹧鸪的啼唤归来，手中将是另外一些响亮的诗句。那时候，让您所疼爱的膝下的一群，同山杜鹃一起围坐在您的身边，轮番为您朗诵。但愿那些落地的诗句会长出修长的墓草，为您招引阳光，遮蔽可能的风雨……

大风暴是过去了。我们的日子，将会因不停顿的索取而变得加倍宁静、加倍美丽的。

会的。父亲，不要记挂我们！

1985年7月

父 亲

一个大小半尺的原木相框摆放在书桌的上端。15年了。由于居室靠近阳台，灰尘很大，每隔一段时日都得扯一块棉花擦拭一次；不然，里面的面影和衣衫很快就给弄模糊了。

这是朋友为晚年的父亲拍的一帧侧身照。

父亲身后的院子，那砖墙，小铁桶，孩子种的花草，一切都是我所熟悉的。如果说院子是一个小小王国，那么父亲就是那里的英明的君王。他以天生的仁爱赢得儿女们的尊敬，以他的勤勉和能力，给王国带来了稳定、丰足与和平。作为一个乡村医生，他对外施行仁义而非“输出革命”，所以，邻居和乡人也会常常前来作客，对父亲的那份敬重，颇有“朝觐”的味道。我最爱看傍晚时分，忙完一天活计，他一个人端坐在大竹椅上那副自满自足的样子。但是，自从院子的土墙换成了砖墙以后，他就迅速衰老了，目光里仿佛也有了一种呆滞、茫漠的神色。只是照片里的父亲很好。在拍照的瞬刻，父亲因为什么突然变得那么兴奋呢？我猜想，一定是他喜爱的孙儿一个顽皮的动作逗得他发笑，要不就是拍照的朋友让他做一个笑容的时候，他笑着笑着便真的笑了起来。总之脸部很舒展，很明亮，很灿烂，让人看了会马上想起秋阳照耀下的一株大立菊。

作者父亲

父亲是乡下少有的那种爱体面的人，而他也确乎能够维持相当长一段体面的日子。自从六十年代末，他两次被打成“现行反革命”以后，整个人就变得很委顿了。遭遇了一场政治迫害和人身攻击，他会发现，他在周围一带的威望已经大不如前。而且年近古稀，再没有可以重建的机会，何况运动的险恶随时伺机而起呢。

那时，父亲被撤销了大队卫生站医生的职务，还曾一度剥夺了他的行医资格。这个打击是沉重的。由于命运的戏弄，过了一段时间，我居然做起了医生，辗转以至终于代替了父亲的位置。这种叫做“子承父业”的情况，应当令父亲感到宽慰的了；但我发觉，事情并不完全是这样。因为老屋行将倾塌，我通过多方借贷，重新建造了一座青砖大瓦房。建造期间，父亲是兴奋的，忙碌的；他总喜欢包揽或干预一些事情，譬如给人计算砖瓦账之类，但当见到我走近，有时竟会中途突然停下来。我总觉得那神色有点异样，但是形容不出来，也无法猜度那意思。他总该不至于嫉妒起自己的儿子来的罢？大约在这种场合，他觉得他的存在有点多余，或者自觉已经失去了干预的能力。无论如何，属于他的王国是被摧毁了。在父亲看来，像造屋这样的大事业，是只配他一个人来撑持的。他是唯一的顶梁柱。他应当把巢筑好以后来安顿他的儿女，让儿女在他的羽翼之下获得永远的庇护；而今，事实证明了他不但无力保护，反而成了被安顿的对象了。他不愿意这样。

然而，时光同世事一样无情。这是无法抵御的。

后来我到了省城做事。每次回家，都明显地看到父亲一次比一次衰老。终于有一天，父亲一病不起了。

父亲中风卧病半年，我不能请长假照顾他，只能间断地匆匆回去看望一次。最苦是父亲不能言语，只能呆呆地望着床沿的我；有时，我能看到他眼里的闪烁的泪花。一天，大家都说父亲不行了，要我请理发师傅给他理发。在乡下，老人临终前，理发几乎成了一种固定的仪式。我不愿承认父亲的大限已到，更不愿父亲承受这样的折磨。为了这件事，我足足犹豫了几天。周围的人们都来劝说我，说理发是为父亲好，他到了阴间以后会如何如何。我同意了。

我把村中的理发师傅请了来，亲自将父亲强扶起来，又叫了两个人帮忙抱住他坐好。当剪刀刚刚落到他的头上，他的身子猛的一抖，眼睛在刹那间露出极度惊恐的神色。父亲一切都明白了！我的眼泪忍不住唰地流了下来……

我要一万遍诅咒乡间的恶俗！一万遍诅咒自己的愚蠢和残酷！就在父亲的生命的最后时刻，是我用自己的手，掐断了他也许一直在苦苦抱持的生之希望，只一掌，就把他推向黑暗的永劫不复的深渊中去了！

每当想起父亲，我都会不时地想起他最后留给我的惊恐的一瞥！所以，相框虽然摆在桌边，也常常有着不愿重睹的时候。我曾经将照片放大了一张送给姐姐，她不要，说是见到父亲的照片要哭的。我知道姐姐，她比我更深地爱着父亲。

2000年10月10日

通往母亲的路

他并没有找到重返母亲故乡的路。

——〔英国〕弥尔顿：《复乐园》

14年前的那个清晨，夜雾未散，我同亲人一起在呜咽的唢呐声中把母亲送出村外，然后让她孤身一人耽留在荒丘之下。细想起来，这是多么残酷的事情，然而我无力抗拒。从此以后，我再也看不到母亲的面容，和那熟悉的佝偻的背影了。

每逢清明还乡，进门便看见堂前燕子的空巢，那么刺眼；庭院里种植多年的铁树一直恣意生长，旁若无人。厅堂没有什么布置，显得有点寥落，原先的一张大方桌不知被摆放到了哪里。墙壁张贴的年画早已褪色，也没有更换。神台仍在，炉香仍在。我常常独自走进里屋，在暗影中站立片刻；或者伸手摸一下母亲的眠床、木箱，用过的米缸、箩筐，偶尔打开柜子看看她年轻时纺织的白麻布匹……目睹几十年、一百年的旧物，以及蒙覆其上的灰尘和虫蛀的细屑，心里不能不感到一阵空虚、恐惧与悲凉。

作者母亲

墓草一年年照例地绿。我简直不敢相信，我与母亲相隔绝竟然有了14个年头！

惊觉之余，不免失悔于母亲在世时，自己太过悭吝，舍不得匀出更多一点时间陪伴她。对此，我当然可以拿出关于谋生的各种理由为自己宽解；事实上，这种无意的疏远，正因为长期忽略了母亲的存在。平素，我便很少和母亲交谈，即使谈话，也多限于日常事务，不曾触及内心。对于母亲，我到底知道些什么？我所能做的，唯在物质的供给上面，即所谓“赡养”而已。

可诅咒的文字加深了彼此的隔阂。作为文盲，母亲根本无法阅读我的著作，虽然她会把书捧在手里细细抚摩、翻弄，并且准确地记住书中的页码。而我，在意识和潜意识中，竟也像从前那些傲慢的士大夫一样，把母亲看作“愚妇人”；她的说话，听起来总是觉得琐碎、冗长、没有意义。

母爱是自然的，无私的，没有边际，盲目而伟大；而子女之爱——如果存在的话——是反应的，被动的，有限的，到底是自私的。唐代诗人孟郊有诗比喻道：“谁言寸草心，报得三春晖！”母亲把慈爱施与儿女，从来不图答报，就像太阳把光辉无言地洒落大地，而大地上的生命，获得它的恩泽却浑然无觉。

时间之流深且阔。14年来，我寻不到通往母亲的路。唯一的可能，兴许是乘坐记忆之舟了，然而，这又是多么虚妄的事情啊！

我不禁想起古代的一则刻舟求剑的故事。我就是那个涉江的楚人，如今坐在船上，且在船边刻下许许多多的记号，而到了最后，不是照样寻不到已然失落的珍爱之物吗？水流迅疾，逝者如斯，我发觉过往与追寻的距离是愈来愈远了。

一 土匪的女儿

母亲是邻村廉村人。说是邻村，其实同我们村子相隔十多二十里路，只是中间见不到其他村子，由一片山地逶迤相连。在当地，两个村子都算是大村，有好几百户人家。不同的是，我们村子面朝大海，廉村则陷落在茂密的山林中间，小时候跟随三姐出城路过，印象有点阴郁。传说过去土匪经常在廉村一带出没，想来是有根据的。

我的外祖父恰好就是一名土匪。

母亲七岁那年，他被他村里的人砍死了。

所谓匪，大约可分两类：一类劫夺富人，一类反抗官府。不管属于哪一类，外祖父铤而走险，终不免同贫困有关。或许，比起其他佃户，他的血液中会多出一种容易着火的燥烈的物质。三姐从祖母那里得知，由于外祖父的行动过激，他在同伙中死得特别惨。

母亲从来不曾告诉我们这些，不但不说外祖父，也不说她自己。她不会说故事。她是一个没有故事的人。

外祖父死后一年，外祖母偷偷改嫁。她把母亲一个人弃留在家里，托一位堂嫂照管；随后，又托嫁到我们村里的大姑母物色可靠的人家。这样，母亲不久便成了我家的童养媳。

三姐说，母亲过门之后，外祖母一共拿到九吊铜钱。在农村，婚姻是一桩买卖，九吊钱就是母亲的生命的价格了。

母亲失去父爱，继而失去母爱，完全成了一个孤儿，被抛入感情的无涯的沙漠里。土匪的女儿是受歧视的。这时，母亲连一个玩伴也找不到，只好独自躲在家里，直到肚子饿了才会跑到堂嫂家里去。

我们周围一带农家，往往是同房的几户合住一座祖传大屋，即便单门独户也是极逼窄的，只有少数富人的住家才有院子，有窗户，配享屋外的阳光。母亲整天关在阴暗的屋子里，无异于小囚犯，幸好她的嫂子教会她纺线，有活可干了。

在我们乡间，每逢收获时节，麻农就会到田里把成捆成捆的白麻搬到河边或水塘里浸泡，数天之后，再捞起来去除表皮，晒干，将纤维编成一小股一小股，然后用纺车纺成细线，这样就可以上机织布了。小时候，我亲眼见过母亲和祖母坐在一起纺纱织布。织出的麻布非常粗糙，叫夏布。母亲把夏布漂染成蓝色和黑色，裁制过多件衣服，一直穿到上个世纪90年代。纺纱原本是大人的劳作，需要耐力，现在却缠住了一个孩子。

受困于无援的孤境，我有时会想，母亲作过抵抗的尝试吗？我知道，母亲喜欢歌谣，几十年过后，当她在床上拍着我的小手唱起来时，还是那么兴奋。我想，当她感到孤单难耐的时候，一定会低低地唱起来。让沉默的四壁多出一个声音也是好的，况且歌谣会唤出些花鸟、星星、月亮，唤出母亲和众姐妹，灯笼、花轿和新嫁娘，唤出一片想象的天地。除了歌谣和想象，母亲没有属于她的多余的东西。

不幸吞噬了母亲的童年，把她过早地推入了成人世界。我从懂事的时候起，看见的母亲就是严肃的、深沉的，没有一点幽默感。几十年间，我从来不曾听见她出声地笑过。她把忧患藏在心底，不轻易向人倾诉，哪怕是朝夕相处的亲人。生活教育了她，使她觉得说话是没有力量的。她是行动主义者。她倾向于内心，孤独使她的内心强大。

外祖母离开廉村，远嫁到海边一个叫清秋园的村寨。厄运之手继续追捕她，生下两个男孩之后，丈夫就病死了。农村家庭没有了男人，田地又少，日子的艰窘可想而知。

母亲把大舅父领到我们家，让三舅父照顾外祖母。大舅父那时年纪小，就教他放牛，长大再干庄稼活，后来还给娶了媳妇。直到“土改”，斗地主分田地，大舅父才返回老家。

母亲很孝顺外祖母，也许是同为女人的缘故，母亲对于外祖母所做的一切，包括改嫁时把她抛弃在家，卖作童养媳等等，都有同情的理解，并不记恨。去看外祖母时，母亲总是设法多带粮食，大米薯芋都有；卖柴草攒下的几个小钱一定是给了的，有时还从父亲那里要一点。要是外祖母来看母亲，母亲一定挽留久住，让外祖母多吃上几顿白米饭。当然，也得看我祖母的脸色，要是发觉不对，就赶紧打发外祖母走。

我喜欢外祖母，因为她来时，总会带上我爱吃的糖糕。她身材颀长，面貌清癯，性情沉静，不像是一个饱受磨难的人。我见过母亲的堂嫂，我们叫她通舅母；母亲很敬重她，感念她在少时的照顾。通舅母的命运也很惨，丈夫死了，儿子和儿媳也都死了，一个人拉扯三个孙子长大。她长着一副娃娃脸，人很开朗，说话快而响亮，仿佛从来不曾遇到什么不称心的事。至今想起，仍然觉得不可思议：一个农妇的瘦小的躯体里，怎么会储存着那么大的能量！

看见母亲，有时候会无端地想起外祖父，猜度他的样子，并且往往同土匪联系起来。

母亲长得不像外祖母，中等身材，圆脸，细眉，但不是女性常见的新月状，而是末端翘起，有点剑眉的样子；鼻子略短，眼睛不大，有一种坚定的光。最惹眼的是一头浓密的鬈发，这是外祖母所没有的，我想一定得自外祖父的遗传。有一条谚语道：“鬈毛狗，鬈毛羊，鬈毛汉子恶商量。”大约因为天生鬈发的人少，所以在乡下人眼中，会把它看作叛逆的、不驯的象征。

我也长着一头鬈发，母亲给的鬈发。不问而知，在我的身上，一样流着土匪的血液。

二 一生走不出村子

母亲做童养媳那年，才9岁，留在出生地的时间太短，剩下可记忆的东西只有梦魇。大约为此，在我们面前，她从来不提廉村的名字。

如果有做自我介绍的场合，母亲定然说她是旦祥人。不知从什么时候起，她已经暗暗地把接纳她的村子当作故乡了。

因为平时没有什么买卖，家中的各种事体都有父亲操持，母亲便很少到墟镇去。她不喜欢闲荡；白天大部分时间耽留在田地里，若有少许空闲，也不走门串户，来来去去不出左右三条巷子。村里的男女似乎也都这样。我们把村里人分为“南头人”和“北头人”，鸡犬之声相闻，而村南村北的人们确实是老死不相往来的。

1962年，三姐得了重病到县城医院治疗。这时，母亲才有机会一睹城市的风貌。高大的楼房，宽阔的街道，洁净的公厕，花花绿绿的商店，玻璃橱窗，霓虹灯，公园，花圃等等，都让她感到无比新奇；可是，对于这一切又毫无倾慕之意。她不是那种吃不到葡萄便说葡萄酸的人，她根本想不到葡萄；她是一个习惯啃酸果子，而且能够从酸苦中嚼出甜味来的人。

80年代初，妹妹在县城找上对象，安了家，母亲相随着一起生活。没住上几天，她嚷着要回老家；家里没亲人照顾，过了一段日子，妹妹又得接她出来，弄得非常麻烦。后来，我把她接到省城居住，也是一样的情形。省城距老家近300公里，途中要两次改乘渡轮，80岁的人说来就来，说去就去，什么车马劳顿，一点不以为意。总之不管人在哪里，最后还是要回老家。

家在哪里呢？父亲已经去世，仅有的两个密友也已先后故去，所谓家，只残留一间老屋的外壳，我不知道母亲归去有什么意义。直到后来，我才发现，事情并非如我臆想的这样。

在母亲那里，老家明显宽广得多，除了家人，家畜，灶房，还有周围的人，那毗连着的蘑菇般密集而低矮的农舍；甚至村子上空的太阳，远近的山冈，河流，田野，大路和小路，都同家有关。凡是她所经历的，日常亲近的，为她的双手所触摸过的，都是她所挚爱的。凡是她所挚爱的，她都依恋着，不愿舍弃。故乡牵系着她的心，收摄了她的灵魂。我的所谓“意义”是什么呢？它太抽象，太理性，硬而且冷。母亲不需要什么意义，只需要爱。对于她，家乡就是家与乡的联结；如果说有意义的话，这意义便完全蕴含在爱中间。

母亲晚年几次向我提到同一件事，就是举家返回乡下造屋。连房子选址都有了，可见未来的家庭图像，在她的心里摹画已久。她说，房子就建在村头大榕树旁边，紧靠远英家的南墙。那里离市场近，人多，热闹，有大块空地，小孩子可以跑动嬉耍。再有，南面是稻田，没有房屋遮挡，要是大热天，南风那个吹呀，不知有多凉快。关于职业，她让我重做乡村医生，为大家看病没有什么不好；给妻买一部缝纫机，为大家做衣服。她还担保说，勤勤恳恳地做事，饿不死人的。说到未来之事，母亲有一句口头禅就是“假如饿不死的话”。预设这样的前提，是因为她长期以来把温饱看作生活的最高纲领。对于饥饿的恐惧和对不可测的命运的敬畏，已经深植于她的内心。她还嘱咐说，等男孩大学毕业，也回到村里去，到邻近的五羊村讨个能干活的媳妇。我一直以为母亲是一个现实主义者，只顾及眼前的事务，想不到还有这样深远的谋虑。只要想到将来，想到后一代的幸福，她就变成了一个浪漫主义者。

母亲在城市生活多年，然而漠然无感，远离家乡却依旧一往情深。自从父亲去世，母亲就被我和小妹当作一件老家具一样搬来搬去，实际上沦为一个没有意志没有尊严的人。我们思量着怎样把她安顿好，买席梦思、空调机，安装抽水马桶，却始终无法安顿她那颗彷徨的心。

中秋节晚上，我拉着母亲步上行人天桥赏月，观览脚底下闪闪烁烁的远去的车流。母亲凝望好一会，回头感叹着说：“不能说这里不好，可这里不是我的家。”

“住烦腻了，我会送你回到四妹那里去。

“那里也不是我的家。

“那么说，老家才是家吗？”

她没有回答，然后又摇了摇头。

俗话说：“叶落归根。”虽然儿女们都远离了乡土，作为归宿地，这里终究成为母亲最后的选择。

住医院期间，母亲一再要求返回老家，我没有答应。由于院方对母亲的病情缺乏明确的诊断，因此我一直心存幻想；考虑到乡间恶劣的医疗条件，只好让老人家像一段木头般地躺在原处，一天天输液，一天天耗着。她没有办法，毕竟是一个任人摆布的人，作为抗议，唯有整天阴沉着脸，不言不笑。

有一天，主治医生找到我说，办法已经用尽，还是出院吧。

我要了救护车。当车子慢慢驶近村口，母亲望见窗外的绿树，已经灵敏地感觉到了自己的村子。待看到自家熟悉的门楣，她的眼睛倏地亮了，脸上终于露出久违的笑容。

那一刻，我说不出有多难过。

三 永远的劳作

从做童养媳的那天起，祖母便领着母亲上山打柴。

祖母为母亲特制了一根“担枪”和一双“皮底”。担枪是一种两头尖利的圆形扁担，便于穿刺柴捆，犹如枪刺，故名。皮底用汽车轮胎削制而成，前端有小胶圈套住中脚趾，后端由麻绳缩系。这种土凉鞋轻便，稳当，攀走山路最合适。担枪和皮底都是大人的用物，除了母亲，据说没有人用过“小号”的。

打柴要到罗琴山一带的大山里去，那里的木柴质地好，草也茂盛。上世纪70年代某天，我曾同两位药工一起进山采挖草药。山深林密，遮天蔽日，我们分头行动，也得不时地呼唤一声，以防迷失。从我们村到大山要走三十里羊肠小道，路上满是石子和荆棘。想象一个孩子挑着重担，跟随大人翻山越岭，涉溪过涧，是何等艰难。因为路远，上山的人天明前就要结伙起行，一天的粮食就是布兜内的几根番薯，外加一瓦罐稀饭。祖母领母亲一个月后便不再上山，剩下母亲一个人跟着别的大人跑，向晚才到半路接母亲的担子，叫“接柴”。三姐说，母亲曾经重重地摔过一回，瓦罐打破了，只好从草间寻得一点碎裂的番薯，再喝上几口溪水充饥。

一次砍伐间，母亲突然一声惊叫：“大虫！”接着放声大哭。村人闻声赶来，忙问大虫在哪里，母亲指着一片草丛，上面栖息着一只红色大甲虫。

“这就是大虫？”

母亲哭着连连点头。众人捧腹大笑，从此，母亲遇上大虫的故事成了村人的笑谈。

几十年后，三姐说起来，仍然是边说边笑，因为在她看来，母亲实在是一个愚妇人。不过，那时的母亲还不是一个妇人，而是在一个与世隔绝的环境中长大的孩子。她只听说过大虫的可怕，并不知道大虫就是老虎，而且是庞然大物。

据说当时母亲在众人的笑闹间，并不觉得羞惭，只是不停地呜呜哭着。

她太小了。

母亲15岁时在一个极简的仪式中成婚。婚后未久，父亲远赴白沙墟附近教私塾，留下母亲一人在家侍奉祖母，生儿育女，垦殖田地。日常开支及涉外事务是不用母亲管的，父亲将家用钱交给三叔父，由他全权支配。

几年过后，父亲返回本村行医。这样，母亲一样不用管事，只是辛劳如故。

天还未明，母亲就悄悄起来做早炊了。入学之前，我一直和母亲睡在一起。一觉醒来，发觉不见了母亲，不免有点着慌。在黑暗的屋子里，只要听到灶间传来的番薯跌进木桶的隆隆声，搓洗筷子的哗哗声，心里就会踏实许多，觉得母亲仍然睡在身旁，不再害怕老鼠和鬼怪从床底下爬出来。

起来后，不见母亲的形影，原来她又得赶到三五里外的瓜菜地忙活去了。播种，移植，接枝，搭架，当然还有浇灌，当母亲干完这些活计之后，才挑着新摘的菜蔬瓜果之类回家。她见我喜欢金黄的菜花，次日就摘了满满的一束番芋花，后来还摘过几次。番芋花真是美丽极了，那红色之红简直无与伦比，近似美人蕉，花形却没有美人蕉的夸张，有点亭亭净植的样子。我想，母亲摘花全然是讨我的欢喜，因为平时并不见她喜欢野花，许多农妇好像也都这样。审美是需要余裕的，没有闲时光，便把最朴素的美学给暗暗扼杀掉了。

从园圃回来，这时太阳升起，一天劳作的序曲算是奏罢，真正的戏剧上场。舞台是水田和坡地，这是多幕剧，转场或不转场，直到夜色沉降，不用落幕的。

过去，据说我家的水田很不少，大忙时节要雇请短工，土改时差点被划为富农。此后，父亲忍痛割弃了远处的一些山田，又不敢请人帮忙，母亲作为田地中的主角，戏份就更重了。三姐说，有一年6月，母亲妊娠水肿非常厉害，几乎走不动了，仍旧要下田。那时三姐念高小，功课也顾不上，跟着母亲割插。一天，三姐贴近母亲身边插秧，听见母亲呼哧呼哧直喘气，实在忍不住了，叫她放下秧盆休息。母亲不听，三姐立刻罢工抗议，她才勉强上田，坐在湿漉漉的田埂上喘息，连走上田头的气力都没有了。

6月是农家最难熬的季节。在南方，这是台风季，雷雨季，而我们村子又惯发大水，割插连在一起，人们实在连喘息的时间都没有的。

我中学毕业回乡，在田野中度过6个盛夏，尝受过此中近于残酷的体验。天上烈日烤炙，脚下田水蒸腾，十足的“赴汤蹈火”。假若大雨倾盆而至，根本无须躲避；身上湿了又干，干了又湿，在我们是惯常的事。我参加生产队劳动的时候，母亲已经年过半百，跟我们青年人一起干着同样的重活：割稻，脱粒，挑谷，担草；时间长度也一样，甚至更长。不同的是，青年人干活是运动式的，母亲却不赶速度，干活时一直垂着头，像一头老牛一样，只晓得慢慢地做，不间断地做。

在旱地里的劳动耗费母亲更多的心血和筋力。除了随生产队出工外，她几乎把白天余下的所有时间都沤在自留地里。合作化以后，农民没有了自己的土地；经历过公社化，“共产风”，大饥荒，然后有了所谓的“自留地”，自然当命根子看。在自留地里，母亲成了“园艺家”。她尽日整弄，总是设法在有限的几分地里播下更多的品种，收获更多的果实。

在母亲那里，最受宠的是番薯，因为能填饱肚子，所以种得最多。地里也种花生和各种豆类：黄豆、黑豆、红豆、绿豆，各种颜色都有，还有形体窈窕的眉豆；瓜类有甜瓜、黄瓜、丝瓜、节瓜和南瓜；蔬菜的品类更多，除了常吃的白菜、芥菜、萝卜，还有芥蓝和娇贵的荷兰豆。母亲不时地会摘些豆角叶子、南瓜花煮给我们吃，比起簕菜、灰仔菜一类野菜来，味道好得远了。

母亲有自己的盘算，最看重粮食作物，所以又间种了高粱和小米。北方的农作物很少人种，小米简直无人问津，但母亲年年种，而且长势都很好。她怕孩子们吃了小米“上火”，用许许多多坛坛罐罐藏起来，隔些时候再吃。

季节性收获诱惑母亲，沿着自留地的边界，不断地向外蚕食、拓展；这种野心后来发展到开荒，试图拥有完全属于自己的耕地。有两块很大的荒地，完全是凭着她一个人的力量用锄头一锄一锄地啃出来的。可是，种了不到一年，两块地就在“割资本主义尾巴”的运动中被没收了。母亲不死心，临时改变策略，在生产队耕地的边缘和角落里，又开出若干巴掌大的地块，想不到形势迫使她成了“游击专家”，依靠“化零为整”的战术，赢得和往年一样丰实的收成。

我始终把参加生产队劳动看成是惩罚性劳动。倘是“双抢”季节，就得从天明以前开工，一直忙到深夜，干活时间长达十七八个小时。因此，对于母亲那种寸土必争的侵略野心，我非但不加赞赏，反而有所鄙夷。可是，目睹了她起早贪黑的劳苦，心里不免怜惜，于是不自觉地被她拖入开荒的热梦之中。祖先发明木犁是有道理的，锄头显然更原始；木犁翻地一天，用锄头就得费去一个月。我用犁，当然也用锄，一气在山上和海边又开出了几块番薯地、豆角地和菜地。其实，直到那时，我还不知道稼穑的艰难；我做的这一切，全然是为了讨好母亲。

在我们村子，不论男女，不但耕田种地，还上山下海。上山打柴除了用于炊事，多数挑到墟镇或砖瓦窑卖，是最现成的生计之一。下海不像打柴要外出一整天，有点业余的味道，只需一两个小时，采获的海鲜就够自家食用一两天了。

村子背山面海，其实是一个小海湾，有潮有汐。退潮的时候，男人纷纷手持竹竿出动“赶鱼”，也有用撒网，垂钓，用药或自制的手雷捕鱼的。女人则在沙滩或泥涂上作业，采海菜，拾贝类，用钉耙捕虾，更多的是挖掘螺贝或泥虫。“文革”后期，“农业学大寨”，动员全数男女围海造田，结果造出来的田是一大片盐碱地，寸草不生。村人却从此失去了一个偌大的菜篮，再也无海可下，只得望洋兴叹了。

围海之前，像那样一个聚众劳作的地方，是不可能没有母亲的身影的。

到了海滩上，母亲还是喜欢干力气活，带了锄具和竹篮，做“掘地派”。她很少拾螺，特别是那种很常见的小钉螺，叫青螺或白螺，小姑娘们上学时喜欢随身带着，咬掉尖尾巴一路吮吸。母亲虽然随群下海，却大多单独行动，自选一块洲渚挖掘。不知道是凭自家的经验，还是跟谁习得的本事，她善于辨认“螺眼”，即露出滩涂之上的不同形状的小孔，照孔开掘，往往事半功倍。平时，我只知道母亲是个一味苦干的人，想不到还能巧干，每次在海边列队归来的妇女中，都数她的采获最多。

一年四季，夜以继日，母亲不知疲倦似的，从来不曾间断手中的劳作。如果她真的感觉疲倦，会变换另一种劳动方式，总之不会让双手闲下来。

我们常常称颂劳动者对劳动的热爱，殊不知热爱劳动是后天习得的，是劳动习惯所培养起来的一种带依赖性的情感。对于惩罚性的劳动，强制性的劳动，包括为家庭的温饱而作超负荷的劳动，居然可以做到全力以赴，不眠不休，实质上是一种变态。闲静下来，念及父母劬劳，往日的尊敬不免更多地为哀怜所代替。

母亲想不到，纺麻线——一个原始性动作——竟然暗示了一种宿命：一个孤苦无依的孩子，走不出循环往复、永无休止的劳作的一生。

四 休闲与娱乐

印象中，母亲从来没有休闲的时候，除非遇上大雨天，或者在夜晚。

大雨天，母亲会留在家里，通常不是选种，就是缝补，都是一种替代性的工作。母亲选种极其细心，把豆子或别的种子倒在筛子上，然后把那些干瘪的、有蛀孔的、缺边的，连同碎石子，一颗一颗地放进另一个盆子里。只要种子不够饱满匀称，都要被淘汰掉。

对种子的珍重，使每个农户都不能不重视它的贮藏。母亲竟由此引起了对容器的兴趣。先是大小陶罐，后是各种式样的铁罐，再后来连塑料小盒子也成了她的藏品，简直为收藏而收藏了。

在乡下，凡农妇都会针线活。母亲做针线的程度，大约算得及格，因为她只能缝补，不会裁剪衣服。看着母亲粗大的手拈住小小针线，常常会生出一种滑稽之感；实际上，她带出的针脚是很细密的，一点也不粗糙。小时候，她在我右肘的地方给补了一小块红色补丁，非常耀眼，结实，蹭也蹭不掉。

母亲自知手拙，可是不肯守拙。这样，做针线也就不再是闲工夫，反而增加了她平日的负担。

有一个过去曾经给我家做过短工的老实农民，我们叫他松二叔，“土改”后妻子死了，两个男孩没人照料，褴褛肮脏得不行。他们家住新村，离我家很远，母亲每隔几天便过去把父子三人的衣服抱过来缝补浆洗，直到大儿子成家为止，这中间少说也有七八年时光。

还有附近的两个单身汉子，母亲也会经常替他们缝补，其中一个叫阿和的，及后在运动中被动员起来批斗父亲，结果成了仇人；另一个叫阿赏，对母亲的感情倒是一直很好。母亲把他当作儿女一般看待，见他住的房子小，又老旧，便让他搬进我们家，又到处张罗说媒给他娶媳妇。

到了晚年，母亲在城里，还惦记着种田的阿赏。她搜集了好几个大麻袋，拆洗过后，亲自缝补得熨熨帖帖，说是阿赏装肥料要用的。

乡下人与城里人不同，生活受制于天气的影响。若是晴天，村中是很少闲人的；换了风雨天，巷道反而变得热闹起来。这时，无论男女，大多不是聊闲天，就是打扑克；赌博风气经年不绝，听说近年更加炽盛了。

在妇女中间，雨天常做的一件事情就是做糕点。她们轮流做出各种花样：糖糕、咸糕、煎糍、炒米饼、叶贴，还有下锅煮食的刀切粉……多达二十几种，给贪婪的男人和孩子们吃。乡下的女人，仿佛生来就是为了满足男人和孩子的欲望似的。她们天性柔弱，却如此慷慨地奉献自己，实在令人惊叹。

小学课文讲过"千人糕"的故事，说做出一块糕，要费去上千人的劳动。且不说粮食的由来，即使有了稻麦，要做出糕这种精细的食品，也很不容易，尤其在乡下。

直到上世纪60年代中期，村子里还没有碾米厂，更谈不上制作米粉和面粉的机器。我们吃的大米，全靠磨和碓，还有筛子这样几种极原始的器物的帮助才给弄出来。到了要做糕的时候，先把大米用水泡透，然后找到石磨，一勺子一勺子地舀到磨盘凹陷处，用手慢慢地推。也有用木碓的，叫"舂粉"。操作时，把泡好的大米放入铁铸的臼内，扶着固定的栏杆，一脚一脚地蹬着木碓的一端；利用杠杆原理，装有铁杵的另一端随即对准铁臼一上一下地撞击。估计大米粉碎得差不多了，于是双脚停下，蹲下来用木杈子支好木碓，分多次把碎米掏出来，放入一个名叫"箩斗"的用铜线织成的极密的圆形筛子内，慢慢地摇、拍，一点点筛出粉末。最后，把残留在筛面的碎米再行倒入臼内，于是一切从头开始。

除了田间劳动，农妇几乎把所有的时间都消磨在这类活计上面。老天，这是怎样地拿有限的生命开玩笑啊！

小时候贪吃，为了吃到喜欢的滑糕，我常常抱起箩斗自告奋勇说要跟母亲一起舂粉去，结果十有八九因为无法忍受那种沉闷的劳动而中途逃了出来。糕煮熟时，我忙着吃，完全顾不上站在身旁的满头大汗的母亲了。

雨天多暇，毕竟过于短暂。在公社时期，下小雨也要出工的；即使雷雨交加，南方的天气说晴就晴，只要生产队长一声哨响，多热闹的牌局也得顷刻解散。

其实，暮晚是最安闲的时候。这时，牛羊下山，炊烟升起，家家寻唤孩子和四散的禽畜。有时我在海滩散步，会远远听见村中传来的喧呼，细而清晰，犹如在山间听到松针落地的声响，幽静极了。倘若不是农忙季节，又没有遇上政治运动，入夜，就会看见火把、马灯和手电光缓缓游动；人们继续聊天、打牌，在有限的活动中寻找无限的快乐。可是，不用多久，整个村庄便沉入到黑暗的梦乡里了。

对母亲来说，夜晚倒不见得有更多空闲。由于父亲帮助料理晚炊，她便安心留在自留地里，到家时往往要掌灯吃饭。饭后她要做好些琐碎的事情，比如到草垛搬柴禾，清理猪圈和鸡埘，等等。我和妹妹小时候，还得由她照顾洗澡，哄我们玩耍、睡觉。等到一切归于安静，她才会腾出手来，用火，用凡士林，疗治多发的“猪尿疱”和严重的皲裂症。

什么闲情之类，于母亲是没有的；一个埋头劳作、寡言少语的人，自然更谈不上娱乐。如果说，她也曾参与过一些娱乐活动的话，那么，除了春节看挂灯、舞狮舞龙之外便只有看大戏和看电影了。

可怜的乡下人，一年到头看不到几场电影；如果不是庙会，甚至连一台大戏也看不上。所谓大戏，是说的粤剧，一般是县里才有的演戏班子。大戏里唱的咿咿呀呀，全场都听不懂；生旦末丑，搽脂抹粉，一招一式，也都异于常人，所以，大家其实是看稀奇一般地看。再说，大戏有气派，光是袍服，镶金绕翠，珠光宝气，就把简陋惯了的乡下人震住了。小姑娘们迷上穿在旦角身上的闪闪发光的衣服，第二天争相起早赶到戏场，在地上四处搜寻可能散落的珠子。

公社有一个电影放映队，住在镇上的电影院里，大约上头指定下乡任务，每隔一段时间，就在十多个大队间巡回一遍。村里要轮上放电影，至少也得两三个月。放映队员成了全村最惦念的人，男女老少都熟悉他们的名字，常常探听他们的行踪：到了邻近的大队没有？哪个村子放电影了，10里之内，人们必定闻风而至，翻山涉水不在话下；有时传言有误，10天之内白跑几趟也是有的。一部《地雷战》，少说看过十遍八遍，人们仍然津津有味地追看下去。县城放映朝鲜影片《卖花姑娘》，一时成了特大事件，四方男女纷纷进城，据说邻村还发生了在电影院丢失孩子的事。

露天影剧院就设在小学操场上，操场后面紧挨着一个小土坡，观众太多就可站在那上面，成为天然的后座。听说当晚要来演戏或是放映，从早晨开始，小学生就会陆续从家里把竹椅、板凳、条凳统统搬出来，抢先占据前头的位置。为了争占地盘，小家伙们常常吵架，甚至动起手来。

如果不是亲历者，真不敢相信母亲是最忠实的观众，尤其钟情于电影，没有哪一个场次是缺席的。当她得知放映队进村之后，下午必定早早收工，决不会像往日一样呆在地里；到家之后，立刻生火做饭，草草吃过，便找来孙女领她提前进场。

开映以后，母亲目不转睛地一直盯着银幕，像是课堂里的一名专注的小学生。银幕中出现的所有人物、场景、风景，对她都有极大的吸引力，叫她感到亲切、紧张、同情或忿恨，以致不时地叫出声来。国产片子的蒙太奇组接不太离谱，以母亲的思维，还能跟得上故事发展的逻辑，因此，人物的命运会紧紧地牵动她的心。她一边看，一边自言自语，有时候居然也发表一点评论。

祖母看大戏，不看电影，说电影中的人物全活在一张布上，所以是假的，是骗人的把戏。母亲不同，把电影世界看得跟生活一样真实。她从来不知道，也不会相信世界上有不真实的事物存在。这种电影观非常奇特，直到晚年看电视，仍旧是一样的态度。无论新闻，还是连续剧，只要打开电视机，母亲就会马上进入角色，如果有人坐在身边，她会指着画面说："你看，这个人前天来过，今天又来啦！"或者："有这么狠打人的吗？唉哟！打死人啦！打死人啦！"完全信以为真，那种认真投入的程度，使我感到十分吃惊。

对于母亲如此热衷于观剧，父亲觉得好笑，只好照例归结到愚妇人的名下去。

在母亲的潜意识中，一定向往着一种新奇的生活，生活以外的生活。这种生活和原先的生活并不脱节，都是现实中的生活。从小时候开始，母亲就被寂寞、孤独和恐惧所笼罩，被无尽头的沉重的劳作所压抑，长期处在一个幽闭的世界里，所以需要释放。

到了晚年，我们看到她果然变了一个人：爱社交，爱说笑，爱游览，爱玩耍，爱穿花衣服。她买玉手镯，买金耳环，冬天买绒线帽，夏天买皮凉鞋……她买所有这些，都不曾想到"显摆"，只是看到别人穿戴起来漂亮，她也要漂亮罢了。书本子有一个词，说是"返璞归真"。"真"是母亲的本色，不存在归与不归的问题；而她一生朴素，需要返转的，只能是热闹繁华。

三姐跟我谈起母亲时，常常拿村里的农妇做比较，认为母亲晚年大体称得上"幸福"。因为她终竟有了余闲，而她的希望也都得到了满足，姑不论这希望是多么的微末；而许许多多农妇，自始至终被淹没在死水般的生活里，连一个希望的气泡也没有。

然而，不幸的是，即使称得上"幸福"，对母亲来说，也来得太迟了。

五 与祖母

过去，童养媳在农村并非是罕见的现象。

在我们村里，就有好几个童养媳。童养媳其实是小女奴，她们的身份从小就被确定了，而且大多数遭到家人的虐待。婆婆的权威至高无上，不能忤逆。一个童养媳跟婆婆顶嘴之后跑回娘家，当天被娘家遣返。婆婆掌嘴，还用烧红的柴炭烫她的脚，一边烫一边骂："小母狗，看你还跑到哪儿？"

祖母心肠软，膝下又没有女儿，在母亲过门以后自然充当了婆婆兼母亲的双重角色。祖母教会母亲生活，劳动，待人接物的各种礼仪。虽然，母亲得一刻不停地干活，但是从来不曾遭到祖母的打骂。要是到远处干活，祖母会留给母亲最好的饭食；两个人在外面干活，祖母会给她吃稠的，自己喝稀的。遇到挑担子，祖母也会把重担撂在自己肩上，有时还得接应母亲。平时，母亲很少与人争执，遇事时祖母总是袒护她，使她特别感激。

母亲想不到，有一天，怜爱她的祖母竟然也会伤害她。

大哥早夭，母亲接下来一连生了3个女孩。这时，祖母按捺不住了。她认定母亲"命水"不好，从传宗接代的方面考虑，决定让父亲纳妾。这是一个根本无法还手的打击。母亲听到这个消息以后，既不敢哀求，更不敢抗辩，天天晚上跑到大姑妈家里哭。

父亲是有名的孝子，但是在纳妾这件事上，他没有顺从母命。而祖母也不肯妥协，从此母子间冲突不断，直到我出生之后，才算有了和平的局面。

按逻辑推断，母亲对祖母一定会怨恨在心。然而没有。母亲记住了祖母所有对她的好处。就在纳妾的事情上，她也不会觉得祖母有什么错处，天底下毕竟有那么多男人纳妾；只是火落到了自己头上，能逃脱算是幸运，逃不脱便只好认命。

因此，母亲一直保持着对祖母的敬爱。

我上高中的时候，祖母卧病不起，时间拖了整整三年。回过头看，祖母大约得的是肺结核，或者其他心脑疾病并发支气管扩张出血，床头置放着一只痰盂，每天都有痰血吐在里面。在乡下，老人得了重病简直是无需医治的。父亲没有送祖母到公社医院去，只是偶尔给吃几服中药；不过，他会时常看顾祖母，站在床前跟祖母说说话。有时，为讨祖母高兴，还会像“二十四孝”中的老莱子一样，打拳给祖母看。至于祖母生活中的诸多事项，除了煎药，全都包揽在母亲一个人身上，其中包括供给饮食、照顾便溺、清理痰盂、洗换被服，等等。一千多个日日夜夜，母亲照例做着日课，毫无怨言。

而且，母亲并非专职的陪护，她要在野外劳动归来之后做着所有这些，更不用说还有那么多家务缠身。周围的女人替她抱不平，说：德奎婆不是有两个媳妇吗？另一个呢？于是怂恿母亲和三婶母轮值照顾祖母。母亲听了，并不在意，也不搭理，照例做她的日课。

祖母去世时，村里正好发大水。我家老屋的外墙坍塌了，全家搬到邻近的草间居住。母亲发现，先前一直陪伴祖母的老黑猫恋着老屋，在那里走来走去，不肯跟我们迁移。我们捉它的时候，它就逃上祖母住的屋顶，在那里守着，不吃也不喝。母亲很是悲戚，把黑猫认作祖母的魂灵，于是一天三顿，每顿都端着盛了猫食的瓦盆子，端端正正地摆放到老屋的墙头上去。

去世前，祖母把金耳坠解下来交给母亲，连同祝福。

临到母亲，最后也像祖母一样解下耳坠子，郑重地交到妻的手上。

六 与父亲

夫妇之间，城里人称“爱人”。这个称呼始终没有在乡下流行起来，大约由于乡村讲究“从一而终”，一旦结合，哪怕“怨偶”，毕竟也是“偶”，因此自然舍弃这个多少有点张扬的酸溜溜的字眼，而采用另一个平实的公婆的称谓。夫妇互相招呼，便称“孩子他爹”，或是“孩子他娘”，故意拉大距离，显得不那么亲热。

对于父亲，母亲从来直呼其名，这在上辈人来说是少见的。妇女的名字，称呼时一般不被提起，只说丈夫的名字，再加一个附带性的“后缀”。比如村里有一个男人叫德利，辈分很高，却起了一个叫“二妹”的小名，这样晚辈称呼他的女人就只得叫“德利二妹婆”，像“艾森豪威尔”一样又长又别扭。合作化时候，村里的妇女给起了一批新名字：“丽英”“玉珍”“翠芳”之类。虽然大同小异，但是有着独立的意义。父亲填表入社时，并不替母亲起名字，仍用原来的小名阿慈。在他们之间，似乎谈不上恩爱，彼此尊重应当是说得过去的。他们从来不曾打闹过，这在上辈人来说也很少见。

平日里，父亲和母亲两人很少对话。父亲见识广，有主见，凡家庭的大计划，比如修房子、买田地、卖猪卖牛，都用不着跟母亲商议，但是会“照会”母亲，而母亲是一个事务主义者，今日重复昨日，实在没有什么值得通报的新事；只有涉外事务，比如亲戚来了，该如何打发一类，才会“照会”父亲。

母亲在人前常常自言蠢笨，对于父亲的作为，大致上是诚服的。但是，她并不把父亲当权威看，对于父亲的意见，决不肯违心地服从。母亲有一个特点，只要心存异议，从不争辩，只是保守沉默，甚至几天几夜不说话。沉默时，她有一个标志性的动作，就是把嘴唇撅起来，父亲说是可以挂一个油瓶子。初中时，一次周末回家，父亲很着急地告诉我，午饭时对母亲数落了几句，她就空手出门去了，至今没有回来。这时，天已擦黑，全家不得不分头去找，惊动半个村子，依然不见人影。直至午夜，母亲才闷声不响地踽踽归来。

这是一种消极的对抗态度。父亲是一个和平主义者，根本受不了这种冷战气氛，所以到最后，还是自己投降了事。

在农村家庭，无论女人多么能干、强悍，在男人面前都是弱者。打闹，罢工，出走，以致服毒，上吊，都是弱者的武器。其目的无非为了维护自我有限的尊严，改变不平等的地位。母亲跟别人不同，她使用的武器唯有沉默，这种武器实质上将火力对准自己，对别人构不成伤害。至于出走，很可能是她看透了父亲跟祖母一样的软心肠，因此借此恐吓一下，让父亲懂得退让。还有一种可能是，她只是找一个隐蔽的地方舔自己的伤口，完全与别人无关。但不管是哪一种情形，此后，这种行动再也不曾出现过。

父亲读书人出身，有着不少的传统观念，其中之一是不弃“糟糠之妻”，平时对母亲是宽容的。他坚持不纳妾，大概也同这观念有关，致使母亲为此感激一生。还有一个观念是：“兄弟如手足，妻子如衣服。”这两个观念，在母亲这里是有冲突的，因为她永远记得来自“手足”的伤害。

祖母生下父亲和三叔父兄弟两人，从小疼爱三叔父。祖父死得早，家庭的重担落在父亲的身上，但因此，也磨炼了他的生存的勇气和能力，正式结婚过后，就早早外出教书挣钱了。父亲把挣来的钱按月寄给三叔父，让三叔父当家。可是，他想不到三叔父沾染了纨绔子弟的习气，游荡，赌博，几乎把钱花个精光。三姐说，那时已经有了大哥大姐，可是连他们也长达一个月尝不到肉味。父亲假日回家，母亲将真实情形告知他，而祖母为了保护三叔父，却是极力加以掩饰。父亲走后，三叔父迁怒于母亲，冲突之下，竟然大打出手。

母亲恩仇分明，看来有点乃父之风。她记恨三叔父，还有“土改”

的事。那时，兄弟俩已经分家。我家差点被评为富农，幸好有贫协主席多人为之解脱，而三叔父是贫农小组长，却不曾出面为我们说话。这种袖手旁观的态度，在母亲看来等于见死不救，用她的话说就是“等沉船捡舢板”，居心叵测。母亲不知道，当时不少地主富农是由亲人检举揭发最后定案的，因为亲人的证据最具杀伤力。这其中，有出于工作队动员的，也有主动请缨的。主动有什么好处呢？目的是可以合法地侵占亲人的财产。借亲人下手，很有点“以夷制夷”的味道。比起这些“踩水入船”分子，公平点说，三叔父的态度温和多了。

至于三婶母对母亲的伤害，则是人格上的伤害。伤害之大，她们都想不到，竟然成了当时方圆几十里的一个新闻事件。

我家，三叔父家，还有不同房族的阿祖婆一家，合住一间大屋。靠门口的一半属于阿祖婆。我家住里间，三叔父家住廊间，两家共用一片厅堂和天井。阿祖婆在厅里设置牛栏，养了一头母牛，一头小牛；三叔父家的稻草就堆放在大厅的另一个角落里。

一天，母亲刚刚从地里回来，阿祖婆就从屋里冲了出来，揪住母亲的襟领破口大骂，说母亲心肠歹毒，打死她的小牛。母亲一头雾水，当然不会承认，这时阿祖婆再次拽住祖母，说：墙没穿，屋没破，哪个恶人进来啦？不是你媳妇是谁呢？祖母猜定是三婶母干的，因为她多次抱怨堆放的稻草被小牛叼走、嚼食，这次可能被她亲自撞见，一时性起，失手把小牛打死了。为了息事宁人，祖母背后劝说母亲包揽在自己身上，说：你是大嫂，大人大量，就饶让她这一次吧。又说：吃亏是福，善心积德益子孙。

母亲居然听从了。

母亲供认之后，阿祖婆立刻告上村公所，要母亲挂牌到镇上示众。据说示众时，母亲得敲着一面小锣，一边敲一边说着自渎的话。阿祖婆和三婶母本来很要好，后来不知为何闹矛盾，把小牛事件给翻了出来。阿祖婆凑近三婶母的脸骂：“你这烂毒妇！昧良心！打死了小牛，反赖自己大嫂……”三婶母始终不敢吱声，事情才算真相大白。

有了这段屈辱史，母亲也没有和三叔父一家断绝外交关系，对双方儿女间的往来也不设关卡，算是“和平共处”。三婶母嘴巴不饶人是出了名的，周围的妇女都怕她，大约因为背了历史上这笔精神债务的缘故，独独对母亲还能保存几分敬畏。

父亲始终贯彻他的“兄弟如手足”的原则，对于三叔父一家，在经济上一直提供援助。父亲的援助尽量不让母亲知道，而母亲也装作懵然不知。三叔父家有一天断炊，父亲深夜摸黑起来，拿着准备好的布袋走近米缸，悄悄装满了便提着走。可是他粗心大意，竟不知道布袋破了一个小洞。第二天早上，母亲起来做饭时发现，有一行大米弯弯曲曲清清楚楚地从里间一直通向廊间。她完全明白是怎么回事，于是叫醒父亲说：“你起来看，老鼠偷大米啦！”父亲连连摆手，又指了指廊间，意思是不要让三叔父家听到难为情。

这是三姐说的故事。在母亲晚年，我曾经当面问她是否有过这样一回事。母亲说：是呀！你父亲一辈子都记挂你三叔父，怕他饿死。她大概想起来觉得有点滑稽，说完便笑了。

除了“文革”，从“土改”到“合作化”的几年，是父亲一生中最阴郁的日子。这种阴郁的心情，连母亲也看出来了，劝慰父亲说：“现今有个饭碗端着就好了，整天忧心什么呢！”父亲多次说起来，笑着说：“你母亲说得轻松，她可知道这碗里的饭是从哪里来的！”

母亲不懂政治，委实不知道运动的厉害。土改仅评议阶级，便足够让父亲寝食难安，更不要说后来斗争地富那种惊心动魄的场面。最可怕是运动接连而至，没有终结的时候。合作化来了，迟迟不被结合入社；入社之后不久，又要“整风整社”了。

村子里这时揪出几个典型的不满分子，其中还有一个是土改根子，村人称是“贫农骨”。白天，乡文书把他们的言论抄在黑板报上，大概相当于后来的大字报；晚上，民兵将几个人一起拉到乡政府门前批斗。

有一个青年人叫阿让，家境比较富裕，土改时被评为中农。他体态魁梧，长相端正，以牧鹅为业，出工时提着一根长长的竹竿，身边是一个浩浩荡荡的鹅群，很像一个威风八面的将军。乡政府判定他对合作化不满，有人检举他说入社损失太大，引用一句歇后语，逢人便说："水瓜打狗，不见了一大截哇！"水瓜是我们乡下很常见的一种瓜，性脆易折。阿让只是说了这样一句话，再就是在会场里不肯认错，于是被单挑出来斗争了好几场。

十几年过后，阿让突然疯掉了。他在脖子上挂一条白毛巾，模仿当年工作队的样子；经常到镇上和县里去，不分日夜，说要找政府，又自称是中央派下来的人，总之行为很政治化。他们家族没有精神病史，不知道是不是同当年遭批斗有关。因为闹得厉害，几个弟弟用锁链把他锁了起来，一两年后死了。

最惨的是阿让的独生子阿基，人非常聪明，在他父亲发病时正念初中，不得不中途停学。阿让去世后不久，他同样疯掉了，死了。

农村不是世外桃源，父亲的忧患是有根据的。整风刚过，公社化就来了，"一天等于二十年"，中国"跑步进入共产主义"。阶级斗争转变为生产斗争，到处"大跃进""放卫星""超英赶美"，这种即将进入"天堂"的乌托邦的狂热，反而给了父亲稍息的机会。不过，母亲却得经受高强度的劳动考验，同乡亲一起忍着饥饿挖运河，建高炉，日夜苦干，不眠不休。大灾荒吞噬了许多人，公共食堂旁边，还特地建造了一间房子，专门薰治因饥饿引起水肿的病人。等到整个村子复苏过来以后，大小"四清"运动接踵而至。运动本来是整干部的，但是有一个致命的环节，就是重评阶级。这样一来，父亲又得悚悚危惧。好不容易侥幸过关，"文化大革命"的浪潮随即把他冲倒了。

开始时，公共食堂的墙壁上贴满了大字报。母亲在外看到，以为是演戏放电影的海报，很高兴地告诉我。其实，那正是针对我的一个预警，过了两天就把我揪出来批斗了。到了“清理阶级队伍”时候，父亲被打成“现行反革命”，被民兵用绳索绑起来，挂上黑牌，拉到批斗大会上经受众人的拳打脚踢，然后押解到镇上的监房里。父亲是“二进宫”，被“解放”之后三年，来了“一打三反”，又被揪斗了一次，而且依旧押送到老地方。

在这个非常时期，母亲看起来很镇定，一样早出晚归，一样悉心料理她的自留地。她不曾到会场上观看批斗的场景，也不曾向我打听大会上的详情，只想知道事情的结果。在她的理解中，人祸同天灾一样，以她个人的能力是无法应付的，只好等候结果。我每次从镇上探视父亲回来，她都会问道：“你父亲怎么样了呢？”然后长久地沉默不语。后来父亲中风瘫痪在床，她每天看望几次，偶尔才问一句，但都是类似的话：“你父亲怎么样了呢？”母亲似乎有意回避事情经过的细节，或许以为所有这些细节于事无补也未可知；但是可以肯定的是，这些变故，对她的精神的震荡是巨大的。

当事情过去许久，“文革”已近尾声，一天她劳动回来，还没放下工具，便惊恐地告诉我说，外面墙上又贴了许多大字报。我出去一看，原来是征兵宣传广告。

父亲去世当晚，我从命把巫师请来，刚刚在厅堂里站定，就听见身边“咚”的一声，只见母亲双膝一齐跪下，放声哭道：“夫君呀——”接着用了乡间哭丧歌的调式，一边哭，一边唱起来。我不忍面对这种场面，把三姐撇在原处，径自走出门去。

母亲一直唱了一个多钟头，哀号一般，在村头也能听到。

第二天早上，我问三姐，母亲唱了小半夜，都唱了些什么？三姐说，母亲唱父亲一生怎样受苦受屈受累，唱到后面，净唱父亲待她怎样地好……

我听了，眼泪夺眶而出。

七 与儿女

比起城里人，农村妇女的生殖能力特别旺盛，每人膝下都有一大群儿女。乡下人的生殖是同生产连在一起的，单纯的、吃喝玩乐的生活不是他们的生活，因此，他们需要劳动力，需要更多强壮的臂膀，需要男丁。近30年来，国家积极推行“计划生育”，而农民仍然不顾一切，冒着严厉的惩罚，包括被追捕和关押的风险，也要更多地生育。

听三姐说，母亲也曾生下七八个男女，大半夭折了。即使剩下三姐、我和四妹三人，从出生到长大成人，重组家庭，母亲相随着不知道损耗了多少心力。父亲是乡村医生，虽然在经济上无须太多忧虑，重大事务上可以代替她承受压力，但是，作为一名农村妇女，童养媳，妻子和母亲，始终无法摆脱悲剧性的角色——有事或无事的悲剧。而生活可以给她的喜剧的戏份实在太少了。

与儿女合影

我是独生子，在家里自然成了宝贝。出生后，据接生婆说我痰火大，要母亲天天到田野里采集崩大碗和田铎菜煎水给我灌饮。由于体弱多病，母亲信拜观音菩萨。我有一个小名“观雨”，母亲一直这样称呼我，这名字就取自观音。母亲还用襁褓背着我走很远的地方，认巫师为契父母，以保佑我无病无灾，四时平安。从记事的时候起，母亲常常把我带到庙内，面朝众多土偶，烧香、叩头、跪拜。我断奶很晚，在此数年内，母亲严格忌食，糯米、鲤鱼、牛肉之类从来不敢食用。农村重男轻女，母亲虽然未曾贱视女孩，但是对于男孩的我，确实特别钟爱。

入夜，老旧的大木床成了我的乐园。煤油灯站在装满稻谷的大瓮的瓦盖上，橘红的光镀亮四壁，蟑螂在壁间不时地踱来踱去。母亲忙完手头的活计，然后坐到床沿上陪伴我，看我玩火柴，弹珠，盖房子和造车子。她插不上手，只是静静地看。我学会做手影，做出各种人和动物给她看；她觉得有趣，捉住我的手教她，可是怎么也学不会，惹得我得意地大笑。这时候，她就会把我揽过来，或者双手将我高高举起。许多时候，我会给母亲捶背，涂凡士林，递给她剪刀、针线、火篱子，做完了就像完成了什么大勋业似的兴奋。困了，大多在母亲的臂弯里入睡。在蹭来蹭去睡不着的时候，母亲也不会像别的母亲吓唬孩子那样，拿凶神恶煞或古灵精怪的东西来吓唬我，只是轻轻地拍打我，一边拍，一边唱古老的歌谣……

入学前夕，父亲命我到他兼做诊室的小屋子里睡觉。从此，我便永远失去和母亲在一起的温馨的夜晚了。

比起母亲，父亲是一位严厉的教官。为了不让我和野孩子混在一起，他把我看管起来，给我安排念诗和习字的功课。而这些，母亲是不能教给我的。其实生活中还有许多知识，如如何穿夹衣、系鞋带，睡觉时如何预防着凉，等等，都是来自父亲的教习，更不要说翻查字典一类事情。这样，母亲自然下降到了一个旁观者的位置。习字时，她会站在我身后，看我一笔一画地写，那么安静和耐心，却不知道我在写些什么。

一天，母亲很郑重地告诫我，说字纸要存放起来，不能随便扔在地上踩踏，好像平日教我爱惜粮食，必须把丢在饭桌上的饭粒捡起来吃掉一样。大概是从哪里听来“敬惜字纸”一类古训吧，总之在我的记忆中，这是母亲在学习方面给我的唯一的教诲。

刚到镇上念初中，有一段时间天天逃学。由于从小被家人溺爱，一旦离家便得了“恋家症”。每到黄昏时分，一定想母亲，想祖母，想村里的炊烟，想得不行，就拔腿往家里跑。

当然这是父亲所不容许的。他强令我次日一定要回到学校里上课，这就苦了母亲。她得比往常提前一个多钟头起床，先给我做好饭，然后再为全家做早炊。全家吃的是稀饭和番薯，而我吃的却是白米饭，外加鸡蛋、鲜鱼和干虾。我不但毫无愧意，还受罪一般吃得抽抽搭搭。吃罢饭，四周暗黑，母亲怕我在路上受惊，总是护送我，到了一个叫新河的地方，天色大亮，这才在高坎上站定，目送我一个人走。

高中毕业后回到村子里，不久，同一位女同学结了婚。那时，我依然沉湎在小布尔乔亚的好梦里，想象在文学方面如何一鸣惊人。母亲对于我们的作为是不满意的，我们不但不曾设法减轻她的家务负担，也没有按照生产队的规矩出牌，吊儿郎当，经常缺勤。在母亲看来，我们肯定做不成殷实的庄稼人。过去，她大约受了父亲的影响，认为读书是少年人的正途，对于书本有所敬畏。现在不同了，我的身份已然改变。母亲会认为，书本的神圣性，或者说用处，只限于学校的范围内，是供那些饱食终日的“斯文人”使用的，村子里有哪一个庄稼人是沉迷于书本子的呢？她不能不把对我懒散的不满迁怨于书本。我多次发现，要是她安排我干活，而我因为耽于看书而迟迟行动，脸上就会露出愠意，甚至不屑的神色。在母亲那里，劳动是至上的，不论是何种劳动，绝没有世俗的那种贵贱之分。只要勤勤恳恳地劳动，她认为，建立一个小康之家应当不成问题，起码不至于饿死。母亲嫉恨书本是有道理的，她担心书本会勾引我走向堕落，成为“二流子”一类人物，以致毁了一生。

在实际生活的压力下，我们老实了许多。妻靠着一部老掉牙的华南牌缝纫机，以“搞副业”的形式，赢取了全队妇女的最高工分；而我已能娴熟地掌握各种农具和技术，在生产队的男劳力中，也曾一度积分最高。此后，母亲在我们面前变得和悦许多了。几年过后，我戏剧性地变做了卫生站里的医生角色，书本成了在场常用的道具。我不曾问过母亲，不知道她这时对书本还抱成见否。

无可否认，自从长大并亲近了书籍之后，我同母亲的关系确实变得日渐疏远起来。及至后来，我由医生改做了编辑，干起了做书本子的行当，离母亲就更远了。这是我想不到的，母亲更是想不到。那天，我手提简单的行李，登上手扶拖拉机，头一次远离故土，奔赴省城工作。这时，在送行的行列里，独不见母亲的身影。母亲呢？谁知道，她是不是一个人躲在老屋里暗暗哭泣？

可怕的是，这个发现来自几十年后的回忆。至于当时怎么想的，如今却是一点也记不起来了。

台风过后许久，记不清是一年中的第几次台风，我从省城回家探望父母。乍见之下，母亲便嗔怪说："刮那么大的风，也不回家看看，家里要是被洪水浸没了，你也不知道……"在母亲心里，我当永远记挂着老家，就像她记挂着我一样；当她发现事实上并非如此时，当然要感到失望了。

省城离村子迢迢千里，而且，我是一个有工作的人，那时又正值"清污"，受到报刊公开批判，哪里能够说回来就马上回来的呢？可是，她不晓得这些，也不管这些，她看重的只是情感，乡土的情感，家的情感，这才是世界上最贵重的东西。

论命运，三姐非常不幸。为了三姐的遭遇，母亲益增了许多忧患，直至终其一生。

三姐比我大7岁，和柳青《创业史》中的徐改霞是同一代人。她们在合作化时期小学毕业，毕业后，同时走向城市，到处寻找招工的单位，最后同样以碰壁告终。

公社化时候，村里成立了一所“农业中学”，三姐最早成为其中的学生。学校延请了两位教师，年老的姓罗，年轻的姓梁。一年后，三姐开始同这位姓梁的教师闹恋爱了。所谓命运，往往取决于一念之差。当时，邻村有一位姓关的青年军官追求三姐，拼命写信，还寄了相片，结果因为三姐不喜欢军人而作罢。倘若她做了军官太太，一生将顺遂许多；可是，潜在的土匪血统支配了她，她为自己选择一条叛逆的，不问而知也是坎坷的道路。

很快，“大跃进”下马，农中解散。姓梁的教师是地主的儿子，父母早已亡故，真可谓上无片瓦，下无立锥之地。他无法可想，只好远走省城讨生活，一边跑工地，一边做点黑市小买卖。三姐在全国实行人口管制的情况下，竟敢离家出走，紧随恋人而去，而且一去就是3年！一天醒来，不见了三姐。父亲说是失踪了，母亲在一边不说话，眨巴着眼睛，脸上布满泪痕。

父亲反对三姐恋爱，何况对象是地主的儿子。“阶级”是父亲一生中最畏惧的字眼，他亲眼看到，在这字眼后面牵系着的许多无告的亡魂。但是，三姐无所畏惧，她确信爱情可以战胜一切。大约10天左右，父亲接到三姐的来信，报告她已经到了省城。据说信很短，留下一个通信地址，说目下有工可做、无须远念云云。一个年轻女子，远在千万里外流浪，无亲无故，如何不让父母挂念呢？那时没有长途电话，远近只靠信件联络，于是母亲天天催父亲写信，向父亲打听三姐的情况。为了使父母放心，三姐在信中编造了许多玫瑰色的故事。十几年后，她告诉我真实的情形是：天天跑工地，省城郊县的许多工地她都跑过。倘若做上临工是幸运的，至少有地方可以歇宿，不然就得露宿街头。由于省城严查“黑人黑户”，她无处安顿，曾经有过许多个夜晚在马路上走来走去，直到天亮。那时候没有通行证，出门需要单位证明，好在她事先让村里的一位干部朋友给了一沓加盖了大队公章的便笺，随机填写，才不至于像许多外出的青年人一样进收容所。可是，怎么可能如实陈说所有这些呢？在父母面前，她必须扮演一个喜剧的角色。直到有一天，她除掉面具，背着行李面容憔悴地出现在父母面前。

半年前，三姐同她苦恋的男人在广州的一位朋友家里悄悄举行了婚礼。后来，她把情况写信告诉了父亲。木已成舟，父亲没有异议，而母亲在儿女婚事问题上并不介入，她是任由他们自己作主的。一周前，广州出现“大逃港”风潮，传闻政府开放海关一周，内地人可以买火车票直达香港。三姐的男人就在头两天买票去的，而她因患病不能同往，从此，“各自天一涯”，两人相隔整整20年不能相见。

命运有一种偶然性，它那种反逻辑的力量是难以抵御的。三姐没有世俗所称的所谓“夫家”，只能在“娘家”长住，这是她难以接受的，然而又无可奈何。她每天发烧，迅速消瘦，几个月后颈部出现肿大的淋巴。父亲作“瘰疬”处理，又延请中医外科朋友治疗，使用各种民间验方，均无效果。一天深夜，三姐突然昏迷，抽搐，急忙送往镇上医院，诊断为结核性脑膜炎之后，再转送到县医院去。住院长达半年，多由母亲陪伴照顾，在此期间，母亲还要不时地抽身返回村里看望自留地里的作物。三姐和瓜菜杂粮都是母亲的儿女，此时同样离不开她。

三姐与死神擦身而过，可是脚部留下后遗症，走路一瘸一拐的样子。在村子里，她没有户口，生产队不给口粮。她连劳动的权利都被剥夺了，只好给我们带孩子，兼起保姆和家庭教师的双重角色。开始时，男人常有信来，也寄了些钱和药物，后来渐渐冷落，有几年全无音讯。于是，媒人陆续上门，劝说三姐改嫁。三姐烈性，斥退了来人，当她转过身去，心里一定很苦。也有媒人找到母亲，试图以父母之命施加影响，母亲一样摆手回绝。她了解三姐，尊重三姐的选择，但心里也一定很苦。

从上世纪50年代到80年代，据说内地逃港者有一百万之多，沿海地区多采用偷渡的方式，集体集资买船，经海路去香港。三姐自知在大陆是一个没有前途的人，何况男人就在香港，因此加盟偷渡是很自然的事。她一面联络同人，一面凑集经费，有两三个月，天天带着一条病腿，上山割草卖。每天卖草的收入不足两元，在今日菜市场上买不到一两肉，可是她记得“聚沙成塔”的古话，在这个世界便没有困难可以阻挡她。可是出师不利，不是毁于告密，就是中途受阻，三姐无论如何奔走挣扎，最后仍旧被命运扔回原地。

因为偷渡，三姐在县城的监狱里关押过两次，又因为有过这种“投敌叛国”的行为，在父亲被打成“现行反革命”的时候，被拉到大会上陪斗。记得中秋节的一天，我到城里探监回来，母亲蹙着眉，还是那种熟悉的语气问：“阿三怎么样了呢?”我说话哄她：“三姐很好，人胖了。看门的让我们说了许久许久的话，还告诉我，她很快就出来啦。”其实，狱方根本就不让我见到三姐。

“文革”结束后，三姐向公安部门多次提出申请，终于在1980年获准去了香港。我至今清楚地记得她告别家人时高兴的样子。直到她踏足港地，才得知她的男人已经另立了家庭。

梦想破灭了。可以设想，对于三姐来说，这是一个何等沉重的打击。她第一次回乡探亲时，两个眼圈黑黝黝的，看起来像熊猫一样，明显是失眠的病征。

母亲第一句问话是：“阿梁成家了没有？”可见问题在她的心里盘桓已久。三姐强颜欢笑，自然说没有。但是，母亲始终感到困惑的是，她的女婿并没有随同女儿一起回来省亲。她向三姐提出，她很想到香港玩玩，实际上无非希望借机探听两口子的底细。孝顺的女儿迁延没有答复，母亲当然不可能成行，为此，三姐不知怎样地痛恨自己。

三姐是劳工阶层，收入少，假期也少，每年回来一两次，每次最多逗留三几天。在香港，她租房住，那里的房租昂贵是有名的，这样可支配的余钱并不多。她头几年回来都会多带些钱给我，怕我孩子多，薪金不敷家用，后来就把钱全给了母亲。母亲从来不懂得花钱，给那么多钱干什么呢？三姐说：她要留着就留着，送人就送人，用不着管她，只要她高兴就行。对三姐来说，与其说是答报母亲，不如说在救赎自己！

十几年来，三姐只有一次长假，足足有半个月时间，早晚和母亲在一起。她返港之后，母亲好几天躺在床上不出门，我看她的时候，一副泪眼婆娑的样子。她对我说："阿三走了不习惯，心里老挂着。"

母亲去世那年，刚好三姐退休，她在广州买了房子一个人住，有充足的空间，也有充足的时间，只是母亲已经用不着陪伴了。

四妹的婚事问题，同样困扰着母亲。

我自从做了乡村医生，而母亲又吃了"老人粮"之后，四妹便成了家里唯一的劳动力。除了跟随生产队出工以外，从前母亲做的家务活大半落在她的头上。她年纪轻轻，可是没有一天闲着，如此累月经年，过三十岁还没有出嫁。

母亲平日不大管事，这时不免向我嘀咕几句，意思是要我这个做兄长的能够负起责任。如果要在乡下找一户人家，应当不是难事，但是，我对生产队体罚般的劳动和农村死气沉沉的氛围已极其反感，四妹和她的伙伴其实不想待在农村，至于母亲自己，多年恪守的关于劳动致富的信条也开始动摇了，于是开始托人在城里找出路。城市与乡村的地位太悬殊了，过去如此，现在也如此。城里人的优越感根本无法让人接受，我作为先遣代表，到城里看过两家，谈判结束事情也就结束了，连向四妹交代的勇气也没有。

不久，因为到省城工作，不得不把四妹的事情耽搁下来。好在四妹经常出城走动，自己找到了对象，这样才了却了母亲的一桩心事。

两年后，四妹生下一个女儿，母亲宠爱得很，担当外婆的新角而乐于操劳。小女孩成了家庭的中心，随着她一天天长大，母亲也就退向大家不复关注的边缘，一天天地衰老了。

在老家，我的几个孩子都是三姐抱带的，母亲整天戴着竹帽出门，亲近的机会自然很少。茜儿至今清楚地记得在大屋重修入伙的那个清早，母亲负着双手背起她点灯、传唤、颠来颠去的情景，就因为平时很少抱过，所以成了稀罕事，有一种受宠的感觉。

母亲把她对儿孙们的爱完全移情到自留地的农作物中去了。她自觉不会赚钱，无法购买珍奇的东西给孩子，唯靠自己的体力，种出番薯瓜果供他们吃用。她的谦卑在这里，骄傲也在这里。每当我们围坐在一起大嚼番薯、甘蔗时，母亲常常坐在旁边，静静地看着。那样子，仿佛在欣赏大家的吃相，其实她是在告慰自己，满足自己。

孩子们都深爱着他们的老祖母，正如她深爱着不知不觉地在身边长大的一群。

母亲从医院回来，躺在厅堂里接受输液治疗，人是一天天地衰弱下去。母亲去世的当天，全家大小从城里赶了回来，都在等待着那样一个自然而又不期而至的最后时刻。人们彼此交谈，走来走去，只有小女儿卡伊一个人待在母亲的身旁，让母亲的大手握着她的小手。适好我从旁经过，卡伊突然告诉我说，祖母的手变凉了！我立刻伸手摸母亲的手、脸和前额，果然变得冰凉！我俯身大声喊叫：母亲！……

母亲的眼睛永远地闭上了。

这时，卡伊柔嫩的小手并没有立刻抽出来，依然留在老祖母的青筋暴突的大手里。我暗暗庆幸，母亲在辞别人世的时候，还有一只小手，在静静地给她传送人世间的温暖。

八 与村人

自从发生了打死小牛的事件之后，对于亲人和邻居，母亲再也不抱信任感。因为是妯娌，节庆祭拜都在一起，所以母亲和三婶母之间偶尔还有对话的机会；对诬她打死小牛并强令示众的阿祖婆，即使是近邻，出入常常碰面，母亲也不打招呼。传统的宗法观念讲亲疏，亲指“宗亲”，母亲没有这种观念。当然也不认同“远亲不如近邻”的说法，她不是战略家，根本无须理会“地缘政治”。母亲的外交原则是良心原则，以恩仇划界。

阿祖婆的媳妇坐月子，不能挑水，被迫亲自出马。她人太胖，步态有点龙钟，想不到头一遭就掉进井里。戏剧性的是，同时打水的还有一个人，就是三姐。阿祖婆在井底大呼“阿三”，三姐连忙招呼路人过来，备好绳索，然后翻身下井把她救了上来。从这天开始，三姐一直给阿祖婆家挑水，直到她的媳妇身体复原为止。三姐的行为受到母亲的夸赞，但是面对阿祖婆时，母亲仍然是一副冷面孔。

除阿祖婆以外，四周都是睦邻，大小战争不曾发生过。“文革”时，有两户人挟了私仇，批斗父亲特别卖力，甚至拳脚相加。此后狭路相逢，母亲不相向，也不回避，平静一如往常。

80年代初，母亲有一项外交行动引起许多人的注意。那时，我去了省城，三姐去了香港，大约是母亲有生以来心情最好的时候。一天，她在村南市场买了五六斤猪肉——这在当时很少吃肉的村人看来是一笔很大的买卖，又到供销社买了两包冰糖之类，径直到村北找两位老太太。她们迎她进屋、收纳她的礼物时，都感到诧异莫名。原来“土改”时，风传我家将要评为富农，父亲的恐惧传染给了母亲，据说她一度为之垂泪，两位老太太在路上遇到她，向她说了安慰的话。至于说过些什么，她们至今已经全然忘记了。时间过去了30年，母亲却还清楚地记得，所以特意前来道谢。

我发现，母亲从来不曾在邻家闲坐过，只要有闲空，就往两位密友家里跑。数十年如一日，完全固定的两位，我们晚辈称一位是发三姆，一位是贵二姆。背地里，我和妻戏称她们是“岁寒三友”。

两位妇女在村子里都是贫贱的人。人称发三姆为“地主婆”，她家是我村唯一的地主。她丈夫在城里同别人合伙开了一家米行，有点余钱，在村里建了一座“金包银”宅子。所谓“金包银”，即用泥砖砌里墙，外墙则用青砖镶嵌，取其耐用美观。倘是有钱人的豪宅，必定全用青砖，没有使用泥砖的。可是村子大而穷，没有哪一家房屋使用过青砖，于是“金包银”显得特别刺眼。一个这么大的村子，“土改”队认为不能没有地主，于是，房子的主人即使没有田地，也逃不掉这顶“铁帽子”了。

评定阶级之后，接着召开斗争大会，没收房屋，搜挖浮财。记得三姐牵住我的手去了会场，发三姆和她的丈夫被大人团团围住，我们在外面什么也看不到，只听见一阵阵打雷似的咆哮声。人们散去以后，会场摆放着来不及分掉的家具，记得其中有个镶镜子的木架，供妇女梳妆用的，听说那是新媳妇带来的嫁妆。我在周围转来转去，很高兴捡到几颗彩色的珠子。

不久，发三姆的丈夫死了，新媳妇跟着跑了，剩下母子两人相依为命。

发三姆的儿子进潮高小毕业，合作化时期，各个社队组建一支修筑海堤的专业队，他被抽调到队里记工。上级号召发展农村社会主义文化，乡政府在专业队的基础上成立了俱乐部。从此，他学会唱粤曲，不时地哼上一段《胡不归》之类，还曾上台表演过。这是一个不安分的人，擅长玩牌，喜吃喝，酒后漫天胡吹。他常去的地方是小学校，每到星期天或假日，便拉上几位教师喝酒。半年后，他遭到逮捕，判了七年徒刑。据说罪名是“组织偷渡”，告发者正是其中一位姓黄的教师。村里没有人相信他会偷渡，认定那是吹牛的结果。蹊跷的是，姓黄的教师同他一样，出身同为地主。

发三姆脸色苍白，上面布满了皱纹，像胡桃核一样。眼睛白多黑少，显得特别忧郁。原来她在生产队管制劳动，儿子入狱之后，又得上山割柴草卖，积攒费用，买些儿子所需的物品邮寄出去。她生怕儿子在狱中被糟蹋掉，所以每收到儿子的来信，都很高兴，带到我们家里叫念给她听，念一遍不够，再念一遍。信里如果说胃病又犯了，她便皱着眉，默默走开；如果说不必寄药物，便笑着逗我们的孩子玩。到了月底，她会准时带着一块白布来，要妻给她缝制包裹袋子，嘴里重复念着儿子的小名“阿眉”。

父亲被打成“反革命”期间，发三姆再没有来过我们家，大约害怕连累我们，或者因此生出其他事端。母亲好像也没有找她，她们之间似乎有过约定似的，我相信这都出自发三姆的主意，母亲不会有这种“阶级觉悟”。那时，我家是缺粮户，除了在大队劳动没有别的收入。每隔一周十天，还得送钱送粮给监营中的父亲。长达半个月，全家吃不上一顿干饭，孩子也吃不上肉。一天，三姐和孩子开门进屋，发现有人从“猫洞”里塞进一包鱼干。拿起来一看，知道是发三姆的东西，因为包鱼干用的是先前从我家取走的旧报纸。后来她还送过几次食物，都是经由猫洞的特殊通道进来的。

进潮释放的当日，发三姆高兴得要命，特意来我家派糖给孩子。经过一场牢狱之灾，进潮的性情一点也没有改变，仍然像个大孩子一样。他照样玩牌，喝酒，哼曲子；诡异的是，又找上姓黄的教师做了酒友，常常到小学校去。好在发三姆对他不存什么希望，活着就好。出生在这样的家庭，反正结婚生子、延续香火是不可能的了，除此之外，人生还有什么大事呢！所以儿子想做什么就任由他去，发三姆并不加干涉，很豁达的样子。倒是母亲看不惯，有时就数落进潮，要他多在家里吃饭，陪陪他母亲。可是，进潮对任何事情都已经满不在乎的了，不在乎他母亲，也不在乎他自己，照样的过活。发三姆病倒之后，进潮也很少在家，我母亲经常过去照看，陪她说话。没有多久，她就病殁了。

另一位密友贵二姆是个寡妇，很早死了丈夫，带着两个女儿和一个儿子，可以想见生活的艰难。

这样的人家在房族中也容易受欺负。两个女儿出嫁以后，儿子迟迟未能成婚，这就给贵二姆带来太大的压力。她开始发作一种怪病，歌哭无常，又净说些死人的说话。村里人说是神灵附体，发作时男女老幼都围过来看，像看社戏一样。贵二姆是有名的老实人，不像村里的几个女巫师那样装神弄鬼，游仙赚钱；当她长长地打了几个嗝，做完表演性质的所有动作之后，人就显得很疲惫，气若游丝，差点要死去似的。父亲说这是“脏躁症”，过于劳心所致，给开了药方，又嘱母亲留在她家里照顾。这样的病症，贵二姆发作过好几次，直到讨到儿媳妇以后才痊愈了。

贵二姆家和我家隔一条巷子，不算太近，而且入社以后也不在同一个队里，母亲何以会同她建立起一种亲密关系的呢？我始终找不出一个理由。

在乡下，像邻居互相间送一些食物是很常见的事，但是，母亲常常问计于贵二姆，在我看来不觉颇为滑稽，因为贵二姆同母亲一样，都不是那类脑筋活络的人。总之，无论何种事情，母亲都要推贵二姆为高明，自己甘拜下风。譬如做糕，就常常把贵二姆请来，特别是清明时节做的“松糕”。在乡下，松糕又叫“发糕”，如果发酵成功，那糕就会蓬蓬松松的膨大许多，这叫“发”。发取发家、发达之意，所以，母亲到了做发糕时，必定如临大敌，小心备至。几十年间，大凡清明做糕，好像没有一次不是由贵二姆亲临督阵的。

“文化大革命”刚开始时，我被一群教师、民兵和“积极分子”拉出去批斗了两个白天和一个夜晚。为了防备抄家，我把藏书分作两个部分，留下少数马列和鲁迅著作，其余的古代和外国的著作，不论政治的、哲学的和文学的，在当时都属于“封资修”范围，因此必须设法转移并且立刻烧掉。我用装稻谷用的竹箩把书装上，包好，到了深夜，让贵二姆的儿子分多次挑去。据母亲说，贵二姆和她的媳妇把书投入灶膛里烧，一边拆，一边烧，一直忙到天亮。

贵二姆的媳妇后来难产死了，遗下一个小男孩和领养的小女孩。她平时带着两个小孩放牛，牧鹅，走到哪里都是婆孙三人。母亲经常到他们家里，两个孩子也会经常拉着母亲，相跟着到我们家，就像一家人一样亲热。

两个孩子长大成人时，贵二姆已经故世。女孩出嫁，男孩迎娶，母亲都送了厚礼。母亲去世当天，男孩从老远的地方跑了来。当他带着老婆孩子进入厅堂，见到母亲的遗容时，禁不住号啕大哭。

九 与陌生人

母亲回避亲人、熟人、邻居，却并不回避陌生人。在我看来，这是一种很奇怪的逻辑。《水浒传》有一个英译本，名叫“四海之内皆兄弟”，看来梁山泊的土匪是喜欢接纳陌生人的。因而想，天下的土匪大抵都如此，土匪的儿女也如此。

是一个墟日。

在离村子两里地远的海堤转弯处，有一小群人围聚在那里。恰好母亲到田间施肥路过，发现地上躺着一个中年妇女，蜷曲着不断号呻，她的身边搁放着一个装着什物的竹篮子。路人愈来愈多，都在七嘴八舌地议论着，却不见出手相助。母亲把粪桶放在路边，静静分开人群，扶起病妇，架起来一步一步走到家里。她差人把父亲从卫生站叫回来，煎药给病妇吃了，又拿出干净衣服给病妇替换；等病妇恢复过来时，天色已近黄昏，再也回不到大山里去，只好留待第二天吃了午饭再走。

第二个墟日，病妇的丈夫带了一些山货，特意上门道谢：后来，山里人还来过几次。有一次，我从学校回来，三姐说山里人刚走，接着笑道：“这个人说不要礼银，把女儿送给父亲做儿媳妇呢！”

父亲告诉母亲，这样把病人带到家里很危险，说：“好在病人得的是肠胃炎，要是霍乱怎么办？你说怎么办呢？”母亲听了不高兴，立刻把嘴撅了起来。

对母亲来说，她根本不需要知道肠胃炎和霍乱的区别，只知道眼下该做什么就做什么。“四清”工作队进驻村子之后不久，母亲又收留了一个人，而且在我家住了长达一个月之久。父亲对政治运动一直怀有警觉，这回却是忽略了，他没有想到，这是比霍乱病更危险的事情。

这个人姓关，名字叫君汉，是百里之内有名的一家大地主的儿子。“土改”时，他念中学，在学校报名参军，后来加入志愿军文工团。从朝鲜回国后，据说犯了“错误”，至于是“生活作风”问题，抑或政治问题，是做了“右派”呢又或是刑事犯罪，都没有人知道。他自己透露说，原来有老婆孩子，现在没有了，成了典型的流浪汉。

不久前，君汉回到老家，家里被镇压的被镇压，上吊的上吊，病死的病死，一个亲人也剩不下来；房屋早已分给了贫下中农，结果连个落脚的地方都没有。这时，他想起有一个姑妈在我们村里，于是前来投靠。关于他，一来路不明，二没有口粮，一个老姑妈如何可能提供保护呢？给他塞了点东西填肚子之后，对不起，扫地出门了。

君汉从到来到离开，前后不过一个小时，招来了一大群人跟着看热闹。刚好事情发生在我家所在的巷子，母亲听到人们纷纷议论，不禁可怜起这个无家可归的汉子，于是把他带到家里，说是暂时住下来再说。

那个周末我很迟离校，到家时，家人已经开始吃晚饭了。我发现座中多出一个陌生汉子，大约此前他听说我在学校，看见我立刻站直了身子打招呼，没有多说话，坐下来继续闷头吃他的饭。母亲向我笑着，眏了眏眼，不知道什么意思。饭后有几个人进来闲聊，君汉背对那么多人，竟然大模大样地走向天井的猪圈小解。我们都觉得不好意思，故意大声说话，装作没看见，只听得粪桶咚咚咚地发出一阵钝响。

晚上他在我们的小屋子里睡觉。我发现他的全部家当，只是一条军用被单和一只大口袋，内中装着几件旧军装和黑色短裤，外加口盅牙刷之类。还有一本杰克·伦敦的小说《荒野的呼唤》，书很破旧，边角全卷了起来。睡觉时，他赤着上身，鼾声弄得很响，第二天起得早，把被子折叠得整整齐齐，然后搁在大板凳底下的口袋上面。他刷起牙来十分细致，要是穿上军装，一定把风纪扣给扣上。

君汉块头大，小眼睛，宽脸膛。天性中有几分幽默，喜欢说笑，笑起来眼睛眯成一条缝，露出满口洁白的牙齿。但是，笑着笑着，他会突然把笑容收敛起来，变得十分严肃，像出庭一样。这时，那苍黄的脸色开始泛青，让人担心他害了重病。我从来不曾见过表情的转换可以这般迅速，一点过渡也没有。

在那个年代，像他这样没有户籍的人是很危险的。我注意到，他一直在护卫着作为一个军人的身份。他告诉我，有一次坐火车，靠窗坐着看风景，咣啷咣啷，不料放在几上的口盅在车身晃动时摔到窗外去了。他一刻不敢怠慢，马上跳车，把丢失的口盅捡回来抓在手里。为什么他为了一只小小口盅，竟要冒生命危险呢？原来这是他出朝时的军用口盅，他指给我看，在白色搪瓷上面，印着“中国人民志愿军”的红色字样。显然，他要夺回来的并不是一件纪念品，而是一个有关他的履历的唯一的证据。我因此怀疑他身上的军装虽然褪色发白，却依然保存得那么完好，也都是出于同样的原因。

一周后回家，发现小屋子多出一把小提琴。原来村里的青年人知道君汉是文工团的人，便找来俱乐部时代的遗物，带给他演奏。当晚，我总算见识他的技艺了。

为了取悦众人，或者不无炫技的欲望，剩下一点当年作为纨绔子弟的嬉玩的习性也是可能的。当君汉演奏军歌的时候，常常出现两重奏多重奏，是我在别处未曾听到过的。他还奏出许多五十年代流行的苏联歌曲，边拉边唱，有一种回忆的深情。及至演奏《拉兹之歌》，他的整个头颈紧靠琴身，像倚靠在亲人的肩膀一样。

他唱道：

到处流浪，
到处流浪，
命运呼唤我奔向远方……
孤苦伶仃，露宿街巷，
我看这世界像沙漠，
那四处空旷没人烟，
我和任何人都没来往，
活在人间举目无亲，
任何人都没来往，
好比星辰迷惘在那黑暗当中……

这时，他的声音低沉，近于呜咽，眼睛闪着泪光。不一会，他仰起头，大声吼道：

我的命运啊，我的星辰！
请回答我——
为什么这样残酷地捉弄我……

如果夜晚没事，母亲不会轻易到小屋里来，这个晚上她来了。她一边听，一边环视众人，看到大家为她的客人的琴声所陶醉，一直笑吟吟的，显出很荣耀、很满足的样子。音乐确实是上帝的语言。大家都听不懂琴手的唱词，母亲更是一无所知，可是他们都能随着琴声的旋律而亢奋，而哀戚，而沮丧。当母亲发觉汉子情绪低落，无心弹奏时，便提前走了。

幸好客人聚众喧哗的举动未及引起工作队的注意，就离开了我们家。由于他的姑丈多次求情，生产队长同意他入队；他不懂农活，便安排他放牛，大家调侃说是“放牛司令”。从此，他拎起大口袋，搬进了队里的牛舍。

我到过君汉住的牛舍。在一间屋子里，拴着三头大牛和一头小牛，他在靠里的角落里铺了稻草，没有席子，垫上军用被单就直接睡在那上面。牛舍只有三个小小的日字形窗口，整个屋子充溢着稻草和牛粪混合的气息。在青年的眼中，这是一个有文化、有阅历，古怪而随和的人，所以常常结队来访。这时，小提琴不知被谁拿走了。据说他一个人独处的时候，会常常哼歌，吹吹口哨。

屋子里没有铁锅，只有一个铝煲，饭熟以后倒出来再煮菜。君汉没有钱买菜，对他来说，凡是容易到手而无毒者皆可做菜，譬如暴雨过后死在路上的蛇、鼠、蛙，他都会捡起来一股脑儿放进煲里煮食，大家笑他胡来，他回答很独特，说是“动物营养比植物营养好得多”。

我家有一个草间正好与牛舍相邻。母亲在搬草堆粪的时候，时常看望他，有时候给他带去一些食物，番薯白菜是最常见的，鱼肉也有，当然更多的是吃剩的饭菜。

十多年以后，我来了省城，君汉也早已离开我们村子，到了粤北的一个农场工作了。一天，他突然来访，我在珠江岸边找了一个小馆子和他相叙。他看起来没有太大的变化，脸色还是先前一般的蜡黄，只是军服换成了灰衣服，头上多了白发。他说在报上见到我的名字，就径直找过来了。话间，他特别问起母亲的情况，我答说身体还好，奇怪的是，他的眼眶红了，接着眼泪线一般流了下来……

而今，母亲已经故去，不知君汉平安否?

十 与世界

有一件事发生在母亲身上，实在匪夷所思。

假日，全家到酒店吃饭，经过一幅大镜子，母亲忽然指着镜子里的自己说道：瞧这老婆子，头发全白了，背也驼了，快要走不动了。再过10年，怕我也要变成这样子了呢！

我们觉得荒诞，可是都不敢笑出来，也不敢把实情告诉她。就是说，到了最后，母亲仍然不认识自己。

镜子与妇女密不可分。小时候，家里有一把手掌大的长方形镜子，是当时家庭流行的一种，镶着铁框，背后有支撑的铁线支架。至今已经忘记是母亲用的还是三姐用的，还是两人合用，总之，印象中母亲梳洗时是不用镜子的。城里的新家镶有一幅壁镜，想来母亲出入其间一定会照见自己。可是，妻告诉我，母亲曾经说过，她害怕照镜子。这使我想起史书中关于镜子发明以后，人们惊恐和迷惑的记载。大约母亲在镜子面前弄不清楚为何有两个自己，如果撇开光学知识，惟忠实于个人感觉的话，那么，把映像看作幻象、异象或幽灵，不是没有因由的。

母亲说到底是一个前现代的人。

世界太大了，而且，变化太快，花样又多，母亲怎么可能认识它呢？

母亲活了93个年头，一生走不出小村子；即使晚年迁居城市，仍然走不出小村子。她不知道有一个地球，在她的眼中，大地是平的，望不到头。所谓世界，就是一个村庄接连一个村庄，一个城市接连一个城市，没有中心也没有边缘。她知道有一个中国，别人说她是中国人，她就是中国人。当然还有外国，但是外国在哪里她不知道。她不曾见过外国的国旗，也不知道世界上还有所谓国家，有所谓普选和公投，那投票就像习惯的拈阄一样。她知道世界上最远的地方就是北京，知道那里是出产皇帝的地方，却不知道有著名的中南海。不过，她知道那里有一个广场，很大很大的广场。

世界上的大人物，除了毛泽东，她一个名字也不认识。“土改”时，家家户户派发了毛泽东像，父亲小心翼翼地贴到墙上，从此母亲知

与家人合影

道了那是皇帝一样的人物，根本不懂使用“领袖”这个词。“文革”时流行“老三篇”，人人知道毛泽东说的“为人民服务”，她也弄不懂“人民”是什么东西。人们把毛泽东说成“红太阳”，她更不解，人和太阳有什么干系呢？除了毛泽东，所有人在她看来都是差不多的，就像一堆番薯，没有重要和不重要的区别，也没有彼此依附的关系；由于她不知道世界上还有组织的存在，因此，众多的人对她来说，都成了番薯，一个一个的番薯。

父亲常常笑话她什么都不懂，什么事也不管，天塌下来就当被子盖着。她是本分的人，凭什么去管天下的大事？何况许多大事连大家都不知道。对于她，世界上最大的事情莫过于家人害病、坐牢、被批斗和被管制，其次是她的两个密友的事，再就是村南发生的事，连村北也管不到。比如，我们巷子里一共十多户人家，有两家的女儿上吊死了，另外两家的妇女跟别村的男人跑了，两个小青年吸毒，一个被关进戒毒所里了，又有一个青年人加入了黑社会，最近失踪了……这许多事情，她都没有打听的兴趣，别人告诉多少她便知道多少。她知道了也不做宣传家，不报道，不议论，只是将消息透露给自家的儿女，暗地里为别人的灾难叹息。《史记》云“桃李无言”，说的是“圣人”。母亲不是圣人，不是桃李，连灌木丛中的一枚浆果都不算，她只是低地里的一片草叶。

母亲是一个实在论者，不依赖逻辑、联想、形式主义，做不成形而上学家。面对世界，她一再坦承自己的蠢笨无知；但是，这并非苏格拉底式的策略，她不用策略，从来不懂策划和算计，那是聪明人的事情。她惟用自己的眼睛静静地看世界，感受世界。她在有限的范围中使用她的知识和智力，不同他人比较，不追求完全和完美，不存僭妄之心，不希图超越自己。让他人超越去，她不羡慕，也不嫉妒。她只想一个人留在原地，其实连想也不曾想到过，只是过去在那里，现在还是在那里。

母亲留在原地，正如生长在旷野里的树木，唯其不是世系名贵的嘉木，所以无须栽培，无须修剪，无须合乎规格地使用。她吸收的是自然的养分，向天空生长，向四周生长，更多地向自己的内心生长，所以特别结实坚硬。

像许多农村妇女一样，母亲不曾受过正统的学校教育，她的知识、理性、道德，都来自生活自身的教育，野性的教育。在古老的歌谣、传说、戏文、格言、谚语和各种风俗习惯中，母亲伸展她的根须和枝丫，默默收集散布其间的光明、爱、向善的一切。她的生活是劳动者的生活，劳动赋予她许多美德；在劳动中，她是主角，她主宰生活。她知道种子是怎样成为果实的，所以她坚守自己，不指望他人的赏赐，专注于眼前的工作，从不怠惰，从不屈服，直到最后。

人们常常称引康德的话，他说始终仰望头顶的星空，同时倾听内心的道德律。母亲虽然不曾像圣哲那样想往千万里外的神秘的空间，却也能俯视脚下的土地，恪守一种道德。不是抽象的道德，而是劳动者的道德，实践的道德，与大地结合为一体的道德。

十一　与神明

母亲笃信观音菩萨，但不是佛教徒，而且不知道世界上有佛教。自然，基督教、伊斯兰教等众多的宗教也不知道，由宗教引发的战争更不知道，正如不知道由各种主义引起的纷争一样。其实，知道或不知道于她都没有关系，她不关心也不干涉别人的信仰，这里谈不上宽容，她只是相信属于她的灵魂的神祇，如此而已。

在乡间，人们大多信神，也信鬼。母亲从来不曾对我们说到鬼，大约在她的认识中，人死后都会上升为神，而神是善的，正如活着的大人总是设法庇佑孩子一样。所以，每个家庭的厅堂都供有祖先的神位，布置着香炉和烛台，在节庆日或纪念日中接受后人的拜敬。大凡在这个时候，母亲显得特别虔诚，早早准备好祭台杯盏，从不肯仓促完事。所用的祭具，也要擦洗得非常干净，生怕玷污了圣洁的神。而且，事前一定要把孩子们找到，让大家鞠躬、跪拜，为先祖把香烛点燃。

村里原先有三座庙，供奉不同的神祇，土改后把里面所有的神像都捣毁了。公社化时，建造公共食堂缺少砖瓦木石，于是拆毁民舍之余，将庙堂统统夷为平地，并改造成为小学校的运动场。

上世纪80年代初，民间兴起一股造庙之风，村里顺势重修庙宇，按人头收费。据说母亲踊跃得很，除她以外，连同已经迁往城市的家庭大小成员，也要额外替我们缴纳。每次庙会，包括祭神活动，母亲也都一样主动捐资。在敬神的队列里，她认定她的家庭是不缺席的，因为她的子孙是神的子孙。

母亲随我来到省城居住的时候，父亲去世不久。她向我提出买一座小观音坐像摆在家里，说是留意到许多城里人家都设有神龛，有的甚至使用通电的红蜡烛，我们家不大，摆放一个瓷像就可以了。又说，家里有观音在，祖先有个聚集处。她的意思是，只要把香烛点燃，远去的魂灵就可以被招引回来。我始终觉得，这种做法很荒谬，没有理会她，也没有向她做出解释。后来，她还向我说过好几次，说明在内心里一直很坚持。

母亲敬畏神明，却从来不曾为她个人祈求什么。她几次住进医院，治疗不佳，迁延时日，都没有像乡下许多妇女那样，要家人请示神巫。面对神明，她一面缅怀先人，带有感恩性质；另一面为后人祈福，希望在于将来。她一定想不通，一个亲近神明的小小愿望在儿子这里为何无法实现。

母亲希望把已故的亲人和生活中的亲人连在一起。其实不只是希望，对她来说，也是一种确信。在此期间，她一定想念父亲了。她会想到他在阴间的凄苦无依，希望通过香火和小神像，让他重新回到从前大家庭的氛围里。

这是母亲去世十多年来，只要想起来就让我痛悔莫及的一件事。

母亲最后出院回到老家，我买了一座崭新的电子钟，挂在她卧床对面的墙上，让她看得见时间的走动，寂寞中也算多出一个陪伴。其实，母亲的生命只维持十多天就完结了。百日过后，按照乡间的习俗，择了某日清晨，我们为母亲举办了“上花”的仪式。这个仪式办过以后，祭期便告结束。

就在这个清晨，我们吃惊地发现：壁上的挂钟指向7点。时间凝固了。指针停在原处，一动不动。

十二 告别

母亲！

一切都无济于事。我曾一百次拒绝医生，却又第一百〇一次寻求医生，寻求针药。直到母亲停止呼吸，布满针孔的淤黑的手上，仍然接连着针头和输液管，氧气瓶仍然站在身边。其实，我早就应当听从医生的劝告，让她安静地眠息，可就是不愿放弃希望，期待有一天出现奇迹。希望是固执的，它使母亲徒然受苦，而人还是一天一天消瘦下去。在这个时候，我固执地相信，母亲仍然不忘保护我的心灵，让生命一点一点地耗尽，以使我做好准备而免于在瞬间碎裂。

然而，一切都无法挽回，我不得不请来风水师，为母亲寻求最后的安息地。

我把地方选择在父亲墓地的旁边，让母亲的头顶有松树的荫蔽，让金鸡湾的流水从脚下逶迤穿过；让面前空旷，可以望见不远处的西边园，那里的木麻黄丛林曾经是母亲和我们劳作时休憩的所在；让望牛岗、梅子坑、鸽岔、白塱的田地依次展开在母亲的眼底，让高高的罗琴山从白云那端唤起母亲的迢遥的记忆。这是一片开阔地，没有遮拦。

选好墓地之后，我必须为母亲远行探寻一条平坦的道路。次日，我佩带柴刀，扛起锄头独自出门。经过村边的水塘、竹林、田垅、山坡，沿途斩除棘木和刺藜，搬走大小石块，填平水洼和低地。然后，坐在山岗上，四顾苍茫，顿时感到无比的孤独。父亲去世之后，因为母亲的存在而减轻许多苦痛；如今当母亲相随而去时，我才真切地感到作为一个孤儿的境遇。

最后的时刻。

我无力阻止他们把母亲搬走，像搬走一段木头。这是一群冷酷无情的人，他们不会尊重任何一个逝者，不会尊重母亲，可是我无力阻止他们。我扶着母亲的棺木，跟随着他们，穿过缭绕的雾气，伴同不时响起的唢呐声和爆竹声，直到墓地。那时，我像一个驯顺的孩子，听从他们的指定，为远去的母亲准备好一切：粮食，水，陶罐……我烧了纸钱，点燃香烛，照亮黑暗中的母亲，让她带着这有限的物质上路，一个人去走那无限的行程……

太阳升起时，母亲缓缓沉落大地。

母亲从小同泥土在一起，而今她把整个人交付给了泥土了。我同众人一起，抓起泥土撒向母亲。撒土，撒土，我不知道撒土是什么意思，但是在那个时刻，我的心突然恢复了宁静。我听见一个声音说：母亲已经进入另一个世界了。

我凝视隆起的新土，惟含泪默默祝祷。

14年过去了。

时间之流深且阔。母亲，我无法等你回来，也无法泅渡到你身边，多少纷纭往事已随流水远去，剩下的碎片如何可能拼凑真实岁月中的图景？14年来，无论从奉祖传的习俗烧香、跪拜，或者像其他文人一样在追忆中书写，我一样是形式主义者。母亲，我知道：我找不到你，没有道路通向你。

别了，母亲，永远别了！

2016年8月20日

哀 歌

堂嫂死了。

听说这噩耗，我并不感到突兀。前一回看她，除了说话，她身上已经没有任何一处可以显示生命的存在的了。可是，她毕竟只活了四十来岁，一年前尚且那么壮健，回想起来，人生真也如同梦魇一般！

她是邻村罗家的女儿。因为家穷，长得很大了，才端着板凳走好几里的路程到我们村子里念书。在小学校里，我比她高班，但当我考进县城中学的时候，她已是我的堂嫂子了。记得她做了新娘子没几天，乍一见面，便说起小学时的一个不成故事的故事。说是阅览室刚刚开放，在众多的同学中间，我这个小管理员独独给她推荐了一本连环画，还特别介绍了里面的一篇美丽的传说。而这些，在我一点也记不起来了，她却说得津津有味，完了，自顾自地嗤嗤地笑。后来，还听得她向妻说起过，说时依旧笑得那么灿烂。

无忧无虑的笑，在乡间，是只属于少女时代的；做了媳妇以后，就完全陷入网罗般的活计里了。插秧，割稻，种菜，砍柴，拾海，养猪，放牛，做饭，奶孩子和打孩子。她无所不做，且无所不能。然而，终年劳苦又于事何补，日子一直过得相当黯淡。幸好她想得开，用文雅的话来说是“豁达”，一不怨天二不尤人，从来未曾同我那位木实的堂兄打闹过。对伯父伯母，也都十分孝敬。伯母心善，只是爱唠叨，有时拿婆婆架子，骂她是很凶的。实在气不过，她会拎起一个小包袱直奔娘家，寻求精神的庇护；几天过后，就又低垂着眉眼回来了。伯母死时，她哭得很悲，隔了许久，说起伯母死得突然，还曾几次提起袖子抹眼泪。但是对外，她是不甘示弱的。她有一个毛病，多少喜欢打听别人的隐私，其实这也是人们的通病，何况在乡村，生活单调而寂寞，除了这，又有什么能增添哪怕是一点可以称之为“趣味”的呢？事情坏就坏在她总忍不住要传播。乡里人虽然不及文化人那样看重高贵的“人格”，但于为人清白这点倒也讲究，遇到流言，往往要弄到非“对嘴”不可的地步。她本无意作流言家的工具，但为此，却不免要招惹一些无谓的战争，结下一些仇怨。

伯父一家是个典型的信奉神灵的家庭。家长耽迷于看风水，熏陶之下，连我的堂兄弟从小也能看掌相面，老气得可以。伯父去世以后，堂弟甚至变卖了分属于他的一间房子，把替人寻找坟山当成外出谋生的手段，潦倒不堪，这才由堂嫂接回到自己的家中闲养。伯母头脑也很古旧，生前便在屋内设了“神台”，每天点燃香炷，供拜不断。置身在这样的迷信的家庭氛围，只要脑筋稍稍灵活些，堂嫂大可以担演神巫的角色。在周围一带，巫男巫女的地位，除了乡干部是无人可以伦比的，然而她不能。诚实注定她一辈子无法翻身。

由于耳濡目染，她究竟熟习许许多多有关生死大事的礼仪。在我父亲卧病的大半年间，幸得她日夜照护；及至去世，还亏她长辈般详明的指点，又亲自处理了丧仪中不少繁杂的事务，使我在极度悲凉和迷乱中，找到了一根支柱，一盏风灯。为此，我从心底里感激她，直到现在。

然而，想不到这么快，她就离人世而去了！

还在一年前，从小妹的一次来信中得知，她突然得了偏瘫症，住院了。大约这年头，人的关系变得特别教人敏感，堂兄很快打听得主任医师是我的同学，便求我写封信回去，希望能对病人有所照顾。我照办了。那结果，据说很应验。堂嫂出院不久，恰逢我回乡探望母亲，见到我说了不知多少感谢的话，使我非常惭愧。其实我所做的，全不费心思和力气，仅在一块小纸片上画几个字而已！

入秋，她再度入院治疗。这一回，病情凶险多了，一进去就看外科。外科用的药物是全盘西化的，堂兄嫂又都是国粹主义者，害怕大量的西药会把身体弄虚弱了，一俟病势稍缓，便要求转到中医科去。可是，几次得到的答复都说：没有床位。没有法子想，堂兄再次央我说情。那时，县里正当举办空前盛大的风筝节，邀集了一大批外国人、港澳企业主，还有省城的一些所谓“名流”一同观光，我遂得以借机作一次逍遥游，趁便看望了堂嫂。

此时，她形貌上的变化，简直使我感到惊恐。最扎眼的一条又粗又黑的辫子不见了，头发几乎全白，面部浮肿而萎黄，反使繁密的皱纹消减了不少；最可怕是下肢萎缩，又短又细，竟使我立刻怀疑她睡的是普洛克路忒斯的魔床。

我的到来，使她极其欣喜，几次意欲起床站立而不能，只好倚着床沿说话。她说话变得迟缓了许多，从此再不会有从前同村人争辩的雄风了，我忽然忆起那个灿烂的迢遥的笑，不由得暗自感叹岁月的流逝，和命运的无情。我胡诌了几句安慰的话，塞给她200元钱，随即逃出病室。剩下的时间，是找我的那位主任同学。我只能做我唯一能做的事情。

其实，做着这一切都是多余的。过了一段时日，堂嫂便出院了。如今医院改袭了承包制，费用大得惊人，大病未愈，奈何在经济上已经无力负担。堂兄不是那类能活动的人，至此山穷水尽之际，唯有求助于巫医一途。但从此，人也就一病不起了。

春节回乡下过年，刚卸下行李，便同妻一起到堂兄家。嫂子在屋里，已经不能起坐迎迓。里屋很暗，不开窗户，大约太气闷了的缘故，没有落帐子。屋子外面，臭水沟的气味不时熏进来。屋里久未打扫，落满蔗渣和草屑，苍蝇嗡嗡嘤嘤，往人的脸上乱撞。因为堂嫂的双手已不再能够摆动，便用了一块白纱布蒙了脸，我们到来也不揭开，就这样隔着纱布说话。她诉说着疾病如何被耽误的情形，话中不无抱憾。对于她，到了连鬼神也不复相信的地步，人生该是没有任何希望的了。说到丈夫一年来对她的侍候，各样的操劳，话音才明显地变得轻快起来，似乎透达着某种满足。

我们起身向她告辞，这时，她平生第一次，但也是最后一次用叔婶来称呼我们，接着说了一长串祝福的话语。我知道，这是她在作着诀别！当她特别提高了声调向我们说着这些的时候，内心需要多大的勇气呵！

清明回乡，嫂子已经死去快半个月了。

人到中年，是知识者十年来演说谈话做文章的热门题目。在穷乡僻壤，谁统计过，有多少中年人更为惨苦地突然崩折？我的堂嫂，一个普通农妇，她死于风湿，死于农村最常见的疾病，死于根本不该死的疾病，然而毕竟死了！她死于穷困，死于蒙昧，而且，死时没有花圈，没有悼词，没有鼓吹，甚至连亲人也没有一个肯去送殡！如此世态的差异，人情的凉薄，又有谁，诉说过其中的不公？堂嫂匆匆来到人世，唯无言撇下两个儿子和一个女儿。差堪告慰的是，儿子们都已经快要长大成人，可以卖力气了。春节刚过，他们便一齐告离了病重的母亲，跟随包工头前去远方陌生的都市。直到堂嫂平安入土，他们也没能接到消息，犹在想念中盘算如何拼命挣钱赎回母亲的健康呢！

女儿尚幼，刚上小学，一年前还常常拉着母亲的衣角到处转悠。这回见不到她，问起周围的小朋友，都说好多天没有找她一起玩了。死了人的人家，是连孩子也被视为不洁的。她们说，见到她的时候，她总是呆呆的，还常常一个人躲着哭。后来，堂兄告诉我，是怕她伤心，没有伙伴，才让外婆过来把她接走。

遗忘是一种幸福。尤其对于孩子，世界只配为他们展开眼前无边的开阔地，他们是无须回顾的。当此刻，推窗遥望，夜色冥茫。如果祝祷有效，对于我梦中的孤苦的侄子侄女们，我要说——

明天醒来，愿你们忘记了一切，连同母亲！

1987年

忆仇者

凉风起天末。是怀人的天气。不知怎地，今夜竟无端地忆起我家仇人阿和来。以对父亲的感情来说，这是很不应该的。

阿和是一个单身汉。在我们村子里，他是唯一的不入社、不合流、不事稼穑而以捕鱼为业的人。捕鱼的法子很特别，无须网罟之类，只用姜太公遗下的那种钓竿，再就是一点麻麸和几团“药子”。他出动的时间多在夜晚，清早便回来。劳倦与孤独，都只有他一个人知道；村人所见，只是那只提着或背着的沉甸甸的竹篓子而已。只需把篓子倒过来，鲇鱼呀，塘虱鱼呀，石斑鱼呀，白花花就是半桶。他也会挑鱼径向市镇上卖了回来，这时，自然笑嘻嘻地直着腰走，连步子也无形中加快，哼哼唧唧地唱一路没词的小调儿。

所谓“赤条条来去无牵挂”，或许也可以称得上是一种洒脱吧。阿和赚的钱多，压根儿没有想到积蓄，只要钞票到手便立即喝光。他喜欢喝酒。至于喝起酒来的豪兴，放进《三国演义》“煮酒论英雄”一段里去，相信一点也不会输与曹刘之辈。他少有独酌的机会，打得酒来，往往呼朋引类，有时甚至可以多达十余人。酒徒们坐不下就蹲着，站着，靠着，或干脆把小方桌抬到屋外去。临路把碗，吵而且闹，灯明灯灭，月落星沉，都可以全然不管。除了喝酒，便没有其他花销。记得他做过几件很带点浪漫色彩的绸料衣服，除一件作翡翠色，其余一律雪白，轻飘飘亮闪闪，每穿起这类夏装，大约他总有点鹤立鸡群的感觉的。

阿和无疑是一个使人快活的人。他的口才好，善说书；嗓子又好，能唱各种各样的戏文和歌曲。他住村南，与村北绰号“半仙”的大叔，堪称乡中的“双璧”。

论智慧，他不如“半仙”，不会编造故事和山歌，但显然具有另外一种天赋。他念书不多，说书时喜欢掉点书袋，借以证实腹中还是有点经纶的，倒是往往把一些很常见的字眼儿给念错，像“月明如昼(晝)”被念成“月明如画(畫)”就是。所幸村人并不如文人那样惯于咬文嚼字，即使个别念过私塾的“老资格”，知道他错了也不加点破，只一味追逐着他的故事，更不用说周围的一大群文盲哥儿了。他讲说的是有数的几部，其中以《粉妆楼》最“卖座”，相当一批听客是听了不下数十遍的。每当月白风清之夜，村头的大榕树下便成了他的讲坛，男女老少，纷纷入座。那盛况，实在只有大戏班和后来的批判会才可比拟。

阿和唱的粤曲，生旦末丑，兼于一身，唱起来又都夹带着锣鼓梆子，确乎别有风味。记得有三两个深夜，雨潇潇的，他竟唱起乡下女儿家丧母时所唱的哀歌：“娘呀！……”那住地离我的屋子很近，如泣如诉的歌声就缘墙而入了。我抛了笔，简直什么事也做不下去，想不到一个无忧无虑的汉子会唱这样的悲歌，至今回忆起来，才知道那是他的真声音。

大约在我的大女儿小红三几岁的时候吧，阿和始来串门，不久便成了我家的常客。

他喜欢孩子，一进门就逗孩子玩，玩起来亲昵地叫“小红红”，比我们多叫了一个字。他可以安安静静地跟孩子待在一起，说故事，唱童谣，堆积木，玩沙子，还会用木头篾片做一些简单而精致的玩具。他常常抱着孩子在村里闲逛，高兴时，就让孩子骑在他的肩膊上；有时还扮起舞狮人的角色，将孩子当成狮头，左右高低地舞将起来。孩子特别喜欢跟他“跑马”。其程式为：大人端坐，合膝，置小孩于膝上，以双手相扶持；然后口里“嘚嘚”作蹄声，应和其节奏，后足跟即可轻重疾徐地起落，一如古人之所谓“踏歌”。跑得快了，孩子颠来颠去，只好一边咯咯咯笑着一边央求停鞭；蹄声刚落，却又要催促着上马了。自然也有信马由缰、缓辔而行的时候，到后来，孩子居然也就酣然睡去。他的沾满酒渍和烟草气味的怀抱，于是成了摇篮。

他常到我家来，母亲和姐姐也会领着孩子到他家去，如此往来多了便亲近得如同一家人。冬日早炊，锅盖乍揭，当我们围着满盘热气蒸腾的番薯欢呼时，母亲必定大叫：“把阿和吃的留下，勿抓挠破了！”

阿和是典型的“两天打鱼，三日晒网”，与其说是懒散，不如说“知足常乐”更为合适些。因此，即使在晚上，他也是在家的时候居多；只要不喝酒，不说书，饭后必定会踅到我们家来。

我家开饭很迟，往往延至掌灯时分，这样，恰好派得上他这个“保姆”。不过，孩子也不用呼唤，闻声便从饭桌旁边迅速滑落，向他扑去，央求“跑马”……

时间有如流水，逝去的固然渺不可寻，而汹涌前来的又无法逆料，令人抗拒不得。“文化大革命”起来了。一夜之间，父亲成了“现行反革命”。在斗争大会上，第一个站出来揭发批判的不是别人，正是阿和！

全家猝不及防，村里人也都十分意外，暗地里纷纷议论说：阿和的良心哪一天被狗叼走了？

快20年过去，世界也不知经过几番组合，而人与人之间的裂隙却是如此的难以弥缝！当时工作队到底在背后做了些什么？阿和是主动请缨呢还是被逼上阵？我始终弄不清楚。可悲的是，许多可能的对话机会，双方都给同时错过了！

此后，阿和还曾认真地惩罚过我们两回。只是至今怀疑，他是否也可能出于一种变态的赎罪心理？倘使我父亲无罪，在父老兄弟面前，他将永远无法清洗陷害无辜的劣迹。恰恰，父亲不多不少只坐过两回班房，而且捉捉放放，居然也平安无事。这对阿和说来，着实是很不幸的。

由于偶然的机会，我像一颗螺丝钉那样被旋上了大队“赤脚医生”的位置。一旦地位变了，人际关系也就随之改观。从此，每同阿和“狭路相逢”，他都垂首而过，不复有先前那种恶狠狠的目光。及至后来我到了省城工作，偶尔返乡遇见，他便会怯怯地叫一声我的小名。《阿Q正传》写道：当阿Q从城里厮混一阵以后返回未庄，平日欺负他的一群都敬畏起他来，甚至连赵太爷看见了也得赶紧凑上前去叫一声“老Q”。这使我心里深深地起了一种悲哀。

正当中国作家群起写作“访富”主题的时候，便听到说阿和从信用社辗转贷了几千元，在海陬垒了两个大鱼塘。接着，他把铺盖也搬了出去，用茅草在塘前盖起一座“镇海楼”。在“楼”四周，主人种上亭亭的香蕉和木瓜树，还用木桩和尼龙网圈出一个很大的鸡场，大有江山永固之概。据说还种过两瓦盆花的，只是不知道有没有开过。

清清水塘，曾经托起过多少回的星月、云霓、美丽的梦想？一年过去，可怜竟连一尾鱼也没有！原来堵堤未久的盐碱地是不宜于淡水养殖的。不过，过了两天，村人们又看见他一个人在日夜做着引灌工作了！

命运，真是残酷到了极点。当鱼儿才在塘里漾起一个又一个可惊喜的细浪时，一次山洪暴发，顷刻间便把鱼塘冲出几道大口子！那结局，当然比桑提亚哥要悲惨得多，他连一根鱼骨头也没有捞到。

接着，他病倒了。

消息是回乡过年时村人告诉我的。人，难道真的如哲人所说，其脆弱竟如同一根芦苇？我决计到阿和的“镇海楼”走走。

风瑟瑟吹着，天色很阴晦，像是夜晚将临的时刻。茅棚孤悬在堤岸。木瓜树不见了。蕉树已经枯焦，曾经肥大的叶子耷拉下来。原来的木桩只剩下两三根，有一只乌黑的竹篓和一段破网绳挂在上面，随风轻轻拽动。空旷里，没有一只鸡出来啄食。周围一片死静。

我走近门前，柴扉半掩。看得见里面的床铺，没有帐子。除夕的爆竹还未响起来呢，他就早早睡了。“谁呀？”他微微探首出来，随即唤了一声我的小名，显然早已辨出我的声音。

“听说你病了？”

“病了。”

“什么病？”

“医生说是肝病。”

“没住院么？”

“哪里赔得起呀，下锅的米都没有呢。”接着告诉我说，他曾经到医院里看过一次，一次就得花去十多元；以后只好延请村里的巫医，给拾掇些草药煎水吃。

“我想，可以向政府要点救济款的。”

“区里是照顾过一回，够买两个礼拜的药。”

“你看是不是需要什么人照顾一下？”

“不用了。”他的声音很低。

我站在屋外。他躺在屋里。中间是沉默和门。

我掏了10块钱放在那熟悉的小方桌上，说：“明天是大年初一，这点你拿着买一顿肉吧。”说完，赶紧逃了出去。因为那时，我仿佛看见故去不久的父亲就站在旁边。阿和好像还在背后说了一句什么的，只是我一点也没听见。

清明节那天，阿和死了。从春节到清明，够不上一个完整的春天。

他死时，被安置到一块上无片瓦的空屋地里。据说那原是厅堂，由祖先遗下来专供红白大事使用的。没有任何丧仪。连哭声也没有。是他的一个早年流落他乡的穷大哥闻讯赶来收拾他的，像收拾一件轻便家具。当时，正值我返乡给父亲扫墓。然而，无论说还是做，对于阿和，都已经无济于事了。

据说他病时要卖掉原来的小屋的，不知在世时是否已经易主？以凉荫为他提供讲坛的那棵大榕树，由于虫蛀和雷殛，是彻彻底底地坍倒了。海边那鱼塘，自然不会有人重垒；至于茅棚，却不知被拆掉没有？抑或依然孤独地站在那里，日夜听寒潮的呜咽，风的萧萧？

为一个有雨的冬夜而作

一整个冬季没有雨。今夜潇潇下了。我怀疑这场雨同你有关。雨声总是让我听到叹息，啜泣，和某种咕哝不清的耳语。

你走了——

阴惨的道路载你远去，从此不复归来！

人世间总有一些事情是无法逆料的。谁也想不到你走得如此突然，甚至你自己。你没有遗嘱。为此，嫂子一直抱憾至今。当一个人留在房间里的时候，我便想：其实你要说的话早就说完了，沉默是你的本分。什么白帝托孤之类原本是帝王的故事，唯阔人一流才存在诸如遗产继承权的问题；对于你，如果说尚有一种难于割舍的系念的话，无非妻儿温饱而已。嫂子收入低微，且不固定，待你退休在家，工资锐减，往后的日子就更艰窘了。你曾几番找上司说情，要求给嫂子调换一种工作，然而毫无结果。人活着尚且如此，况复不在呢！你最疼爱小阿英了，住院期间，便听你多次念叨过，总是担心无人照管，会跑出大街被车辆撞倒。所谓孩子是祖国的花朵云云，不过笼统的譬喻；在目下，实在只能算得是你身上的一根毛——“皮之不存，毛将焉附”？

走时，我们没有开追悼会送你。慧说，大哥生前默默无闻，身后也就不图轰轰烈烈了。我想也好，免得带累你接受那许多为你所憎厌的东西：熟悉的面孔，公文一样成批制作的花圈，以及不知重复了多少遍的冷漠无比的哀乐……

据我所知，你生平没有朋友。多年以前，也许有过几位可谈的同事，但后来都不怎么往来了。你变得愈来愈孤僻。苍黄的脸色，总是叫人想起荒漠，危崖，暮秋的古城。曾经有一位姓谭的同事，前来探问你的病情；话间，他说单位对你相当优容，历次政治运动，都没有揪斗过你，对你造成伤害。大约那用意，当在抚慰我们的吧？的确，身为“地富子弟”，能够给你一个做人的机会，无论如何是可感谢的。只是不知道：这种年复一年，时时刻刻提防被打倒的心情，会不会比那些被打翻在地，再踏上一只脚的更幸福一些？

“土改”时候，你还是一个中学生，居然懂得抛弃学业，参加工作队，远离生养自己的故土。不论出于何种动机，如此明智的选择，都不能不使我惊服于你的早熟。为了同“反动家庭”划清界限，你有七八年光景没有同亲人晤面，直到1959年，才突击般地回了一趟家。然而没有话，把小妹带上便头也不回地走了。留下妻子在家守你，等你，为你垂泪。慧说，嫂子十分聪明，贤惠，勤劳，懂得分担公婆的忧患。可是于她个人，所有这些美德有什么意义呢？她得不到你的任何方式的爱抚，甚至一纸家书。熬过中国农业发展史上最荒诞的一个时期，她终于告离你的家庭，那个曾经给她温存，也给她困厄的地方。后来，她改嫁了，听说那男人待她不错，只是没出几年便病殁了。遗下两个儿子，全靠她一双手包揽着生活，结果不到50岁，即已枯槁佝偻得如同一个老妇。而你，却全然不顾这许多，在感情世界里，你不容任何人向你靠近，除了小妹。你送她上学，给她剪头发，挑选衣服，买零食，唱歌，订阅《大众电影》，把可珍贵的一切都给她。因为你知道，只有她，才是你在世界上唯一可靠的亲人。为了她无忧无虑的成长，你忘记了自己的年龄，忘记婚娶，甚至根本不打算婚娶，唯愿兄妹俩相依为命而已。然而，这是不可能的。她长成夏娃了。当你得知她有了亚当的时候，当是何等惊惧呵！刚刚走出校门，她就被你禁闭起来，如此一直持续了将近半年的时间。你让她读毛选，读革命书刊，省悟亚当的邪恶。其实，危险的不是亚当。由于学校强行把户口迁回原籍，她已经无法以一个正当的公民身份待在城里了，连随同知青集体上山下乡的资格也没有。她发觉自己被剥夺净尽。你应当明白，她的出走，并不仅仅出于生命的神秘的驱使：与其让一个年轻有为的躯体凋萎在一个土牢般阴暗的小房子里，毋宁零落成泥，抛弃在一个渺不可知的荒郊。虽然她不会相信农村就是伊甸园，但是，只要不用回到老家，随便把自己打发到什么地方也都可以的，何况有了亚当呢！当她一旦做出出走的决定，世界便剩下你一个人了！

出走的当天，你气咻咻追到车站。我清楚地看见你拽紧了她的手，晦暗的脸变得煞白，那样子，差点要哭出来："回去吧！回去吧！……"

然而，回到哪里去呢？

你在最后一刻的呼喊，至今回忆起来，犹似往日一般凄厉，叫我听得震颤。我是从后院进来，参与了对你的劫夺，且让你无条件地接受城下之盟。从此，你便开始接连不断地害病：胃溃疡，胃出血，胆绞痛，肝下垂，眼底出血，肩周炎，骨质增生，腰椎间盘突出，各式各样的神经痛，直到最后站不起来。从县城到省城，医院始终无法为你找到致死的确切的病因。但我想，你的病应该是无主名的。

离开车站以后，一连几年我们没敢去看你。即使关系解冻了，你我之间也没有太多的话说。去年突然接到你寄来的一封长信，你从来没有写过这样的长信，当时有一种很怪异的想法，觉得那里边的语调就像遗嘱。其中你叮嘱我千万不要睡得太晚，以免伤了身子。这回在医院，竟也不忘一再提及。从什么时候开始，你已经把我看作你的亲人，虽然这仍然是你对小妹的至爱的延伸。血是至高无上的。我相信，家庭一直埋在你的心里，埋得太深太深，才会有着这般的感情的焦渴。当一个人一心眷念着亲人的时候，他一定处在精神流浪的途中，他的心里一定很苦。

记得60年代末，那时候，大约快要“全国山河一片红”了吧？不少地方自发产生一个旨在肉体上消灭“黑七类”的运动。土改期间有过类似的做法，但是论规模，实在难以为匹。你的父亲、大哥、三弟，多年为你所疏远所隔绝的至亲的亲人，都是在同一个时刻里死亡的。接着还有未成人的侄儿。至于怎样一种死法不得而知，自然连尸骨也不可得见，这是明明白白的死，但也是暗暗的死。总之在一个早上一切都荡然无存！收到侄女的来信，慧恸哭失声；她让我骑了车子到你出差的镇上找你，告诉你消息。你听了，阴晦的脸色立刻变得煞白，嘴唇抖动，然而始终没有话。这时，我看见豆大的汗珠不断地从你的额角渗出，其实你浑身都在冒汗，你唯一的动作是站起身来，一次又一次地拧干抓在手里的大毛巾……

作为余生者，你大约对周围的世界已经无望。而我们对于你的前景，又何敢抱乐观的态度？每隔一段时间出城看你，我们都好似扮演着施主的角色，定期送一点炭火，给你在冷冽而孤寂的氛围里御寒。至此地步，想不到竟然有人为你说媒，又居然让你有了家室，这是教我们深感欣慰而且惭愧的。

现今的嫂子至少比你年轻20岁，人漂亮又能干，凡认识你的人，都说你有福气。家无长物，她从不怨尤，最难得是能够容受无端的责难，任你在她身上倾泻郁积已久的牢骚。临到退休，小阿英也有四五岁了，可以认字、画画，蹦蹦跳跳陪你逛菜市了。熬到头来，总算有了一个宁静的港湾，容你停泊。近几年，每次见到你，都会有笑影在你的脸上闪烁，那晦暗之色也就仿佛消减了许多……

然而你走了！

想不到在这般阴暗寒冷的日子里，你就这样无言地弃我们而去！

如果真有所谓命运的话，你是十足的苦命人。一生中，你的欢乐是如此之少，而不幸的折磨又如此之多！自然，比起父兄及众同类的死况，后死的你还算不得什么悲惨，终年六十，也都差不多挨近古稀，可以瞑目的了！

1991年12月12日

故乡

我不止一次为世代的城里人感到遗憾。他们没有故乡。

故乡的一切：田野、林木、农舍、饲养和吆喝牲畜的语言，是人类的摇篮。大批的文化学者、诗人，故以各种猜测和想象，讴歌不辍；哲学家也不惜使用华美的语词，把哲学定义为“乡愁”，说是游子背着包袱寻找精神家园。

距离可以使任何事物变得优美起来，况复故乡呢。我来大都市将近十年，故乡犹自温柔着，在暗暗老去的心中……

我思念月亮。月亮是城里所没有的。它无声地泻落乌黑的屋瓦，莓墙，石子路，清凉如水。池塘是别一种风味。磷光如萤火，而萤火又是别一种风味。月夜的笛声是好的，难怪帕斯卡尔因吹笛而赞美了人的脆弱。还有潇潇春雨夜，满枕蛙声，客人有约不来不也很好吗？我思念我的小屋子，以及那棕色的小木门。傍晚，父亲常常走出大屋巷口，高声叫唤着乳名催我吃饭，见我迟迟不归，就会径直过来，手扶木门，静静地看我读书和写字……

现在，父亲走远了，几经改制的小木门也没有了，谁倚门等我？

故乡！那里像土地一样浑厚，牛一样勤劳，野草一样生生不已的人们，是我所怀念的。在父亲被打成“反革命”以后的一段艰难的日子里，唯有他们和书中孤独而高傲的灵魂给我以慰藉。记得是早晨，我扛着犁杖踽踽行走在山间小路上，前头有一位老者，一面摇响牛鞭一面回首看我，这时，歌声遂从鞭梢悠悠地飘了过来。那是一首带有劝世性质的山歌。大意是：耐心等待吧，不要难过，世界轮番转哩……多好的老人呵！不知今日还健在否？而那时，他的腰背就已经佝偻得可怕了！……

这些年来，我一直生活在甜蜜的乡愁之中。诗意的回忆使人沉醉。有时，我觉得自己是一匹“荒原狼”，但却又十分适意地消受着都市文明：单元房间，办公大楼，洁白的卫生间，奇妙无比的日本彩电，立体声录音机，冰箱，煤气与自来水，剧院，酒吧，的士，多余的会议和壁灯，各种访问，言不由衷的谈话……以致在自欺、自慰、自满、自足中忘失了人生的一个重要情节：假使怀乡病真可以算作一种病，那么，当年为什么要逃一般地离开呢？

一天，看大学生朋友的诗稿，其中有一首《石马河》，简直电击般地使我受伤，使我于长久的麻痹状态中惊觉——

> ……你的存在竟是那样伟大 / 以至有无数如我的青春 / 企图逃避你都无法得逞 / 徘徊于异地的河畔 / 我总想忘记你，可就是你 / 始终流淌在眼前，泪水涟涟地/感动我无动于衷的年龄 / 石马河，你简直是天罗地网/残酷无情地围困我…… / 石马河，总有一日 / 我会头也不回地走了 / 像奴隶走散， 便各自回到一个似曾相识的田园世界中去。

为我所熟悉的土地，多少年来渴望着农机、化肥、优良的管理；偶尔回乡，却见阡陌纵横，界标林立，若抹去几根电线杆子，直是走在陶渊明范成大的诗行里了。笔直的机耕道固然不得见，连十几年前铺就的石板路也日见颓废，运河桥原有的两道护栏，因为少许的钢筋被盗，已是彻彻底底地坍没了。未来的管理人员，成批地中辍了读书的机会，而提前进入庞大的劳动者队伍之中。这里的童工是受保护的。可惊喜的是，在低矮的农舍中间，每年都有数幢楼房崛起。人们告诉我那是乡干部和包工头的宅第，只有少数几幢是屠户或外出做工的人兴建的。殷实的庄稼人，收入唯靠出售有限的粮食和鸡豕。有的人家，甚至连半条牛腿也没有，每到农忙，只好以人力代换畜力，幸好庄稼依然茁壮——神农的后裔呵！

都市，富足和享乐的象征。芸芸众生，充满人性的弱点，怎么可能抵御现代都市文明的巨大诱惑？我们又有什么理由要求他们留守家园？如果有可容劳作和享受的地方，何处不可以成为故乡呢？与其为故乡贫困地活着，不如抛弃故乡而赢得自由、幸福的生存！

我不禁暗自吃惊于这个结论，然而，不管如何深爱着故乡，也无法推翻生活本身固有的逻辑。好在农民们都是生活的忠实儿女，无须恪守任何教条，只要周围有一个缺口，他们就会充满幻想充满活力，他们所到之处，邀呼着聚集着喧哗着从故乡出发，向陌生的都市。他们所到之处，旋即形成“盲流”，形成“丐帮”，形成建筑大军，形成保姆市场……其情势之可观，致使喜好编写所谓“纪实文学”者流竞相以“大”称之。——数千年来第一次劳动力廉价大拍卖！此等常识，无须从古典到现代的任何政治经济学教科书的指导，在农民看来是天经地义的。只有自以为正统或新潮的理论家才为此喋喋不休。

看一眼矗立乡野的大风车，或是盘挂悬崖的行人道，可以知道农人所具有的非凡的想象和冒险精神。所谓“保守”“狭隘”之说，实际上是历代的治者用了各种绳索将他们束缚以后所加的结论。他们何尝安分

故乡风景

守己呢？而知识者却往往以“安贫乐道”称指“小农”的文化心理。殊不知，这正是封建时代知识者自身在分得权门一杯羹以后，对劳力者的道德说教，与挣扎着生活的农民是不相干的。农民即使“安贫”，乃系不得已；“乐道”也是自嘲。在他们的名字中，除了阿狗阿猫，尚有不少叫作阿福阿运阿改阿变之类，便可窥知他们欲扭转命运而不能的世代相传的痛苦情结。

此刻，农民以和平的方式改变命运的历史性尝试已经开始。这实在很可以鼓舞祝祷的。然而，我们所见的是：农民潮水般地涌向城市，最后仍不免潮水般地退返乡村，在不断的潮汐往返之间，劳动者角色遂时时得以替换，且得继续替换下去。乡村中最精锐的力量，最强壮的血液补给了城市，由是，城市永远年轻。

为什么农民不可以一次性地选择城市呢？为什么出发点总是成为终点？我不禁想起英国历史上的“圈地运动”，如何设法减少或避免原始资本积累的残酷性，大家不就可以不分彼此高高兴兴地变“羊”了吗？现代牧场不是近代英国式所可比拟的，它应当宽广和平到没有边际……

说到牧场，文章就该收梢了。纠缠的社会问题，如何是我可以数说明白的呢？以我的能力，实在是只配弄风月一类文字的。比如故乡，便是很好的题材，只是即今写来，笔底总得沾带一些耳目所及的不如意的事情，不复有“静夜思”般的清怨。我已经自觉，精神还乡是一种奢侈；而表同情于离乡，也不过“忏悔贵族”的心情罢了。除了这些近乎无聊的话，我不知道，到底还能说些什么。

1990年

野笛

村夫野老未尝受过“不可居无竹”一类雅训，却也种竹子。在故乡，便有大大小小无数的竹林；后来到过许多地方，只要有村寨，所见也都没有一处不是翠竹缭绕的。

竹子的用途甚广。第一是扁担，那是几千年农业文明的大纲。至于箩筐等等，自然都成了目。还有更细的目，例如豆棚瓜架，栅栏，门扉，水烟筒或旱烟管，床，椅，直到吃饭用的箸，都有竹制做的。此外还有笛子。

竹笛是一种尤物，乡村中唯一的不实用的器物。其声长短低昂，使听者为之欣悦，悲戚，幻思，怀恋，惆怅莫名。足见劳人也跟雅士一样有着七情六欲，能爱，能恨，能歌，能哭，在困苦中懂得自娱，移情，宣泄为雅士所无从经验的不平。一股气而已，居然奇妙若此！因想及古代哲学，那种把一切生死变易都归之于气的思想，不禁大佩服。

笛子有许多品类。据说，最早的要数骨笛，后来就又有了铁笛玉笛之类，那是配名士和美女吹奏的，与寻常百姓不相干。在乡下，常见的是叶笛和竹笛两种。叶笛太简单，只消把两片叶子合在一起吹，或者把叶片卷成筒状，再把较小的一端捏扁，系上稻草或麻线便做成了。我小时候常常自个儿做了吹，因为单调，所以见到大人吹奏竹笛，便羡慕不已。

村北住着一个天性沉默的青年，是村里有名的笛手。他的母亲很年轻便守了寡，家境清寒，却供他上了镇上的中学，还给他捡了一个地主妹子做童养媳。他上学必定从我家门前经过，因此，我清楚地记得他那稳稳当当地挂在背上的一只竹篓子：去时装着粮食，回时换了书本；但是来来往往，总会见到一支长笛斜斜地插在那上面，端顶系的红璎珞，一路上骄傲地晃动。我那时年纪小，看得眼馋，于是极力设法亲近他；到得后来，终于可以一个人待在他家的小院落里，翻看他的课本，静静地听他吹奏了。

故乡风景

他吹笛的样子很特别，侧着头，几乎把半边面孔全部

埋了进去，神情有如石像般凝定，肃然木然，唯见嘴角抽搐一般微微翕动。可是，唇吻间的音乐竟是那么曼妙：时而阳光耀眼，时而大地昏瞑；分明鹿鸣呦呦，却见狼群出没；山高谷深，道路阻长；湍流惊涌，死水微澜……飘忽无端的音像，可以教人于顷刻间迷失。

据说，青年深爱着家中的妹子，而妹子总是避开他，不跟他多说话。后来还是靠了他母亲，张罗着为他完了婚事；然而不出一年，妹子便失踪了。失踪一事，给村里平添了一道新闻，大家猜说纷纷；但过不了几天，再也无人提起，惟夜夜听到青年的笛声，幽幽升起，复幽幽散落在村子上空……

青年是寂寞的。我怀疑他那么用心地教我吹奏，选买笛子，乃至亲自砍了竹子制作，是出于寂寞。我呜呜呃呃地练习着吹，技艺丝毫不见长进。吹笛原来是寂寞人的事，但是那时并不晓得，等到他孑然离开村子到外地教书以后，连握一握笛子的兴致也没有了。

事隔多年，对于我，已经是作为一个“知识青年”，从县城回归故里的时候。“文化大革命”一起来，小康家庭的祥和气氛便瓦解了。父亲和三姐先后被押进名曰“三结合”的监狱，村人开始用一种怪异的神色看我，回避我。在这样的空气里，我重寻了笛子，借以驱除孤独和惊怖。“笛者，涤也。”每吹奏一回，心里仿佛真也涤去了不少忧烦，使眼前变得明朗。

整个细雨蒙蒙的二月，我天天用雨衣裹了身子到野外放牧，都不忘携了它去。在诗人和画家看来，这应是颇有几分浪漫的罢？记得是一个午后，我提了笛子，独自钻到一个灌木林子里，只管忘情地吹，直到伙伴们高叫着我的名字寻来，才蓦然惊觉暮色的逼临。可是，身边的群牛跑到哪里去了？

“短笛无腔信口吹。”不平则鸣，那是不自由中唯一自由的瞬刻。野地里的充满笛声的日子，是我所愿意怀念的；虽然蒙覆了那么多阴影，而对于现今身在围城中的我，总不失为一种温馨。

城市的音乐自不同于乡间的音乐。前者是机械的、公众的、流行的；后者是私人的、心灵的、隐秘的。城里人或许也有城里人的寂寞，但是，他们是绝不会用笛子来排遣的。他们有各种金属套制的昂贵的西洋乐器，有前呼后应装潢讲究的演出大厅，有从录音带到镭射唱碟一应俱全，进化神速的家庭音响，自然还有排山倒海般热热闹闹的街道噪音……

我带了竹笛从乡下来，满目灰色楼而不见蓝天与绿草；只今何处，方有一个可容吹奏的地方？

1994年6月—7月夜

小 屋

去年，小妹几次捎话，说我乡居时的屋子太破旧了，须得拆下来重建。我延宕着没有答应。大约是同自己的生命多少生了些干系的缘故，旧物于我总有几分眷恋，不忍舍弃。旧家亦如此。但是，若以此作为拒绝的理由，又未免太迂阔了，只好推说没有闲钱，等将来再说。

想不到小妹表示要承担所有的费用，于是没有了退路。春节过后不久，忽然听得她在电话里说，屋子即将完工，要我携同妇孺一起赶回乡下做“入伙”——那是一种颇类城市大厦落成典礼一样的仪式。

待进了新居，才错愕地发现：我已经不是住在自己的家里了！

小屋原来是父亲为村人看病的地方。当我结束了学生时代，开始度农人的生涯时，父亲便将自己的床褥搬到老屋里去，特意把它腾出来，作为我的书房和寝室。这是一个不足10平方米的平房，因为低矮，每临夏日就像蒸笼一般燠热。而今，地方是扩大了许多，且不复是传统的用料和结构，俨然阔人的乡间别墅式的小洋楼。

先前，小屋砌的是泥砖墙。砖块直接来自田间的泥土，厚重而粗糙；砖面上，常常镶嵌着谷粒、稻草根、石子和陶片，无异于天然的图饰。砌料也用泥土，加水，加细沙而已。那是极其简单和谐的组合，令我想起古代哲人关于宇宙基本元素的天才猜测，直至奇妙无比的炼金术。这是一种贫困的美学。真正的美学是素朴的。至于屋瓦，一样用泥土烧制。泥土亦刚亦柔，刚能抵风雨，柔能长青青的瓦菲。大雨来时，瓦顶典典当当，是最粗犷有力的敲打乐；若是细雨，则幽幽作满耳弦声了。门窗一律木质。木质甚好。唯有木质能与泥土的质性相一致。然而，即今无论大门小门都已废弃，换成带有狮面门环的铁门，再也无从寻认父亲当年留下的手泽了。窗子也改作了合金玻璃的，外面装设铁条，且焊成网状。环顾间，我的眼睛乃有火灼般的刺痛。此刻，我憎恨钢铁。

其实，城堡是整个地陷落的。

我不承认在精神之外还存在单纯的物质形式。即如小屋，便贮藏着我的全部生活：梦想、激情和难言的创痛。而我，唯依凭这毗连了许多一如它简陋、矮小的泥屋子，才领受到了中国乡村的母亲般的慈爱与温暖；而且因为这母爱，才能像一个守夜者那样，在偏僻而黑暗的角落守护个人的信仰。一旦告离小屋，我便失去了所有这些生活中的经验。曾经拥有的经验同现实中的经验是很不相同的。但是，如果只是深闭了一个生活的记忆在小屋里，那么它是否以原来的面貌而存留，于我又有什么意义？

永远的小屋！

在狂流汹涌的年月，它是船，曾经载我在风浪里冲撞过一些时；当我受伤而深感痛楚的时候，它成为岛屿，教我停泊，安憩，沉思周遭发生的一切……

在小屋里，我抄写革命的圣经，大字报，阅读红色文件，各种的战报和传单……鲜红的袖章，在灯晕的映衬下显得多么的庄严而美丽呵！

故乡风景

我承认，我斗争过，像许许多多激进的青年那样；虽然幼稚，轻信，盲从，为人所利用，但是生活会校正那许多被指为愚蠢和荒谬的行为。我不止一次嘲笑自己，为命运而悲叹，却至今未敢放弃曾经作为一个革命信徒的关于社会改造的虔诚的愿望。不要说马克思和毛泽东，即便后来阅读葛兰西和卢森堡，卢卡契和哈贝马斯，吉拉斯和哈韦尔，都会使我随时回到从前的小屋。

那时候，小屋四周挤拥着竹帽、镰刀和秧桶、补丁的衣裤、书、塑料雨衣，还有用大人旧衣撕剪了做成的小孩的尿片。我过早地做了父亲。生活的艰难与凶险简直来不及预想便骤然而至。

白天，我像一头壮健的牯牛一样劳动，夜晚则像奔赴致命的火焰而在灯罩外壁丁丁撞击的虫蛾一样，不倦地阅读和工作。其间，有一门日课是一定得做的，就是到队部里去评定和核对工分。我必须重视工分。那是农民生命的全部，虽然贱，得凑够10个劳动日才买得起一斤肉；以今天的物价折算，仅好换一根冰棍而已，我的全部的经济学知识就建立在这上面。当时，局面的严峻可想而知，尤其在遭到“革命”的报复以后；如果不寻找别的出路，家里随时有着断炊的可能。

好在父亲在做定“现行反革命”之前，给妻买了一部老旧的缝纫机；这时正好用它替村人缝制衣服，借以维持生计。唧唧复唧唧。从此，小屋子便多出了一种经年累月断断续续的叹息似的声音。我随父亲多年，习得一点岐黄之术，将平日用的书桌做了诊台；两三年后，居然也就成了大队当局恩许的乡间医生，可以公开为村人看病了。

对于中医这门半巫半医的科学，其实我并无兴趣，只是出于谋生的一种权宜的考虑。当父老乡亲为疾病所击倒，呻吟着向我求救的时候，我并没有能够给他们以必需的技术。回想起来，除了抱愧，又能做些什么，可以弥补从前的罪愆？而他们，却以天性的淳良，温存和感激，以贫困，以无边的疾苦，忍耐力，满含希望的挣扎，以许许多多惊心动魄然而平淡无奇的故事，感动我一生！

做了医生以后，在乡间的地位就稳固许多了；至少，公社下来巡察的官员，不再用一贯的不祥的眼光看我。我曾经不止一次地对自己说：“要是一生能平稳地做一个农民，就是最大的幸福了！”殊不料，所谓幸福，它的降临是如此容易。多年以后，我才看得明白：革命与反革命，荣誉与耻辱，幸福与苦难，原来都在掌权者的一点头与一挥手之间。

地位一旦获得改善，人就变得容易同现实妥协了。那时，许多在“文化大革命”中覆没的刊物渐次露出水面；对于一直迷恋文字的我来说，这无异于神话中的水妖的诱惑。不久，我的组诗便打印成了铅字，头一次进入省城刊物。仅仅是梦幻的一闪烁，接着，两篇已获刊用通知的文稿，便因“政审”问题而被编辑部先后退了回来。“大道如青天，我独不得出。”发表作品的权利被剥夺了。其实，无论何种气候，都不需要徒有帮闲之志的奴才表达所谓的“第二种忠诚”。

我再次经受了一个“精神弃儿”的苦痛。

我开始怀疑革命。后来我想，真正懂得革命的，往往不是它的敌人，或者坚定分子，而是信仰它，服膺它，为它奔走呼号，甚至出生入死，而最终为它所抛弃的人。

大约一个人，也只有在无路可走时才可能回到他自身去的吧？我为自己背叛了土地和人民，一度忘情于虚假的歌颂而感到羞惭、屈辱和难过。我凝视黑暗，努力看清神圣的因而多少显得有点神秘的事物。过去多少遍阅读鲁迅，直到这时，才觉得读懂了《夜颂》，以及他的那许多写于深夜里的篇章；直到这时，才感受到了某种欲望，从来未有过的欲望：诅咒，控告，抗辩……我知道，它们乃来自我体内最深最黑暗的地方。

一天，我请来一位农场的木工朋友，为我的书桌制作一道可供藏匿的夹层，置于桌面与抽屉之间。从此，每临夜静，只要写满一页纸，就悄悄地放进夹层里去……

如果说“雪夜闭门读禁书”是一种快意，那么，深夜闭门写禁书则使人感觉紧张，感觉到一种力，仿佛四周的砖块也都同时有着粗重的呼吸。就这样，我写了一部书稿，一首未完的长诗，11篇论文；而青春，也就随之暗暗地流走了……

是一个早晨，夜雾未尽，我告别了栖居多年的小屋。

回想远别的因由，除了生活的窘迫，大都市的毋庸置疑的存在仍然是主要的。大都市有博物馆，图书馆，沙龙，现代出版物，凡这些，都只能是小屋里的梦想。70年代末的春天气息特别浓郁。我多么渴望在一个宽阔自由的现代生活空间里，开拓出一片属于自己的文学的疆土。然而事实上，对于写作者来说，最大的自由，仍然存在于想象之中。陷入大都市以后，反倒愈来愈清楚地发现，我失去的反倒比获得的要多得多了。

就说小屋，它教我勤劳，淳朴，恪守清贫；正是在那里，我学会了抵制，从圣谕，漫天而来的谎话，直到内心的恐惧；在那里，我雄心勃勃又小心翼翼地缔造生活，而从来未曾想到炫耀和挥霍。价值这东西，它是只有通过过去的经验才得以确定下来的，因此我知道，什么是世界上弥足珍贵的部分；然而，正是这个部分，眼见它在都市的碾盘中一点一点地粉碎，消失，意欲阻挡而无能为力。想起小屋，就不由得想起都德笔下的磨坊，和那干瘪的戈里叶老板。蒸汽磨粉厂的建成使他变得如同疯子一般。这个背时鬼，不管他怎样极力赞美风力磨坊，人们仍然不理睬他，一样扛着麦袋往厂里跑；又不管他见到麦子时是怎样的号啕大哭，也不会使众人感动。麦子是麦子，磨坊是磨坊。风磨的时代毕竟一去不复返了！

1996年4月—5月

灰 灰

禁闭还是敞开？无论对我还是对灰灰来说，都成了严重的问题。

——摘自手记

一

灰灰事件总算有了一个完满的结局。

那是晌午，当我走近阳台，突然瞥见一只大黑蜂在铁笼子里悠然嚼食，而笼门大开时，当是何等的惊骇呵！原来，清洁完后竟忘了关禁，我连声叫了两下灰灰，伸手拍了拍里面的小屋子，丝毫不见动静。妻告诉我，说是适才看不清室内的一个什么东西，随着脚步的响动，向窗外嚓地弹射了出去。我想，一定是灰灰了。可是，窗外全无遮拦，它还能逃到哪里去呢？我立刻跑到楼底，察看可能的形迹；接着上楼，一连叩问了几家邻居，仍然一无所获。回想当时慌乱的情状，不免觉得好笑。世界上多少事情，看似茫无头绪，然而一个偶然的机会就全给解决了，折腾什么呢？

大约我是那类坚持因果论的决定论者，知道等待的虚无；呆过一阵以后，径直跑到水果店里买了一个肥硕的哈密瓜回来，专意掏取灰灰喜爱的瓜子，连同瓜瓤一起盛置于小瓷碟内，试图以气味诱召它。为此，笼门依样半开着，保留仅可容它进入的限度，一旦发现，易于断绝退路。我至今颇奇怪于当初的固执而愚鲁的想法，就是以为灰灰的出走，只是一时的迷误而已；所以，每隔一段时间，便在阳台周围低唤它的小名。我觉得，近来它好像已经颇能识辨我的声音了。要是我对着小屋叫一声灰灰，一忽儿，那窗口就会露出一双圆圆的、乌亮乌亮的小眼睛……

雨夜来临。秋雨带有一种近乎关节炎一般的持久的疼痛性质。听着屋檐的雨声，设想灰灰浑身精湿，颤抖着蜷伏在黑暗的街角，心里不免伤感。这个可怜的小家伙，几天以前，犹自拖了一些纸屑、碎布、毛线条，营造它的暖房；耐心地剥着坚果，或直接衔回到房子里存贮，它早就开始预备一冬的粮食呢！

早上起来，我发现阳台的花盆底下有一块啃啮过的栗子壳儿，不觉暗暗欣喜，立即切了一个新鲜的栗子，摆放在笼门旁边，以便进一步观察。然而，整整两天过去，栗子一点没有被触动过。又过了一天，有一块栗子果然被拖到阳台的另一角去了；但接着，一切安然如故。

悬念一直维持到第六天中午。楼上的邻居打来电话说，近午有一只小松鼠，在他家的阳台上钻来钻去，还把一些花盆的泥土松翻下来；大家动手围捕，结果被它逃脱了。于是，有人提议使用捕鼠器。我是反对的，因为我从来憎恶这种阴险的工具。其实，在拯救的名义下，刺探，宣传，举报，搜索，策划，围堵，截获，前前后后，整个计划充满了阴谋和暴力。这分明是一场诱捕，只是身在其中，不曾意识到或不愿意承认罢了。

次日，对面楼上的邻居站在阳台上，兴奋地高声叫道：松鼠正沿着阳台的边线跑哪！我赶到楼上，它已经不知躲到什么地方去了。这家邻居让我把笼子提了来，在阳台上放好位置；不一会，对面的邻居又叫了起来，说是松鼠走近笼门，瞅了瞅然后跑了。我没有法子，只好抱了一本书坐在沙发上呆呆地看。过了许久，楼上邻居跑下来说，松鼠原来躲在阳台靠窗下面的一个塑料袋子里。我相随到了楼上，从窗口往下看，那儿果然闪动着一双我所熟悉的、圆圆的、乌亮乌亮的小眼睛！我怀着兴奋，屏住呼吸，慢慢探手出去，然后迅即把袋子拎了起来。

所谓“瓮中捉鳖”，想必是同样的一种情境。出口已为大手所把握，作为自由的生物，只好专一往绝路里走。捕获灰灰的一幕，我以为是可记的；其中的戏剧性，至今还使我颇费猜疑。

灰灰在袋子里挣扎不已，我提着袋子犹如提着一个婴儿，心里咚咚地跳。于是，袋口慢慢松开了，粉红的小嘴巴出现了，圆圆的乌亮乌亮的小眼睛也露出来了。我觉得我再也无力按住袋口，霎时，灰灰扑地跳到了地面上。那儿靠近门口，它只要跑动起来，以它的速度，我是无法追蹑的。然而，就在我轻声叫唤它的名字，俯身捉拿它的时候，想不到就像捡拾一件小物件一样，它竟会那么顺从地落到我的手上！

像苏格拉底那样，面对朋友克力同提出的逃跑问题，那么认真地考虑行动是否符合道德原则之类，在灰灰那里是不会出现的。一定是突如其来的大手把它吓蒙了。不然，世界在它的眼中布满杀机，到处都是罗网，逃亡变得毫无意义。还有一种可能是，自由的天性已然驯化，它对主人产生了某种依恋感。总之，它蹲着不动。但当它重新被放进袋子里的时候，就又挣扎起来了。

我不能不实行铁腕政策，直到从容地关上笼门。

二

两年以前。正是冬天。

孩子从学校打来电话说，同伴养了一只小松鼠，时间一长就厌倦起来，要扔掉它，因此请求带回家里喂养。孩子知道我由来憎厌“宠物”，心里想，她的请求，应当是鼓足了勇气的了。我一时犹豫，因为孩子催得紧，只好漫然应道：“好吧。”

对于鼠类，我是怀有成见的。其实鼠类种目繁多，既有制造灾变的，也有不知作恶为何物，喜好和平的族群。松鼠就很友善，绝对无害于他者，像加缪笔下那类史无前例的鼠疫，绝不可能由它们制造出来。然而，它们却因此不断受到从鹰，蛇，直到人类的侵害，无端地失去生命和自由。作为一种生物，天性的善恶，是可以从形体上表现出来的。迪士尼的艺术家创造的米老鼠，原先多少有点虐待狂的样子，为了使它变得温和，便不断修改嘴巴，以弧线代替尖利的锐角，使之带上童稚的特征。这特征，正是松鼠所固有的。据洛伦兹称，在古德语中，像松鼠，还有知更鸟、兔子等带有人类婴儿特征的动物的名称后面，总是连着一个表示昵称的后缀chen。

孩子带回来的松鼠是一个可爱的小姑娘，长着一双圆圆的、乌亮乌亮的小眼睛。孩子为它取名“灰灰”，大约因为毛色的缘故；此外，由于颇受了小主人的虐待，可怜巴巴的，像格林兄弟童话中的灰姑娘一样。以毛色论，其实并不难看，而且背部图案一般有规则地布着深褐色的条纹，应当说是漂亮的，只是弄得很脏乱，恰如穿了一件弄皱了的老旧的连衣裙。在脖颈与前爪之间，有两块地方，露出粉红色的皮肉。孩子解释说，过去小主人用绳子系着它，天天跟随在校园里散步，时间一长，那拉曳过的地方就变得光秃秃的了。奇怪的是，它的两肋总是一闪一闪，永远喘息似的，不知是天生的如此呢，还是受了惊吓的缘故。

家里没有博物学方面的书，不清楚松鼠的活动规律和食用习惯，跑了几家书店，只见到一本关于如何灭鼠的书，沮丧得很。有关的知识，唯靠布封的《动物素描》里的一篇小品。由此，我知道灰灰是怕水的，喜欢吃坚果，于是，轮换着给它买松子、葵花子、杏仁、栗子，还有瓜子，还有玉米；以及梨、苹果、哈密瓜，各种瓜果的籽仁，后来发展到进口的美国榛子。

开头一两周，也许不大适应环境的变迁，灰灰常常蜷伏着，不大活动，为此我老是担心它害病。大约一个月过后，找到一个以贩卖小鸟为生的人，给灰灰特做了一只大笼子，里面装上木条，供作攀援之用。因为天冷，妻用厚纸粘制了一座小屋子，开了门窗，显得很雅致。灰灰似乎有相当的审美能力，跳上跳下，左瞅右瞅，一会儿就钻进去不出来了。我们给它棉布和毛线等织物，为它安排被褥，它居然可以在里面接连待上一周，一点没有寂寞难耐的样子。也许，这一切同美学无关，同温暖舒适与否无关，仅仅因为它愿意隐蔽，以躲避周围的世界；至于寂寞不寂寞，则根本不成其为问题。即使走出小屋子，外面是大笼子，难道就不觉得寂寞吗？毕竟，灰灰同我们变得亲近起来了。如果没有这次出逃事件的发生，我可以肯定，这个有关关系史的结论是不会错的。到了后来，它可以任由我抚摸它，爬到我的手掌上吃东西；有时候，为了逗乐，我拿了食物在笼外晃来晃去，它还会随着跳跃不休，像传说中的侠客一般飞檐走壁，直至倒立于笼顶。大约在感觉不到四周的敌意的时候，它是活跃的；但也唯有在这样的时候，才会恢复恬静的常态。比如在炎热的夏日，它就喜欢睡在靠近屋里的方向，把身体卷成一团，一动不动地竖起那根蓬蓬松松的大尾巴，恰如家乡常见的壮硕而又秀丽的狗尾草。

终于有一天，孩子兴奋地说："灰灰变胖了！"当它胖起来以后，全身的毛色也变得更光洁，更漂亮。只是脖子下面的一块，怎样也长不出嫩毛来，两肋也跟从前一样，喘息般地一闪一闪，一闪一闪……

三

灰灰奥德修斯般的流亡归来，并没有雄心勃勃地重建家园，像史诗中的英雄那样；却一直深匿不出，3天过后出来享受阳光，也还是一副怯怯的样子。依样的阳台，依样的笼子，依样的房间和粮食，如果它乐于重新获得这一切，即使不唱颂歌，也当做出感恩的动作，为什么郁郁寡欢呢？像这样完全无须乎关心温饱的小康生活，还不感到满足吗？生活对它意味着什么？我不能不陷入深深的思虑之中。长达数天的寻找，就像攀登一条神秘的山路；灰灰在前头导引着我，在它回到笼子的当天，或者说，就在我关上笼门的瞬刻，突然一个拐弯，竟被它带到一个完全陌生的、云雾重重的世界中来了。

“来吧，看看我的灰灰！”

以往，如果有客人到访，我必定把他带到阳台，观赏灰灰的天真的形貌，直立的坐姿，敏捷的动作。接着下来，我会向客人叙说灰灰的生活习惯，介绍我们供给它的一切，从住房直到多种食物。其实我所做的，无非当众展览自己的征服物，传播一种古老的奴役精神及变相的专制形式而已。

作为灰灰的主人，首先要弄清楚的是，我以什么样的名义把它置于我的当然的控制之下。这里有一个主体问题。什么是世界上最宝贵的东西？对灰灰来说，不问而知是自由的权利；对我来说，则是支配权、秩序感、拯救意识，诸如此类。如果一切理由都将无补于灰灰的自由，那么我必须全部放弃。我不可能代表灰灰。我得承认，我没有代表权。比如，一个树洞与一个纸糊的房子，一枚酸果和一枚进口榛子，一片草地和一只铁笼，我能代表灰灰在两者之间选择哪一种呢？如果灰灰宁肯选择自由的流亡，我能替它选择安定的居所吗？灰灰是喜欢攀援的，喜欢大树和自然，喜欢蔚蓝而且蔚蓝的、永远旋转着的无边际的天空，我能够给予它什么？记得布封在他的书里说到松鼠的家只有一个朝上的入口，还有一位著作家写到松鼠总是喜欢在它的住所的顶部挖出一个小洞，都在说明：松鼠要获得天空，这是命中的事。在已经因为破旧而被换掉的两幢小房子的顶部，灰灰一样咬出洞口来，只是所在的方向并非天空，而是坚硬的水门汀！

沉闷呵！没有幸福和自由，
漫长的黑夜没有尽头……

灰灰所匮乏的，只是它所失去的，也即是为我和别样的人们所一再剥夺的。我们有什么资格把偿还的一切称作施予呢？何况所谓施予，只是极少一部分沾带了人气的物质；至于孤独，忧郁，致命的无聊，都是原先所未曾经验过的。而现在，它必须艰难嚼食这些，而且不会间断。

爱是什么呢？著名的伦理学家弗莱彻说："爱同公正是一回事，因为公正就是被分配了的爱，仅此而已。"这种分配是上帝的分配，即是天赋的权利，所以是平等的。如果爱是施予的、恩赐的，是一种名分，就不可能保证免予匮乏。且说灰灰，它的进食，也都因为主人的工作、休息、假日的节奏而常常受到影响。由于没有安全感，它不能不收藏食物。据说，所有的松鼠都喜欢收藏，作为一个传统，大概这同一个弱小的种族有关。其中的辛酸与苦痛，决非阔气的族类可以体会。整个世界不堪信任，我凭什么赢得灰灰的好感？即如我站在笼子旁边袖手观赏它，我能说，这同尼禄王坐在角斗场上方观看奴隶的流血表演是不同的两回事吗？

如果说，我爱灰灰，就必须给灰灰以自由。关于自由，斯宾诺莎在《伦理学》中说道："凡是仅仅由自身本性的必然性而存在，其行为仅仅由它自身决定的东西，就叫做自由。反之，凡一物的存在及其行为均按一定的方式为他物所决定的东西，便叫做必然的，或受制约的。"自我决定是一种不可让渡的权利。然而，这仅仅是人类的原则，而根本不适用于鼠类。灰灰就没有自主权。其实，就人类自身来说，也并不见得解决了自由主权问题。洛克在300年前的议论，至今看来，仍然是天真的想象。他说："每个人都是他自己的一个财产，对此，除他之外任何人都没有权利。"人类往往立法是一回事，实际做的又是一回事，但是在字面上总算承认了个体的权利与尊严；对于动物，则毫无尊重可言，大可以随意蹂躏。正如盖阿斯《法典》所述："如果我们捕获了一个野生动物，一只鸟或一条鱼，那么我们如此捕获的东西就立即成为我们的，并且一直是我们的，只要它仍旧是在我们的掌握之中。"动物的厄运，正在于人类权力意志的介入。连智者康德，也都认为人的目标可以压倒对动物行善的考虑，有什么可能阻止弱肉强食的合法化呢？直到最近，才听说有动物解放运动的兴起。有一个称为"保护动物立法协会"的组织成员斯蒂文斯，向听证会提供关于动物的处境的照片；其中，有些动物就像灰灰一样被关在铁笼子里。他当场大声吼道："我们没有任何权利，为了任何目的而把这类痛苦强加给动物！"这是一个卑微的声音，但也是新异的声音。我深深地被感动了。

比起数百年前英国等地的许多在表演中被折磨致死的猎物，暹罗的斗鱼和斗鸡，射击俱乐部里的活鸽子，化验室里的豚鼠和小白鼠，灰灰应当是幸福的。但是，"不自由，毋宁死"，我们怎么可以把"一切为了活着"这样一个卑贱的人类观念强加给至今为我们所不理解，而且拒绝理解的生物呢？只要不从根本上解决自主权问题，只要自由意志可以随时被剥夺，只要通过强制的手段而使生命脱离其自然状态，那么，所有关于生存权以及其他权利的伟大、庄严的理论，都是赤裸裸的谎话。对于灰灰，只要禁闭着，我的保护就是占有和统治，我的关心就是十足的监视，我为它构筑的安全系统，也就变成了永远发出危险信号的恐怖系统。比较天才的驯兽师，我的驯鼠手段无疑是拙劣的；但是，只要仍然禁闭着，我相信，灰灰终有一天要成为我所创造的"驯顺的肉体"。

自由是多么艰难。所以，这就是灰灰决然出逃的理由吗？或者，这就是它所以重新回到笼子里来的理由吗？

灰灰的命运，唯在自由意志的坚持与放弃之间。

四

铁笼是一种圣物。

铁笼无论置放在那里，也无论体积大小，一样是威严的存在。大约人类是需要秩序的，所以，只要想到动物，就会想到笼子。从大铁笼横立在阳台的那一天起，我一点也不曾察觉到自己周围的世界多出了什么，仿佛从来如此。至于灰灰，它是跟随它的母亲或是众姐妹在森林里快活地奔逐时，突然遭到逮捕的呢？还是像人类中的小奴隶一样，刚刚睁开眼睛，便同时看见了母亲和囚笼？但是，即使在这时，也仍然会有关于森林的故事和歌谣，进入它的小小的野性的心灵里。这就是乌托邦。如果没有那一片向无尽展开的梦幻般的色彩、声音和气息，灰灰为什么要逃跑呢？

可以肯定，灰灰是憎恨笼子的。此刻，我真的有点不敢像往常一样，正对铁栅后面那双圆圆的、乌亮乌亮的小眼睛了。

囚犯对于空间何等敏感。监狱被喻为牢笼，生活在专制时代的人们，便也把自己和同时代人说成是“时代的囚徒”，这样的字眼，在酷爱自由的俄罗斯诗人那里最常见到。《国际歌》在工人运动中流行一时，对于共产国家中每个识字的公民，都会像熟悉领袖一样熟悉它。其中有一句歌词，就是：“让思想冲破牢笼。”生活和思想着的空间怎么可能是有限的呢？我读过伏契克的《绞刑架下的报告》，读过库斯勒的《中午的黑暗》和别的一些关于监狱生活的小说，有一个细节是大家重复使用的：从窗子到门是几步，或者从门到窗子是几步。这就是空间感。我还读过相当一些歌吟被囚的猛禽和猛兽的诗，它们总是通过空间的描写，去表现被激发或被消磨了的自由意志。里尔克写巴黎动物园所见的豹：“它好像只有千条的铁栏杆，千条的铁栏杆后便没有宇宙。”也许因为躯体庞大，空间相对逼窄，所以自由问题显得特别突出。至于容纳一只小鼠，则无所谓笼子的大小了：在诗人看来，空间这个词，用在小动物的身上怕也是大而无当的。

对生存者来说，空间与时间具有相应的比例：空间愈有限，时间愈是多余。所谓多余，显然超出了有意义的限度。先民为土地所囚，“日出而作，日入而息”，如此周而复始，昼夜的交替是没有意义的。及至现代，“惯于长夜过春时”，季节在恒定的黑暗中辗转不也一样的没有意义吗？像鲁迅这样的汉子，竟至于“无怨于生，亦无怖无死”，慨叹说“花开花落两由之”，我当如何为别样的生存者辩护？何况灰灰！

灰灰的世界惟是笼子的世界。笼子的世界没有春天。我颇鄙夷自己作为自由设计者的角色，为灰灰购置大铁笼，自以为改善了它的环境，由束缚变得宽松，殊不知两者仅是一步之遥。亚里士多德说，人类从城邦迁往城市，是因为城邦使我们生存，而城市能够使我们过上好的生活。灰灰从小笼子迁往大笼子，并不见得有什么变化；无论大小，只要笼子存在一天，它就必须照常过禁闭式的生活。权力哲学家福柯研究精神病，研究监狱，在此基础上进一步研究国家。他发现了权力结构的一致性。在他的书里，重现边沁的“透明监狱”。灰灰所在的监狱完全符合永恒监视的原则，不同的只是方形而非圆形，缺少一座中央瞭望塔而已。在一个监视和约束的环境下生存是痛苦的，精神不可能是健全的。对于神经已经严重受损的患者，福柯反对隔离禁闭的一贯的作法，而主张积极的治疗。所谓治疗，实际上是设法避开权力的注意而已。福柯说：“权力只实施在自由主体之上，而且仅当他们是自由的。”权力是持续的、无声的战争，战败者惟是无数的自由主体。我读过一部西方人写的关于集中营生活的书，作者抱怨说，其中最难堪的是没有个人隐私性的存在。而监闭在个人囚室里的犯人，完全隔绝了同类，毋宁说更为惨苦。我所知道的中国一些名人，如王实味、胡风、张志新等，都是长期关禁在洞穴或小号里最后致疯的。所以，像纳粹一样的极权主义者总是一方面使全国成为一个兵营，思想行动一体化；另一方面又极力把人们分隔开来，使之失去可能的联系、依靠与援助，成为砍伐过后的森林墓地里的一个又一个孤零零的树桩。

对于具有遗传、传统和群居习惯的生物来说，绝对孤独无异于死亡。灰灰又何尝能够逃离这种境遇。达尔文有一本书，名字叫《人和动物的情感》，里面对动物的丰富的情感描述，使我读后非常惭愧。应当承认，我对灰灰的情感世界的体察是粗陋的。然而，即便如此，它的孤独感仍然能够让我强烈地感觉到。

每天，夕阳西下的时候，灰灰几乎都是赴约一般地，准时来到靠近阳台外侧的角落。其实，没有约会也没有等待，它只是静静地蹲下来，一动不动地凝望远方，享受最后一缕夕光。从它的背面看去，是依然可以见到扇动着的两肋的，使我惘然记起儿时在乡下所见的紧挨在墙根晒太阳的老人。陆游有一首诗，描写南宋期间村中说书的场面，说书人正是黄昏里负鼓登场的盲翁。“身后是非谁管得，满村听说蔡中郎。”那场面是热闹的，非灰灰的情境所可比拟。

为了驱除灰灰的孤寂，妻提议再买一只松鼠，给灰灰找个伴儿。这是一个严重的问题。如果没有了异性，灰灰确乎不可能尝试甜蜜的爱情。在小说《一九八四》里，作者在一个高度控制的单调枯燥的环境里，还给主人公温斯顿安排了一个裘莉亚；她起誓“要做一个女人，不做党员同志”，也就是这个意思。但是如果有了异性，很快就会繁衍出一个大家族，诸如房子、食物、计划生育问题将接踵而至。由于陷入这样两难的境地，事情只好一直拖延下来；而灰灰，当然要继续过它的独身生活了。

假如灰灰真的找到了伙伴、同志或集体，便一定可以找到世间的幸福了吗？

铁笼是无法跨越的。

五

我不止一次想过，在我与灰灰之间，应当有一场友好的对话。

我会说：灰灰，请相信我，把心里的话告诉我。你是否已经学会适应笼子里的生活，还是想念大森林？如果你决心不要安定而要自由，而我又是一个废奴主义者的话，那么，笼门可以为你敞开；可是那时候，你在失去保护和指引的情况下，能够找到通往自由的道路吗？首先，你将如何对付对面房子的那只大黑猫？从这里到森林公园还有很远很远的路程，中间是纷沓的皮鞋和飞旋的车轮，你又将如何顺利通过而幸免于难？当你回到绿色世界去以后，想必找不到母亲和别的亲属了，生活中的许多问题只能由你独自面对，然而，长期的供给制已经使你变得十分低能，你在剧烈的竞争中能找到食物吗？何况周围还有那么多天敌……

实际上，对话从一开始就无法进行，它听不懂“灰灰”。这是我们给它的名字，不是它原来的名字。很可能的是，它根本连名字也没有。

在两个不同的阶级、集团或个体之间，对话几乎是不可能的。对此，福柯的结论很悲观。“我们非常清楚地知道，”他说，“我们没有谈论一切的自由，我们不可能谈论我们时时处处热衷的一切，一言以蔽之，恰恰是任何人都不可能谈论任何事。”他提出一个“禁律”的概念，认为话语中存在着一种排斥程序；话语是服从禁律的，而禁律又为权力所支配。这是无可奈何的事。古远的不说，在近代，以和平对话著称于世的政治人物，屈指可数的有东方的甘地和西方的马丁·路德·金。然而，恰恰是这两个人物，他们的对话都同样为无声的刺刀所中止了。经过纳粹和“二战”的劫洗，以及技术发展的威胁，像哈贝马斯这样的批判的思想家，也开始热衷于构建新式巴别塔——社会交往理论，一种关于人类广泛对话的理论。德国哲学家总是带有那种喜欢给出系统答案的嗜好。把政治学无法解决的一大堆难题交给语用学去解决，这是可能的吗？如果不曾改变言说者的条件，系列相关的情境要素，叫言说者如何言说呢？灰灰无法言说。由于它作为奴隶、囚犯、被统治的地位没有变化，我们之间的平等对话与和平交往，自然成了奢侈的设想。现代权力学有一个契约问题。我与灰灰恰恰不曾有过任何契约，占有与统治，原出于一方的强制，而无须经过另一方的同意。在不存在共同体的情况下，根本不可能实现交换的原则，而只能贯彻允许的原则。允许是权力者的特权，作为无权者，灰灰能说什么？如果允许它也能保持一项允许的权利的话，那么，它当允许自己保持沉默。

事实上，灰灰一直沉默着。

布封在书里说松鼠的叫声响亮而尖锐，在它愤怒的时候，还会发出低吼。奇怪的是，自从灰灰随同一只铁笼子来到我家阳台的那一天起，我就不曾听到它的声音。它是一个天生的哑巴呢？抑或由于过度的绝望所致？所有被囚禁起来的松鼠都是沉默不语的吗？

事情总不会在布封那里出错，我想。

六

存在哲学家萨特说："戴着锁链的奴隶和他的主人一样自由。"所谓奴隶的自由，无非在顺从与反抗之间，二者可以择一。可是，当奴隶处于绝对劣势的情况下，也就是说反抗不可能获胜，这时，行动会是有意义的吗？譬如灰灰，唯一可以使用的武器就是自身的小小牙爪，反抗的无效带有决定的性质，除了逃跑，实在别无选择。正如福柯所宣称的：囚犯的首要任务就是设法越狱。可悲的是，灰灰的越狱行动没有成功。

奴隶获得自由的另一种可能，就是主人对统治的主动放弃。回到动物和人的关系上来，也不能说，这是绝对无法实行的事。早在十八世纪，富于反抗思想的法国思想家梅特里在名著《人是机器》中，把人的道德感和动物的感情相提并论，极力宣传全体动物，包括人类在内所应遵循的"自然法则"。关于动物解放的理想，如同社会解放运动一样向前推进。这些为动物中的无权者和弱势者辩护的思想家和实践家，站在人类战争的废墟上，要求取消人类在自然秩序中的统治地位，无论如何是令人鼓舞的。他们把“终极的民主”推向动物界和植物界，环境伦理学家罗尔斯顿说：“我们在此提议的是扩展价值的范围，从而使得大自然不再仅仅是财产，而是变成一个联邦。”这才是真正的共和国。人类理想的实现，包括抛弃由来的惰性和罪恶，是需要一定的社会压力参与的。对于动物解放运动，作为人类的一个分子，我有理由表示质疑；但是，如果从中产生了新的契约原则，而且是规定必须恪守的，那时就不必等待善意和良知的发现才去解放它们，而是无条件的解放，就像当年美国随着《解放宣言》的发布而兴起的废奴运动一样。

当然，这是相当遥远的事情；借用马丁·路德·金的说法，或者只是一个梦想罢。

几天前，孩子向我讲述一个从朋友那里听来的关于松鼠的真实故事。故事是美好的，它同梦想有关。但是，设若变换了其中的人物，情节和结局都可以变得很两样。

故事说，京城里有一对诗人夫妇，跟我们一样用铁笼子养了一只小松鼠。有一天，他们突然想到要放走它，于是把笼子提到老远的西山去。他们来到大树林前面的草坪上停下来，打开笼门，小松鼠便闪电一般地消失了。约莫过了三个钟头，他们要回城里去，于是向着树林高叫小松鼠的名字，大约是告别的意思吧。小松鼠突然蹦了出来，围着笼门转来转去。诗人说：“要是想跟我们一块走，就回到笼子里去；要是没有这意思，尽管走你的路好了。”小松鼠瞅了瞅诗人，再瞅了瞅笼子，接着，又闪电一般消失在树林里了。噢，让灰灰也到那里去！让它奔跑，跳跃，在绝无人迹的远方……故事使人顿时萌生了仿效这位诗人的念头。我对孩子说，现在天气太冷，等度过这冬天，我们就一块到山里去，为灰灰举行隆重的解放仪式吧。孩子非常高兴，立刻跑到笼子跟前，冲着小屋子嚷道：“灰灰！快解放了！快解放了！”

等到春暖花开的时候，天知道会不会突然改变了主意呢！

2000年11月30日

清 明

因为一群亡魂的唤引，我同众兄弟，一年一度，重逢在坟冢累累的荒原之上。

其实，春节过后几天，我便想起了扫墓的事情，并因此时时忆及故去10年的父亲。等到在故乡的山道上辗转，看见两旁丛集的土丘，坟前瑟瑟的白纸、红烛、飞扬的纸灰，满耳毕毕剥剥的爆竹的钝响，许多往事飘向眼前，心情乃不胜其沉坠。少时，父亲教我念过唐人的清明诗，如今雨是依旧纷纷地下，即使有酒，也只好浇给黄土了。祭扫完毕，我倚着松树，对着父亲生前多次盘坐过的一块空地凝望良久。芳草萋萋，哪儿可以寻见父亲的足印？当年的宿草已枯，眼前的新叶，他又何由触得呢！

我不能不以春天的滋荣为残酷。

原想，清明时节，当是通过强制性记忆，让生者从形而上的死亡形态中感知逝者的存在；然而，周围的人们并不见任何伤逝的表示。满山

故乡风景

遍野，男男女女，如同赶墟一般，一路喧呼。上坟于他们已然成为一种程式。当我在寻找着体味着这个传统节日的原始的意义时，他们却是借了纪念的形式，注入与自己当下的生活息息相关的内容了。

翻过一个土坡，不远处，望见一对夫妇模样的人在坟前摆弄香烛；那妇人背着一个孩子，脚下还有两个小儿女在蹲着玩。

——噢，你是士东？

当我努力记起那男子的名字时，一时兴奋，几乎喊了起来。

——是呀！

——狗锁呢？他没有回来么？

——他不在快一年了……

往下我什么也听不见，只有心跳的怦怦的响声。

狗锁住村北，我住村南，因为曾经在桥梁工地上一块抬过石头，所以偶有来往。他自小失了父母，兄弟三人相依为活。大哥阿晓，不满40岁病殁，一生没有结婚。因为长得丑，连村里的小姑娘也常常拿他取笑，互相奚落时便说："你嫁阿晓！"狗锁排行第二，为人和善，聪明，笑起来带几分狡黠。他十多岁就跟别人学会饲养牲口的行当，因此渐渐有点小积蓄，终于可以像人家一样娶妻生子了。前年清明恰巧碰见他，他说他近些年到外地打工去了，收入还不错，算是老天爷赏脸。说完便笑，至今我还能真切地记得他那笑时故意把嘴角翘起来的夸张样子。怎么想得到，一个如此强韧而活泼的人，会突然在这世上消失了！

堂兄告诉我说，狗锁死时，妻子正当孕期。村里的长者动了恻隐之心，都上门劝说士东跟嫂子凑合过夫妻日子。他们说，一旦让嫂子携了侄儿改嫁出外，他家的香火就断了！

士东还没有长成呢——

然而，他依从了。

人生如此险恶，村人哪里来的余裕，可供他们沉溺于过往的缅怀？被知识者指为迷信的种种，例如清明的祭拜，其实多是出于对温饱的祈求，离幸福还差得远。

我们村子穷，不像城市或侨乡那样，把墓田修葺得像公园一般。但是，由长者出面，用了摊派的手段，居然也集资建得一座颇气派的庙堂。用自己的双手打倒了菩萨，几十年后，再用自己的双手把它们扶将起来。道路废弛，桥梁坍毁，全村连一间像样的公厕也没有，怎么会为几个泥塑木雕而大兴土木呢？对此，我不止一次感叹村人的愚昧。然而今日，我唯有无言。

每年归来，必闻说一批老人故世。走在村前的大路上，忆及从此不复出现的许多熟悉的身影，直如梦寐一般。村头的一棵老榕，屡遭虫蛀雷殛而不凋，年前终于倒了下来，仿佛执意跟随一代老人隐去似的。塘前的竹林已毁，再也听不到栖居的黄鹤的嘎嘎的唳鸣。旁边，原来长着一株苦楝树，在悠长的年月里，一直为我装点门前的风景，而今竟也不见了。我多么想念那开了满树的淡紫色小花，苦涩的芳香，南风来时便盈满了小土屋。华年似水。转眼间，我们便都苍老了。当日的玩伴，除了鳏夫，大多做了四五个孩子的父亲。他们把成年和未成年的儿子打发出了远门，出卖多余的力气，留自己看守贫困的田园和年迈的父母。他们渴望获取，然而更害怕失去。只两年，小小村子，就有三个外出的少年死于车祸。除了一个索要了几千元的赔金，其余两个就像野狗子一般就地给埋了。见面时，我同众兄弟忘情地呼着小名，彼此抓住双手用力拉拽，扳过胳膊端详……一张张脸上，刀刻一般的皱纹，常常在眼前幻成一片密网，教我看得惊惧！村里买来的年轻媳妇，自然一个也不认得，更不消说儿童了。遇见我回来，或者围拢过来，或者远远地站定，他们必定拿了诧异的眼光看我。这时，我不禁想，我在演着唐人用带韵的语言写就的离家的谐谑剧呢！

傍晚。雨依旧纷纷地下，天色愈加阴晦。我在家里备了酒菜，特意邀了四五个往日的伙伴前来聚首。这些中年汉子，嘴唇沾了酒气，话就多了起来了。可是，不管说得如何粗鲁、快活、风趣，话里总有一种深隐的忧愁。有谁说着说着，泪水便无声地流了下来。没有酒的清明不是清明。酒是神圣之物，它把人强压在心底的东西都给翻了出来，让人暂且减去许多苦痛。我不善饮。我只能一个一个地轮番给他们倒酒，听他们动情地说话……

在城里，什么时候有过如此倾心的言说与聆听？这个地方！一代一代，生生死死，艰难养育了这许多生命！然而，你却成了背弃者！

无论言说或聆听，于大地的背弃者有什么意义呢？

我突然感觉无比的孤独。在故乡，在众兄弟中间，我不过是一个寻梦者，一个过客，一个完完全全的陌路人。

1995年5月1日

沉痛的告别

前天，接到谢绍祯老师长子建新的电话，告知他父亲病逝的消息。几天来，我陷入追忆、痛惜、困惑与愧疚的纠缠之中。起初，自觉还算理性，克制，直到师母凤卿姐接电话时，我才突然痛哭失声，许久不能言语。

谢老师与我之间，远非一般的师生情谊。他是我的文学的引路人，职业生涯中的首任教练；不过，我更看重他把我视同家人的那份情感。我把它珍藏心底，陪我以往，且陪我未来的人生。

流年似水。半个世纪就这么倏忽过去了。

入读镇上中学时，我11岁。私塾教师出身的父亲从来重视读书，得知谢老师在教育界的名气，约同了谢老师舅父，带同我一起到中学教师宿舍里寻访他。我被领到书桌跟前，谢老师蹲了下来，拉着我的手，问一些学习上的事情，让我感到亲切。父亲临走时，把我托付给他，从此，我便成了他的“私淑弟子”。

那时，“反右”运动刚过。谢老师是校里的“右派”分子，平时是受管制的，除了授课，还常常外出劳动。我父亲只晓得他有学问，对于政治可以说一无所知；而我更是幼稚，在众多师生疏远他的时候，课余只要有闲空，就往他的宿舍里跑。

谢老师在课堂上不能讲说语文课，教的是历史、地理、植物、体育，我们称为“杂科”。他重视知识的汇通，往往在单一科目里融入别科的内容，其中，特别喜欢把他擅长的文史知识发挥出来。他讲中国历史，如讲到淝水之战，便把“风声鹤唳”“投鞭断流”等成语典故带了进去；讲佛教东来的盛况，便举唐诗“南朝四百八十寺，多少楼台烟雨中”；讲宋朝廷偏安一隅，便举宋诗“暖风熏得游人醉，直把杭州作汴州”。讲中国地理，讲到长江三峡水流湍急，便顺带说了黄牛峡，念乐府《黄牛谣》：“朝发黄牛，暮宿黄牛；三朝三暮，黄牛如故。”上植物课时，讲到花的用途，随即引用龚自珍的诗：“落红不是无情物，化作春泥更护花。”总之是诗化教育，旁征博引，娓娓道来，既生动贴切，又富有情调，易于记忆。他板书的课文提纲，简明之极，字又漂亮。他还喜欢画图，地图固不待言，其他与课文有关的事物，也往往随兴画出，寥寥几笔，形神毕肖，很有点炫技的味道。

谢老师对我的教育比较特殊。我在他那里所获取的，更多的不是来自课堂，而是课后的启迪。他教我从文学史入手，自由选择经典作品阅读。这样，我很幸运地早早与大师相遇，得以领略世界上最伟大的灵魂之美，领略艺术语言的无穷魅力。他教我掌握学习的方法，讲“目录学”，讲归纳法和演绎法，让我在阅读中加强训练，反复实验，以提高自学的能力。有一次，我在他家的书架上发现一本缺了封皮的随笔集子，其中提到胡适主张的“剋读法”，便提出来讨论。他鼓励我按此法要求自己，刻苦攻读。那时年少，心高气浮，一意览尽天下书，果然以一天一书的速度阅读，一直坚持到高中毕业。我到省城工作后，所读基本是西方的社科书，而文学书，几乎都是在中学时代阅读的。

三个学期过后，谢老师调离了小镇。他给我留下一个迷人的文学之梦，诱我追逐不舍。

高中是在县城念的，从此，我便成了谢老师家中的常客。在这里，我感到非常愉快。那时，我学习写点诗文之类，很得谢老师赞赏，他还很夸张地把我的习作介绍给来访的客人，满足了我的虚荣心，给我很大的鼓舞。谢老师常称他的小客厅为“斗室”，把常来的访客称为“斗室中人”。姚维幸、林贤道老师是我最常见到的两位，当他们聚到一起谈诗论文的时候，其状可谓忘情，气氛真是“人文”极了。我耽迷于这气氛，我猜想，这种沙龙般的氛围当是小城中少有的罢。

1962年之后，“阶级斗争”的形势日趋严峻。本来，谢老师已被宣布“摘帽”，但“摘帽右派”也是右派，在校无端挨整的事情时有所闻。他遇事似乎并不回避我，在我面前，也能作不平之鸣。“四清”运动时，因学校宿舍搬迁，我暂住谢老师家里。因同学告密，团支部书记领俄语老师进屋收缴我写的三个册子。工作队批判我时，必联系谢老师，要我在“思想汇报”中交代谢老师如何将我引向“成名成家”的“白专”道路。据谢老师说，学校整他的时候，也会把我作为例子，充当他进行“资产阶级教育”的实证。

谢绍祯与作者

我毕业回乡后，“文革”勃兴。这时，师生两人都是批斗的对象。共同的命运使我更好地了解他，同情他，敬重他，加

深了多年的情谊。那时，谢老师工资很低，凤卿姐做搬运工出卖苦力，膝下育有好几个儿女，生活相当艰难。但是，于贫贱之中，我感觉他们一家是相融的，日常生活是平和的。

在寒意砭骨的境地里，我常常有“茫茫天地欲何之”之感。唯在谢老师的“斗室”里，见到他从学校，或“牛棚”“干校”回来的时候，我才能找到所需要的某种温暖。即使在这时，师生在一起，谈说文学仍多于世事，但当进入文学之后，就把世事的艰险统统抛诸脑后了。

有一个风雨之夜，师生谈兴甚浓，一直对坐到鸡声四起，曙色遥临。这个夜晚给我们同时留下很深的记忆。过些天，他写了三首五律赠我，以纪其事。直到多年以后，他还在赠我的诗中提到这个夜晚：

一灯秋雨忆风年，剩沫相濡影亦怜。
话到鸡鸣天破晓，方知佳朕兆当前。

他用了庄子的“相濡以沫”的寓言，一者说的是师生乃知己之交，二者也说环境的险恶。诗中说的“佳朕”，是说我们当时都寄希望于“文革”结束，有呼吸自由的日子。

70年代后期，“文革”结束了。

谢老师的“右派”帽子被彻底拿掉了，他开始了扬眉吐气的日子：出版所编《阳江方言注音字汇》，到教师进修学校做教师的教师，首次参加公开的诗词集会及书法活动，个人书法作品在国内外参展并获奖……我几次进城看他，见“斗室”敞开，有了许多我不认识的陌生的宾客。谢老师坐在众人中间，谈锋健极，神采奕奕。有时，也见凤卿姐站在旁侧，脸上露出灿烂的笑靥。这时，孩子们都已经长大了，有了称心的工作。这是我所看到的这个家庭的黄金时期。

1981年秋，我调至省城从事编辑工作。谢老师闻讯十分高兴，有诗为我送行：

天海苍茫鼓翼飞，披霜况是菊花时。
云山青眼应惊拭，待看摇风客袖诗。

星华纷簇五羊城，初识林郎步履声。
好向珠流蘸花笔，万波秋碧荡红英。

古城风貌国光多，南粤天高好放歌。
身到楼端双眼阔，望中花锦画如何？

须借清江洗旧肠，龙门高处矗朝阳。
何妨立瘦梅边雪，得坐春风影亦香。

撷得重阳雨后花，囊诗应见满归车。
前宵待扫窗西榻，剪烛留君好梦赊。

从诗里可以看到，作为师长对学生的一片期许。谢老师是大才子，学问都属“国学”，观念中有许多传统的东西。他希望我做一个文学家，至于文学家的人格及思想结构，他未曾谈及；他希望我写出“伟大”的作品，同样地，对构成“伟大”的要素，也未曾向我谈起过。他一直强调写作跟随时势，担心我越轨。我发现，20年的“右派”生活，在他内心深处，留下太深的阴影。他被劫夺太多，因此害怕回顾，唯望眼前永远是一派阳光。

后来，谢老师做了本市的诗词、楹联、书法诸协会的领衔人物。于是，他有了不时到省城开会的机会。每次来穗，都会约我茶叙，席间总见到他意气风发，神采飞扬。据说他的名片印有十多个头衔，我不曾见过，说明他的社会地位今非昔比，但因此，社会活动量必然大幅增加；更何况荣升市政协常委之后，又要多出许多会议，以及同当地官员的频繁往来。

谢老师是一个天赋很高的人，文史及文字学方面修养深厚。在我看来，在他获得相对宽松的环境条件之后，恢复书生本色，应当有大作为的。我是服膺“新文化”的人，对于今人写作旧诗词，一直怀有成见。为此，我曾与谢老师讨论过，争辩过。我总认为，谢老师应把吟诗作赋当成余事，而把具有一定学术含量的“正事”做出来。他曾经有过以一人之力完成一部大字典的宏大构想，全书体例都做出来了，还写了样章。他寄我看过，比较别的字典，确实颇多创意，便随即在出版社里申报了年度选题。然而，3年过去，选题连续报过3次，字典的编撰工作却毫无进展。他根本腾不出时间做计划中的事。为此，我曾劝他减少外出开会活动，多留一点时间给自己。他哪里听得进去，总是以“身不由己”的理由为自己辩解。我又建议他做古典文学的普及工作，譬如白话注释和解说唐诗宋词之类，以他的修养、文字、识见，完全可以胜任；而且，这些工作对青年、对社会当更有益。他有所动心，无奈那结果，还是“身不由己”。

我知道我代拟的所有计划都属徒劳，不得已而求其次，因而想，即便是诗词写作，我也仍然希望谢老师珍惜过往几十年的艰辛的人生经验，写出有风骨的作品。于是，特意买了3本《陈寅恪诗集》寄出，敬赠给他，并分赠给另外两位和他一同酬唱的老师。

我总是希望谢老师最大限度地发挥他固有的光和热，然而，他太浪费自己了！

2000年左右，母亲病重住院，我曾返江城小住。其间，看望过谢老师两次，一次在医院，一次在老家，我熟悉的北门街26号。这时，孩子们都已移居他处，凤卿姐也已离开，在女儿家长住。我极力搜寻屋中熟悉的物事，感受时间的迁流，以及由它带来的一种深长的寂寞的气息。

这次来访，座中还有两三位客人，其中一位是当地画报的女记者。谢老师告诉我，他打算编一本个人作品集，在当地印制，嘱我撰写评论。返广州后，我去信给他，希望他不要急于成书，待三几年后，各方面条件成熟，争取在出版社公开出版。

他听不进我的意见，书不多久就印出来了。后来得知，他是为了庆祝阳江市成为“诗词之市”大型集会的召开而赶制出来的。

我收到他寄赠的《作品选》，拜阅之下，新旧文学并陈，未免驳杂。所谓“风雅颂”，颂诗多而风雅少。其中，使我最不满意的是，书前合影品题的篇幅过大。我希望见到的是一个“布衣文本”，及阅后，不禁感到为难，不知应当如何表达我的观感。如此踌躇了十余日，不得已，终于拨通谢老师的电话。显然，他对我的迟迟回应深为不满，待我刚刚说起书前的影页时，竟盛怒难禁。这使我感到非常意外。

对话中断了。

这样的情形，是师生之间从来不曾发生过的。

此后，我还曾两次在广州见到谢老师，执弟子礼一如从前。而他仍然不忘提及评论，表示深切的期待。我写下的书不下数百万字，而小小评论，居然无力完成！“吾爱吾师”。谢老师却不能理解，其他人更不可能理解。但是，无论如何，我的拒绝，严重地伤害了他的自尊心。他对我的期待愈高，愈让他感到失望。

小小评论，竟阻绝了我们之间的往来。如今有何话说？一切原则都无须理论，一切补救都无可挽回，一切的一切都来不及了！

谢老师，安息吧！

2015年5月25日

追忆与怀想（节选）

战士食糟糠，
贤者处蒿莱。
——【晋】阮籍

中学时代，很幸运遇到两位老师：一位是谢绍浈先生，他为我叩开文学的大门；另一位是梁永曦先生，却导引着不同的方向，在他那里，政治是先于文学的。在一个指鹿为马的时代里，是他教我学会思考，懂得真理的价值和风险。

两位老师都是“右派”。当时，无论在校内还是校外，“右派”都被视为可怕的异类。

语文课

很早以前，就听到在城里念书的大同学说起梁先生了。

那时，我们对有学问的老师特别抱好感，有点崇拜的味道。大同学说，梁先生原是县一中的教导主任，教学、演讲很有吸引力，像个大人物。做了“右派”之后，他被安排打扫厕所，后来派到图书馆做管理员，不卑不亢，仍然像个大人物。凡经梁先生打扫过的厕所，馒头丢到地板上，捡起来就可以入口；图书馆的卡片管理制度是在他手中完善的，几万张卡片全由他一个人用工整的小楷抄写。梁先生为人严肃，平日沉静少言，开会时喜欢坐在角落里，讨论时不轻易表态。若是主持人点名要他发言，他才缓缓起立，说：我赞成某某的意见，然后坐下。简洁极了。

我入读县一中时，学校追求“升学率”，梁先生已被重新起用，担任高中毕业班的语文教学。我坐的是“末班车”，听课只有半个学期，之后，他就给“四清”工作组撵下讲台了。——语文课原本是意识形态教科书，怎么能让“右派”染指呢！

比起别的教师，梁先生授课确是有些特别的。我猜度，他并没有遵照“教学大纲”的规定去做，时文的讲授进度偏快，把两篇论文——其中一篇是毛泽东撰写的著名社论《〈文汇报〉的资产阶级方向应当批判》——合并到一节课里来讲授，很明显压缩了课时；可是对古文的解说却是相当详细，除了古汉语知识之外，特别着重“人民性”的内容。当他讲《蹇叔哭师》，朗读蹇叔哭说等待收拾率队出征的儿子的尸骨时，声音微颤，全班同学为之动容。

印象中，梁先生是一个谨言慎行的人，课堂上却是鼓励学生自由提问，大胆发言。其他老师都喜欢搞“标准答案”，而他，是不讲求“统一”的。有一次，讲到恩格斯在马克思的墓前演说，他布置划分课文段落，一连提问了几个人，然后给出他的答案。这时，我举手发言，提出另一种分段法。他随即加以肯定，并解释说，他的划分侧重在马克思思想遗产的阐述，我则着眼于恩格斯特定情感的表达，所以两种划分都有理由成立。完了，还进一步引申说，视角不同，看问题的结果就会有不同，只要言之成理，不同的意见可以并存，正确的不一定是唯一的。

不久，梁先生应命到初中部教英语和数学去了。我嗒然若丧，同学们都感到可惜，然而无可如何。

随后，学校召开大会对我进行思想批判，从此我再也不能像从前一样，可以自由地到教师宿舍里私会梁先生了。在批判会的当天，有同学告诉我说，梁先生一直在会场边上远远站着，低头无语，一副难过的样子。为此，我很是感念他。

人生哲学

自梁先生走后，“文革”的烈火，很快从校园蔓延至社会。身为“右派”，不问而知是首批“牛鬼蛇神”，在打倒之列。后来听说梁先生随众被游斗过两回，没有伤及皮肉，是很可庆幸的。而我，受了政治的蛊惑，率先写了一张“炮轰”公社党委的大字报，用当时流行的语言来形容，正所谓“阶级敌人自动跳了出来”，结果被重重地“打倒在地”，且累及家父，实实在在“再踏上一只脚”。

家乡地处偏僻，交通不便，加上形势日趋恶化，到处武斗，几年没有出城。后来稍感安定，又有了自行车，这才有机会看望梁先生。

梁先生全家租住在一个用木板间隔起来的狭窄的廊间里，光线很暗。我坐下来，他就向我介绍房东的情况，暗示谈话不算太安全。这种对空间的敏感，使我想起他曾经从事地下斗争的历史。果然，他在自己家里说话，反而不如在我家时的随意。有过两次，师生两人沿着环城河边的马路来来回回地边走边谈，走累了，就靠在水泥桥的栏杆上。

我向梁先生递交长诗《胜利酒》，希望听到他的批评意见。诗是写“文革”中两派“大联合”的，带有颂歌性质。再次见到梁先生，他把抄写长诗的册子还给我，打开看时，那上面用红笔勾画过好些地方，没有批语，也不留其他文字。谈到这首诗，梁先生没有直接批评，可是，对我的基本立场、诗的主题，显然是不以为然的。他恳切而又严肃地表示了如下意见：颂歌不是不可以写，要看歌颂的对象是什么。有两样东西值得歌颂：一个是人民，另一个是社会主义。又补充说，社会主义有两百多年历史，在世界上有许多种类，苏联式的只是其中一种；但无论如何，作为一种社会理想，歌颂它，同歌颂人民一样，是不会过时的。当时，个人崇拜达至高潮，“四个伟大”“誓死捍卫”，政治噪音不绝于耳。正是在这个语境中，梁先生提出了一个“过时”与否的大问题。只是我这个学生过于鲁钝，没完全听进去，继续随风鼓噪。几年过后，尤其在接连摔跤以后，才真正体会到它的深刻性，并为之汗颜不已。

1968年，“军宣队”进村，把家父打成“现行反革命”，关押，揪斗，时间将近一年。1972年，又来了“工作组”，复制了同一故事。见到梁先生时，先前那种少年意气，早已消磨净尽。他窥知我的情绪，便说起了人生哲学。这是一门新的课程，过去未曾讲授过的。

他谈达尔文的进化论，谈“社会达尔文主义”，然后从社会转向个体。“适者生存”，他解析说，要改造社会必先适应社会，假使不能适应，尤其在政治方面不能适应，就势必被淘汰掉。说到人生，他大谈鲁迅的“韧战”思想。这时，我才晓得他对鲁迅的研读之深。他说，鲁迅主张“壕堑战”，不止一次反对许褚式的赤膊上阵；在解说鲁迅的杂文《世故三昧》之后，总结说，鲁迅是激进的，又是“世故”的。在他强调要学会保护自己时，也拿鲁迅做例子，说鲁迅在广州时期，处境险恶，却是左右逢源，极其不易。其中特别谈到那篇《魏晋风度与药及酒之关系》的演讲，一边说，一边笑着赞叹：“睿智啊！”

大约在1970年左右，梁先生下放到县里最边远的一个渔村中学任教，全家随之西迁，城里的“根据地”没有了。数年之后，我才在县教育局临时安排的一个乱哄哄的教工宿舍里见到梁先生，时间非常短暂。

至于梁先生在“文革”中的一些事情，是同校任教的他的大儿子加尼告诉我的。

“文革”开始后，梁先生就常常告诫他的两个孩子说：“要清清白白做人”，“要夹着尾巴做人”。他意识到“黑五类子女”在“文革”中的险恶处境。加尼在县二中读书，那时正展开对“资产阶级反动路线”（也称“刘邓路线”）的批判。加尼加入“造反派”，因为字写得好，专门负责抄写大字报。一天，当他正抄写得起劲的时候，梁先生把他叫到房间，压低嗓音，狠狠地骂了大半个钟头。加尼回忆说，父亲生气极了，反复说政治是复杂的，哪里像你想的那么简单！说到激忿处还拍桌子，最后说：“你必须写大字报，声明退出战斗队！”还补充了一句，“不然就脱离父子关系！”

1966年底，梁先生动员加尼下乡当“知青”。加尼说，父亲到底出于何种考虑不得而知，当时只是对他说，在学校乱搞没什么意思，不如到农村去。他当然不愿意离开一个习惯了的集体，但是不得已，只好服从。轰轰烈烈的“上山下乡”运动发生在1968年，加尼下乡提前了两年；即使他随大伙留在学校，临到后来的大清洗式的运动也很难幸免。据加尼回忆，他下乡的两年，正是武斗渐趋激烈的时候，多间中学都有学生被打死打伤，他也有同学死于武斗之中。

整个“文革”期间，我和梁先生很少通信。通信中，他对我的称呼是“同志”。信里只说事情，不记观点，使我想起鲁迅的流水账式的日记。“同志”是一个流行的用词，但我知道，它出自梁先生的手笔，则具有了本来的意义。有一种挚爱、热忱、平等的尊重，一种心灵互通、彼此支持的温暖。

放弃与保留

上世纪70年代末，梁先生随同数十万“右派”一起获得改正之后，调至湛江市一所师范大学任教。我于1981年初秋到了广州，在一家刚成立的出版社做编辑工作。我们之间的空间区隔愈加遥远了。人生总是为命运所驱策，这是没有办法的事。

那时，“文革”结束不久，人们一面清理废墟，一面建造新的乌托邦世界。与50年代初一样，新事物不断出现，整个国家充满朝气。在拨乱反正、平反冤假错案的小旋风里，梁先生的好些旧日战友上门或写信动员他，要他找“关系”上访，争取恢复党籍。其实，他有不少熟识的人在省委省政府部门工作，包括由他介绍入党的人，可是他到底不为所动，一个也没有去找。加尼回忆说，在家里亲自听到一位战友这样劝告他说：“你不为自己考虑，也应当为后一代着想。”他的回答很决绝：“为了儿女，搞这些东西更没有必要！”

据加尼的说法，梁先生于1945年参加广西钦县小董武装起义，担任起义大队的教导员。起义失败后，从此与组织失去了联系。当时，不少失散的地下党员都设法到广州读书。梁先生入读文理学院，随即加入省地下学联，并成为其中的骨干分子。1949年6月，由南方局安排，在东江纵队护送下，他以教导员身份赴香港开展秘密活动。11月调到广东省支前司令部，参与解放海南的战事。新政权成立以后，他自觉不适应省政府部门工作，主动提出从事地方教育的要求。他曾经对我说过，那时候太“纯洁”，除了革命还是革命，没有一点私念，“土改”时家里被评为“地主”也不知道。他说，只要稍为顾及一下家庭，结果总不至于如此。而且，以他对政策的了解，这个成分应属错划，但是，他没有出面纠正。他是“革命干部”，他相信党，相信群众。

梁永曦与夫人合照

“曾经沧海难为水。”几十年间，许多与革命相关联的珍贵无比的东西，梁先生都坦然放弃了。在高校，教授的身份是一笔可观的资本，所以评职称时争夺激烈。加尼说，因名额限制，有领导动员梁先生放弃申报，理由是他将来可以享受离休干部某个级别的待遇，论收入，职称无足轻重云云。他一样放弃了。

我不认为，放弃所有这些是出于虚无主义，或者揖让主义。所谓“水至清则无鱼”，梁先生洞明世事，确乎把一切看透了；然而，在透澈的理性里面，毕竟有游鱼在。我相信，不管他放弃了多少，始终有一份执意存留的东西，放不下的东西。

梁先生有一位战友，名叫林芳，原是他介绍入党的，曾一起到广西从事地下斗争，后来牺牲了。湛江寸金桥公园在90年代修建了一座烈士纪念碑，碑上铭记着粤桂琼南路游击队的革命斗争史，其中就刻有林芳的名字。纪念碑落成后，梁先生每年清明节都会买了鲜花，一个人来到碑前祭奠，默默地站几分钟，然后离开。年年如此，最后一年走不动了，乃由保姆搀扶着前去。

梁先生行动时没有告诉家人，保姆似乎也守着秘密，是学校的同事看见以后告诉加尼的。

永远的空白

自从来到广州之后，我与梁先生会面仅有两次，写信也不过寥寥几通。经过多次政治运动，尤其“文革”，我们都把通信视为危险的工具，根本不相信它可以用来讨论政治和思想问题。在我，惟是希望能够永远像一个中学生那样，勤勉地阅读和写作，以不太差的成绩，答报梁先生的特殊教育。每当出版新著，我必定最先题献给他，像交作业本一样。而他，每接到赠书，也必定及时复信，在“同志”下面，写上一段勖勉的话。

整个80年代，对知识界来说是一个“光荣与梦想”的时代，高歌猛进的时代，至今津津乐道。即使在那时，在我的印象中，梁先生依然抱持一种审慎的乐观态度。90年代是一个转折，但从此，我再也听不到他对时局的分析了。在电话里，跟通信一样，他是不谈论政治的。

退休之后，梁先生的身体大不如前，有一段时间患肠胃病，缠绵时日，我曾两次托人到香港买药寄去。后来腰部受伤，致使不能直立，他仍然坚持天天散步。有一次，他的一位中文系同事在电话里告诉我，梁先生的头部已经弯及腰膝，实在步履艰难，每次散步回家，中途都要歇息多次。我听罢大惊，想不到多年不见，先生已经衰残至此地步。这时，我不禁对着话筒说起梁先生让我敬重的种种，对方大为惊讶，说梁先生“述而不作”，大家对他的思想学问全无了解，除了上课，他平时是极少与同事交谈的。

岂止对同事如此，据加尼说，他们父子之间的交流也并不多。在加尼眼中，梁先生是一位严父，本来，他很想知道父亲从共产党人到民主人士到右派分子一路走来的详细经历，就是不敢提问，而梁先生也不曾主动说起。可以想知，梁先生的内心一定有一间幽闭的屋子，门扉从来不曾敞开，偶尔开启，也很难看清储存在屋子里的东西。

2007年秋，听说梁先生入院已久，便邀同另一位老师一起驱车赴湛江看望。出发前，我特地准备了一个厚厚的笔记本子，打算在湛江多留几天，仔细聆听梁先生的另一番讲述，把他几十年艰苦备尝的经验完整地记录下来。

下车以后，两人立即奔往医院。在走廊里，正好看见梁先生坐在轮椅上，由加尼和护士推着从卫生间里出来。我赶忙走上前去和他打招呼，他点了点头，清癯的脸上泛出笑容，似乎很高兴看到我们。到了病房门口，他示意让他下来。当他站到眼前，我发现他委实变矮小了，整个身子屈折成直角，走路简直如同爬行，从门口到病床，足足用了好几分钟。

梁先生不肯躺下，坐在床上跟我们说话。他的整个面貌没有太大改变，头发白了许多，精神却不见委顿。谈话时，眼睛仍然习惯地观察一般地定神看着我们，只是语速较从前缓慢。说过病情，他问我在什么单位工作，我颇感诧异，过了一会，又重复问了一遍。加尼解释说，经过一次中风，脑部大约留有血栓，此外，还有轻度的脑萎缩，记忆力已经不行了。我非常失望，同时感到悲哀。作为战士，他失去了阵地；作为演员，他失去了舞台；作为一个普通人，他失去了许多应有的权利，临到最后，连记忆与思考的权利都被剥夺了。

离开医院，整个晚上待在宾馆，夜来风声雨声，辗转反侧地睡不着觉。次日清早，只好向梁先生握手道别。

笔记本静卧在行李箱里一动未动，留下的是永远的空白。

次年暮春，加尼来电话，说梁先生已经病故。

一个被遗弃的革命者，沉沦民间的政治家，缄默的公共知识分子，内心流放者，就这样离开了这个他曾经为之奋斗、为之惊恐、为之忧患不已的世界。人们不会关注他，了解他，谈论他；世界毕竟广漠得很，不会理会一个无足轻重的角色。

愿先生安息！

2012年6月4日

同学们

1965年，中学毕业的日子。

为了重寻久逝的青春，分散在各地的同学有如归巢的鸟雀，在一个约定的暮晚，纷纷栖集到一家酒店。灯影迷离。一张张熟悉而又陌生的面孔次第展开，于是惊呼，欢笑，握手，拥抱……当年乌黑的发辫、闪亮的眸子、银铃样的朗读声哪里去了？但见苍白的鬓发、皱褶的肌肤、肥大的衣服、滞重的步履……许许多多场景如同电影镜头般化出化入，叠印在一起，不免令人心生感慨。

50年，年华似水，不为我们留驻。那时候，我们端坐在明净的玻璃窗下，活跃在运动场上，在集体宿舍的架子床上，静听望瞭岭松涛的喧响，每个人都在心中描摹一个属于自己的梦想，并且喜欢把它称作“理想”。走出校门以后，或者经由我们选择，或者无须我们选择，脚下的道路往往把我们带向远离理想的地方。说起人生，我们都习惯使用“命运”一词。其实命运并不神秘，它是一种客观实存，只是我们事先不曾预见或事后无从索解而已。

我们今天是桃李芬芳，

明天是社会的栋梁……

作者与同学合影

弦歌一时，沧桑半生。

中学生的身份被改写以后，我们成为农民、工人、教师、医生、司机、警察、国家干部，成为木匠、石匠、泥瓦匠，成为捕蛇者、鱼贩子、偷渡犯、走私者、看门人……天上地下，五花八门，而今有了一个共同的名字：老人。50年前，当我们枝干青青，被采伐下来做成各种材料，输送到共和国大厦的每个角落，有多少人曾经有过“栋梁意识”？而我们每个人都承受到了整座大厦的重量，这是的确的。至今，即使我们变得陈旧、朽腐而为新的材质所代替，犹能感受到居间巨大的压力。

一

我们是“长在红旗下”的一代。

从懂事时起，我们就开始接受阶级斗争的教育，看到过斗地主的骇人的场面。入学以后，我们填写表格，开始分类。地富子女在学校是受歧视的，被同学欺负的事时有发生，他们迟迟无法戴上红领巾。戴红领巾是一种荣耀，入队宣誓的时候，我们被告知，我们是“共产主义接班人”。在“接班”的道路上，入团更进了一步，团员都是“根正苗红”的同学，是学校培养的骨干。他们比我们多出一枚团徽，佩戴在胸脯上红光闪闪，特别耀眼。

我们常常参加集会游行，节日时，还有大型体操表演。我们熟稔各种政治口号和政治歌曲。学校动员我们学习英雄人物，“学雷锋”就是一个学习运动。那时候，同学们想尽各种办法“做好事”，比如给街上的老太太提篮子，充当学校食堂的厨工，等等，完后到班会上汇报。还有更先进的同学，模仿雷锋日记，被张贴到学校的宣传栏上。

50年代，学校就有了“勤工俭学”“教育与生产劳动相结合”的口号。我们经常到学校小农场或者农村劳动，各个班级都备有劳动工具，如锄铲畚箕之类。“大跃进”时候，我们接连劳动，夜里也要参加抢割、修水利，当时叫“夜战”。最难忘是“大炼钢铁”。我们修建小高炉，挑砖头石块，拉手推车运送铁矿石；当然还有砸锅炼铁这样无比荒唐的事情。那时，人民公社公共食堂的盛期不再，“四菜一汤”很快消失了，饥饿开始袭击我们。记得有一个夜晚，全校师生给“钢铁基地”搬运砖石，实在又饿又累，几个小同学一起钻进路旁的灌木丛里歇息。我们睡了下来，想不到一觉睡到大天亮，被学校集体点名记过。

升上高中以后，来了“小四清”，接着是“大四清”。学校虽然有围墙同四周隔离开来，阶级斗争的空气却同社会上一样浓厚。有一位“右派”老师，曾经向我讲起他们父女俩的故事。在校园里，他女儿只要远远看见他，一定会绕道走开；假如周末或假日出街，也一定不与他同行，两人一前一后保持二三十米的距离。后来，他成了“牛鬼蛇神”，女儿曾从“牛棚”的后门进来探望过他一次，没有说话，留下一张字条转身便走，上面写的是：“好好改造自己！”“文革”后，在他重返讲台之际，女儿却患上精神病了。不要以为青年学生不谙世事，阶级斗争的环境促使我们早熟，教会我们保护自己，对周围的同学一样保持警惕。同学A告诉我，她有一天到监狱里探望父亲，意外地发现同级的一位男同学，感到非常亲近。在回校的路上，他们边走边谈，可是刚踏进校园，大家就沉默不语了。此后，他们相遇也不敢打招呼，仿佛是陌生人，在他们之间从来不曾发生过什么事情似的。

高中正值“反修防修”时期，学校号召我们同“坏人坏事”作斗争，防止“和平演变”。团员和积极分子变得更加活跃，这些谢惠敏式的人物，有意无意间成为极左路线的保卫者。我们学会告密，打“小报告”，学会“上纲上线”，成人的一套全学会了。红卫兵的暴力语言分明从他们的父兄那里继承而来，怎么能算是他们的发明呢？

二

上高三时，时间逼近高考，许多同学急于做出优异的政治表现。不知道是哪位同学，把我存放在木箱子里的几个便条和几封短简弄了出来，交给“四清”工作组；接着，团支部组织委员带同俄语老师找到我，要挟我交出三册笔记本。于是，我随即成了“和平演变”的典型，受到学校的公开批判和工作组的个别审讯，并且指令按时缴交“思想汇报”，一直到毕业为止。“文革”时，我同样因这些笔记本的连累，被打成“小邓拓”“牛鬼蛇神”而遭到批斗。

班会上同学们轮流走上讲坛揭发批判我的情景，50年过后，历历如在目前。我不知道他们是否都还记得？人为的阶级斗争，毁坏了同学之间的友爱关系。毕业前，据说团干部和班干部被班主任选中，协助做同学的“政审”工作。为此，考不上大学的同学至今没能原谅其中的个别干部，可见怨愤之深。

据了解，在六五届高中毕业生中，几乎没有出身“五类分子”（“文革”时称为“黑五类”）家庭的同学考上大学。当时，“政审”相当严厉。同学B有一段高考插曲：一天，有同学私下告诉他，在政审记录里，他的家庭成分被定为“渔业资本家”。闻讯后，他立即赶返大队，向支部书记询问有关情况。地方最高长官发话道：“就是渔业资本家嘛。”于是，他走投无路了。后来他考进了中医学院，据悉，他的成绩在学院历届考生中是最高的。他至今也不能确知，他没有被理想中的大学录取，是否受到“政审”的影响。“土改”评阶级时，他家缺评，所以，兄弟姐妹在填写相关表格时，有填“小商贩”的，有填“小土地”的，而他一直填写“渔民”。“四清”重评阶级，其实直到高考结束后几个月，县工作团才正式宣布他家成分的结论。戏剧性的是，“文革”后甄别阶级，据查土改档案成分空缺，便凭仅存的渔民证所录，改作渔民。几十年绕了一个大圈，重新回到原点。

同学C出身于镇上的一个工商业地主家庭。由于家道中落，他失去适龄入学的机会，整天顶着一个装满面包麻糖的大盘子，沿街叫卖，班车来时就赶到车站去，因为矮小，端了凳子爬上车窗向乘客兜售。入学以后，他非常用功，加上天资聪颖，成绩一直名列前茅。高中时，我们都知道有一道著名的政治公式，叫“出身不由己，道路可选择”。C的选择很正确，就是希望做一颗螺丝钉，小心顺从地被装进某个孔洞，永远跟随大机器转动。高考结束时，他喜忧参半，喜的是成绩优秀，忧的是出身卑贱。事实证明他的忧虑并非多余，半年之后，这颗螺丝钉便和镇上的其他知青一起，被抛到海南岛农场去了。

流落天涯归来，C已结婚生子，被安排到镇上的一所中学教书。由于官员同学援手，后来调入县城里工作，还入了党，可是没干上几年就退休了。退休后，他开始信佛，蓄起一部居士式胡子，很少参加集体活动。50年来，C是我在班上的同学中间唯一长期保持联系的一位。我一直为他的遭际感到不平，同时，也为他现今的虚无倾向感到可惜。告别的午宴上，我向同学表示祝福时提到他，想不到的是，他竟当众失声痛哭起来！

三

六五届很特殊，这是自1949年以后，最后一届参加高考的中学毕业生。“文化大革命”的巨兽早已蹲伏在学校的围墙之外窥伺我们，只要跨出校门，它就立刻猛扑过来，使所有的同学猝不及防。

作者与同学合影

进大学的同学想不到校园会变成战场，开始的时候斗“走资派”，斗“学术权威”，后来分成两大派，占山头，抢武器，筑工事。战斗激烈时，几乎每个学校都有死人的事情发生。据大学生同学说，在校几年，学业固然荒疏，离校分配也很成问题。他们无法按照自己的意愿选择工作和生活的落脚点，乃至毕业多年以后，仍然得为遗留下来的问题，比如两地分居等而终日奔忙。

同学D入读某地医专，说是在校期间一共只上了几个月的课，自知作为一个专业医生的知识储备严重匮缺，只好改做行政工作，直到升任一家保健院院长。对于腐败的官场生活，比如跑官、贿赂，甚至性贿赂之类，他似乎颇憎厌。大约因为身在其中的缘故，说起来自嘲似地笑笑，不住地摇头。

同学E考进湖南某大学，据说因为说了什么犯禁的话，加上“派性”作祟，被打成“反革命”关押起来。出狱后，他被遣返农村老家劳动，时间长达10年，平反后，安置到一家化工厂工作。50年不见，整个人缩小了许多，我完全辨认不出来。苍老的躯壳里，只有一双小而圆的眼睛，剩下一丝学生时羞涩的神色。

沉重的农活足够可以重塑一个人，从外形直到内心。甲班50年来一直在寻找同学F，后来打听到他已从僻远的山区迁来了市郊，便派G前去探访。电话里，约定第二天到酒店某房间会面。G清晨起来，按时到了酒店，不一会，有一个陌生人前来打听某房间所在。他问找哪位？对方报过姓名，原来就是F，于是拊掌大笑。可是，遗憾的是，这次聚会却又不见了F的踪影。

四

高考通知下达之后，城里那些考不上大学的同学，通通被动员下乡插队。在我接触到的同学中，没有一个人自愿下乡锻炼或贡献自己的，所谓接受再教育，还是后来的说法。他们集体取暖一般常常聚到一起，显得很彷徨。下乡的当天，虽然仪式盛大，告别亲人时毕竟难舍，据说不少人哭了，场面很悲壮。

六五届同学同一批下乡塘口。这是一个边远山区，他们被分配到各个生产队，有的生产队是连粮食也不能自给的，常常要家里周济。时间稍长，少数同学就设法滞留城里不再下去了。同学H告诉我，头几年大家的情绪不见太大波动；赶上墟市日便三五成群凑在一起，胡天黑地地喝酒笑闹。中途有一位年轻的女知青得了肺炎死去，大家的心里顿然起了恐慌，留下不可驱除的阴影。后来政策允许招工回城，出身好的同学一批批陆续走掉，余下多是“黑五类”子女，自然日见消沉。

H出生于地主家庭，“土改”时父母被迫离异，从小跟随母亲生活。及至她插队塘口，母亲却不得随迁，而被清洗回乡，相依为命的母女俩长此分离两地，无法互相照应。H是最后一批招工的。她当的是建筑工，习惯称小工，是专给师傅搬运泥浆木石的一种工作。这般吃力的工作一般是男人干的，而那时，她已经是两个孩子的母亲了。一天，我从乡下出城，恰好在上工的路上遇见她，说起招工的事，她是满意的。这次聚会谈起来，她说，建筑工干了整整四年，论劳动量比农活还要重几倍。但是，这个工作对她来说显得重要，是因为藉此可以长期脱离农村，恢复一个城里人的身份，可以照顾母亲，而孩子也可以跟随她吃“商品粮”。吃农业粮和商品粮，在我们乡下称为“食谷者”和“食米者”，其间区别之大，是不亚于当时的“无产阶级”与“资产阶级”之分的。

由于毕业后户口一律迁回原籍，有些出身地富家庭的农村同学，即使满心希望加入上山下乡的队伍，借机逃往异地也不可能。论身份，当然这是等而下之的了。同学I一直赖在外婆家里，一年后她在外地工作的父亲被押送回乡管制，不久上吊自杀，从此更不敢返回老家。I有兄弟二人，大哥早年偷渡去了香港，在孤立无援的境况下，她决计走同样的道路。然而冒险没有成功，她被众民兵捆绑起来，据说先是挂牌游街，后是关押揪斗，可谓受尽凌侮。她不能不远走高飞，结果嫁给外县的一个木实的贫农子弟，在山沟里做一辈子农民。20年前，我和省城的几位女同学一起邀她出来相聚，见她一身传统农妇打扮，大冬天趿着一双人字拖鞋，无端地想起在校时，她一遍又一遍高声练习俄语字母颤音发音的情景，背部不禁一阵发凉。

I没有参加大聚会，我特地给她挂了个电话。她说两个儿子远在深圳打工，孙子都交给她在老家照管，要做饭，接送上学，张罗生活。实际上，她只是勉强做着这一切。她告诉我，双眼因为视网膜脱落，手术不成功，快要失明了。

同学J在农村做民办教师，因为出身富农家庭，势利的媒人像躲避瘟疫一样远离他，快到四十还找不到“对象”。接连碰壁之后，他从古小说《隋唐演义》的传奇人物中找到灵感，发明“换婚”。他说服他的小妹，然后四处托人物色条件合适的同类家庭，结果成全了两桩婚事，有了下一代。聚会时，他告诉我这个“自救”的故事，并且颇自夸地说，70年代全县地富子女“换婚”的风气就是从他这里刮起来的。这种特殊的婚姻形式，为了达致生物学意义上的目的，注定有一方是牺牲者。可是，牺牲个人呢，还是牺牲家庭呢？这是一道时代性难题，J大胆破解了。

套用老托尔斯泰的一个警句：幸福的人是相似的，不幸的人各有各的不幸。我和同学K谈到I的遭遇时，同时想到我们熟悉的两位同学，他们不曾犯罪，仅仅因为出身于地富家庭，便在“文革”中遭到迫害致死。比较起来，I是幸运的，因为她毕竟活着过来了！

五

“文革”结束时，我们年过三十，可谓大局已定。

大学同学毕业后，身份就是国家干部，跻身于社会上层，职业稳定。农村中的同学也很稳定，过去叫“顺民”，几千年来都为村庄和土地所束缚，除非灾荒和战乱，不然没有流动的可能。倒是城里的同学，大批“倒流”的知青之间差别较大。比如招工，有的到“事业单位”，有的到“企业单位”，有的是固定工，称“铁饭碗”，有的是合同工，还有临时工；至今，即使“改制”，这种差别似乎也没有完全消除。

上世纪70年代后期，官员及相关智囊人物就“姓社”“姓资”问题闹了老半天；事实上，一旦市场被打开缺口，就势不可遏地迅速扩展开来。80年代初，农村的同学大多抛弃承包的土地，远赴深圳、珠海、东莞一带打工。久居农村，没有背景，没有资本，加上人到中年，锐气和智力都已消磨殆尽，很少有人成为“包工头”。他们依靠勤俭的习性，当然还有运气，赢得一些积蓄，等到儿女长成了劳动力，便到镇上或城里买上一间房子，自己退居留守的角色。也有

同学们

远征的战败者，最后甚至连人也找不到。

到了80年代中期，城里的同学变得躁动起来了。他们开起小店，卖水果，卖日杂，取名“十多”；或者抢租市场铺位，做批发或零售生意；或者做房地产老板，中介，没有资本便出租自家房子；开停车场，开维修站，开发廊，开各种工厂；或者创建公司……做知青的时候，他们想尽各种方法被招工，现在却可以壮着胆子“跳槽”，感到不合适便炒老板。一般来说，他们不愿意离开国营单位，想不到的只是，最后会变成“下岗工人”。我得知好几位同学先后下岗，日子颇为艰困。

摇滚歌手崔健唱道：“这世界变化快。”80年代确实不同于六七十年代，多出了一些新质的东西。或许，所谓新质，原本便为我们所有，只是因为许多别的原因，在每个人的身上和周围环境中逐渐丧失掉罢了。

前后比较起来，变化最大的，当数出身“黑五类”家庭的同学。70年代末，由于官方宣布取消“阶级”，这些同学开始变得可以自由呼吸了。自由呼吸看似平常，其实事关重大；要知道，恢复事物的常态远比破坏它要困难得多。

通过聚会交谈，才知道同学K是右派的儿子。在联络同学方面，他表现十分积极，大声谈笑，且语带幽默。比较在校时完全是两个人。那时，他黑瘦个子，沉默寡言，显得很阴郁。他告诉我，他父亲原来是小学校长，当了“右派”之后，一直在劳改农场，家里没有经济收入。他说高中的学费是借了四五家亲戚的钱凑齐的，连三分钱的菜金也交不起，每顿只吃从家里带来的食盐下饭。我见过他装食盐的玻璃瓶子，为免除口味单调，有时就往瓶子里加放一点点香料粉。高考后，他随即回乡务农，直到父亲获得改正，安排在氮肥厂工作以至退休，才“顶班”成了工人。现今，他可以享受退休金，虽然菲薄，衣食是不成问题的。他庆幸当时从天上掉下来一个叫“顶班”的政策，不然，就得一辈子做闰土了。

六

从六六届开始，一连三届谓之“老三届”，因“文革”而被集体剥夺高考的权利。1978年恢复高考，即是针对老三届所做的一种补偿。六五届属于过去时，一般来说，是没有资格坐这趟末班车的。但我知道有两位同学加入其中应考，而且被录取了，其中一位是我熟悉的L。

L家一共三人：他、姐姐，还有姨妈。这位姨妈是家庭的灵魂人物，是她领着姐弟俩从省城返回县城，据说一生未婚，唯靠当女佣维持他们读书直至高中毕业。姐弟俩非常刻苦，下课回家即刻干起编织竹帽的杂活，以弥补家用。L成绩优秀，姨妈一心指望他成为一名大学生，结果是塘口的一个山村一并接纳了他们。他后来抽调做民办教师，再后来，招工做了某镇木工的学徒。命运的拨弄使姨妈极为惊异，她对L感叹说：“当初返回本地时，有一个木工师傅要收你做干儿子，我不答应，想不到你到底做起木工来了！”

L的家世给同学以一种神秘感。我们感到迷惑：会抽烟的姨妈是什么人？据说L有父亲，为什么从来不见形影？L在聚会中为我解开谜团：原来他父母都是留日学生，父亲后来做了远征军日语翻译，为国民政府文职官员。1949年后，母亲病故，姨妈接受母亲的嘱托，负责抚养姐弟俩长大成人。父亲因历史问题，被打成“历史反革命”，清洗返回

同学们

原籍。为此，他不服上诉，最后法院判决为无罪，不戴“帽子”。“文革”结束后，他在省城开办外语学校，重操旧业。折腾了几十年，父子俩长期断绝联系，等到恢复较为正常的关系时，L已经是一名大学生了。

全级有几位出身地主家庭的同学，为了谋生，“土改”时给贫下中农做养子。M是其中的一位。在校时，他天天到漠阳江练习游泳，以期未来某天偷渡。“文革”结束后，却是以书面申请的形式获准到了香港，算是如愿以偿。50年聚会归来，同学们很觉讶异，他签名时，竟填写了一个谁也不认识的奇怪的姓名。宴会上他要求发言，特意告诉大家，说读书时用的是养父的姓，名字也是后来起的，到香港后才给恢复过来。原来，熟悉的是虚假的，陌生的才是真实的。至于少年身世，他闭口不谈，全省略掉了。

我发现，“黑五类”出身的同学大多不愿意回顾家庭历史，不愿意向他人，包括子女在内讲述个人被损害的经历。N在交谈中，仅透露一点过往的鳞爪，已是动魄惊心。

N的父亲是被镇压了的。那时，她7岁，妹妹5岁。她母亲嘱咐她带同妹妹一起到大街上去，等父亲的囚车经过，好看父亲最后一眼。后来，母亲改嫁，N随之进入一个工人家庭，于是得以顺利地读书，入队，入团，直至升上高中。毕业后，她被临时安置到居委会，做街道宣传工作。“文革”刚刚开始，她按照上头的布置，刷标语，写大字报，“横扫一切牛鬼蛇神”。一天起来上班，突然发觉居委会贴了她的大字报，揭发她隐瞒阶级成分，是混进革命队伍内部的敌人。她害怕极了，连夜逃出县城，此后一连几年不敢露面。

N的母亲也遭到了清洗，她的户口没有了，不但无家可归，还要躲避民兵的追捕。她在外地流浪的情形不得而知，据说辗转多个工地，干过不少重活，可以想象，一定尝尽了苦头，但因此也锻炼了她的意志和胆魄。她的婚姻情况自然也不得而知，从后来有资本开砖窑看，境况应当是优裕的。再后来，她做起“包工头”，承包建筑工程，做房地产生意，足迹遍及四川、江浙、东北多地。几年不见，这回见她红光满面，比从前胖了许多。

七

行色匆匆。

3天后，聚会结束了。3天走过了50年，时间是如此稠密，如此短暂。

没有歌唱，没有舞蹈。一阵沸腾过后，我们渐渐安静下来，沉淀下来。宴会后，我看见同学们两个、三个、四五个凑在一处，倾谈同时成为我们最热切的需要。在旅馆里，在大路旁，在红树林公园内，在南海一号博览大厅里，在无遮的海滨，我们合影，重温桃李芬芳的时刻；更多的时候，是在打听暌隔已久的岁月里彼此的去向，各自奔走的或者坦直或者坎坷曲折的行程。我们不问社稷苍生，关心的只是个人的生存。

其实，时代就活在我们的生存之中。我们看到，这是一个严峻的时代。在阶级斗争的岁月里，我们被训练成政治动物，互相缠斗、伤害、牺牲，直到疯狂的“文革”。“穷过渡”的时间太长，实际上支配了我们成长的所有环节。我们头脑简单，面色苍白，一无所有。而经济改革的时机又来得太迟，我们已经没有了犹豫、等待、讨价还价的资本，只好抓紧时间的辔头，急起直追，直到筋疲力尽。当我们一起回顾来路的时候，多么需要一种理性，一种觉悟，把众多个人的命运拧在一起进行省思。

可是我们没有。我们是现实主义者，我们活得这样紧迫，一代人没有理想主义的东西。我们追求的，惟是一种最低纲领的物质生活。所以，当我们从记忆回到现实中来，这时，使用频率最高的词汇便是：养老金，医保，健康。“今夕复何夕，共此灯烛光。”珍重今宵吧，在座中人，没有谁会谈论明天，谁去谈论“明天”呢！

为了告别的宴会。干杯！我们站了起来，每个人都把笑容写到脸上。干杯，干杯，再干一杯！最后，我们把所有的不甘、无奈、伤感都藏匿了起来，只说祝福的话：

——友谊地久天长！

2015年11月7日

梦中的橄榄树

丰硕，修长，纷披的羽状叶子。人们说是橄榄树，我愿意这是真的，虽然谁也不曾看见枝头上悬垂过青青的坚果——

不要问我从哪里来，
我的故乡在远方……

生长橄榄树的地方有我的精神家园。每当从树下经过，或是远远瞥见树冠，我都会禁不住哼起这支歌，低低地……

那是一个大院落，名字叫“葵园”，除了橄榄，尚有若干花树参差其间。中央矗立着一幢三层楼房，呈米黄色，老旧然而典雅。我的一位在报社工作的老乡，就住在二楼上面。楼下有几排低矮的平房，靠北的一排，住着我的另一位朋友。他们都待我很好。大约到了异地，人总会变得脆弱起来而需要加倍的温情吧？总之，每隔几天，我便要踅到这儿来取暖。

朋友姓连，在一所中学当教师。因此我也就叫他连老师。他比我大10岁左右，而我把他当作兄长，倒也并非仅仅因为年龄的关系。他深刻，冷静，懂得沉默。在老乡家里的头一次见面，就使我非常喜欢他。

他原是中国人民大学的新闻系学生，毕业以后分配到某家报社当记者。不过，从认识的那天开始，他已经是一位教员了。在饭碗的变易之间，想必有着一段曲折而苦痛的故事。可是他没有说，不像有些人，当他们被暴发的狂流掀翻了座椅，漂流过那么一回，从此便有了陈诉不完的光荣的灾难史。也许，由于家庭出身不好，又有海外关系，他早已看清故事的脚注，因而特别悭吝叙述语言。而我，也没有太多的探究别人身世的兴趣。在我看来，比起结局，过程是无关紧要的，正如历史的意义远逊于现实问题一样。关于连老师，只是在老乡那里，我才零星听得一点过去的情况。当记者的时间极短，在人生舞台上，他需要扮演另外的角色：资料员，“牛鬼蛇神”“五七战士”之类。据说，他的两个女儿先后出生时，他都没有获得回到妻子身边的权利。人类的耐受力常常使我感到震惊。小小心脏承受了那么巨大的打击和深隐的忧患，居然还能正常翕动几十年。这是怎样的一个奇迹！

他家结构很小，四口人外加十余平方小屋。其实那是一个普通房间，只因为一排竹制书架的作用，才有了客厅和卧室的分野。在这里，我算是比较充分地领略了都市人的家居艺术。作为知识分子一大赘物的报刊书籍和必需的家具，被整治得井井有条，但也不得不占走大半的空间，连安顿一张书桌的余地也没有。促膝谈天，本是一种近乎信马由缰的境界，我来做客，却往往因条件反射而自然地把膝关节屈折起来。主人在家时，小主人大抵也在的，且得占去唯一可放茶具的小圆饭桌做功课；待到夜深，小屋子又容纳不了平常说话的音量。不得已，他只好选择橄榄树下的空旷地，作为接待我的特别客厅。

我可乐得接受这种安排。这里，白天有清圆的日影，夜晚有斑驳的星光，实在很能引起思乡的蛊惑。所谓“心泰身宁是归处，故乡何独在长安”，何况我可以因此多得一份人间稀有的温爱呢！

在老乡那里，自然也一样可谈，从文学到历史，从神到人，从中国士人到应制诗到各式新八股。可是，橄榄树下的谈话无疑要自由得多，譬如骂名人，发牢骚，就不是二楼的客厅里所有的。本来，名人未尝不可以讥评，如鲁迅在《名人和名言》里指出的那样；而牢骚也未尝不可以发，马斯洛就把牢骚分为三个层次，并认为是人类所不可中止的。因为深感老乡的关心，我却怕这类非和平的情绪表现会令他失望；只有在连老师面前，才敢于彻底裸露而无须逃避自己。他静静地听我说，认为必要时才插上几句，偶尔幽默地耸耸鼻子。当你一旦获得无拘无束地表达自己的机会，那是怎样的一种愉快！我简直第一次发现：我竟然还保留了一个完整的性格！

忧郁到无话可说的时候也有的。人生可堪困扰的问题实在太多，但我，还能向谁诉说呢，除了连老师？为了排解我的苦闷，他会给我泡一杯苦得如胆的“乌龙”，说一句：“别这样——”然后自个儿把烟卷点起来，或者缓声诱导，或者对坐着共守一段沉默。但无论怎样，只要跟他待上一刻，所有的烦恼也都烟消云散了……

离家的第一个中秋节是在“葵园”里度过的。晚饭过后，我和两家主人一起围坐在橄榄树下的浓荫里，闲话月亮，花灯，节日和诗。都是美好的话题。沉浸在一种氛围里，我已无由作“静夜思”。突然，我那老乡向连老师问起出国签证的事，笑道：“这回也该轮到你了吧？”“我是善于等待的。”第一次听到他举家移居国外的消息，我很难过。“明明如月，何时可掇？”我仿佛知道古代哲人为何那般感叹唏嘘了！

一年容易又秋风。一天傍晚，连老师邀约我到公园里散步。风瑟瑟吹。树叶鸽子般纷纷飘散。走到一道石桥旁边，他也对我说：“我要走了。”

我惘然。

“天下没有不散的筵席。”他低低地背了《红楼梦》中的一个句子，作为劝慰的话。

既然去国已成定局，又何必沉溺于伤感？我想，还是尽可能地唤起他未泯的激情吧。对他来说，恐怕再没有什么比这更可贵的了。我知道，他的岳父在纽约开了一爿饭馆，让他前往照料；可是，他能够让自己安于厮守那份产业么？他是文化人，他应当在文化事业上有所开拓……久久，我把话说了。他双手抱定栏杆，凝望远天的硕大的黄昏星，有点茫然若失。他说，到了国外，条件不见得特别优越，生活到处是一样严峻。但当然，如果道路允许选择，他愿意为祖国未来的统一做点什么……

走前，他完成了两件大事：其一是旅游了大半个中国，其二是使原单位为他重新做了“结论”。这在他个人的生命史上，确乎是空前壮举。

他平日的生活相当俭省，小饭桌上，从来不见什么美味佳肴。这一回，何以千金一掷只为餐一顿风景？是不是在小屋子里禁闭久了，需要来一次身心大解放？抑或从兹一挥手，怕无缘再见自己的祖国，这才匆匆一睹她秀美的山川？中国，此其时也将变得特别的撩人思绪，是么？记得说起到领事馆接受英语问话，用英文填写自己和家人姓名的情形，他是那般激动。他说当时手都发抖了，全身有一股透骨的凉意。他把这种感觉叫作耻辱感。是的，祖国是温暖的，为什么非走不可呢……

至于给原单位写信，他告诉我，措辞是十分的激烈。这是我料想不到的。虽然，他的要求并不苛刻，无非要证明自身的清白而已。令人不解的是，这样的信何以不能提前发出？是害怕“翻案”的罪名，还是对平反一类事情不抱什么希望？其实他应当知道，那么多埋在保险柜里的冤假错案，不是已经陆续见到阳光了么？那么，他担心果真恢复名誉，又得重新回到记者队伍中来？记者的职业使他惊悸？还是害怕亵渎了它的神圣？真叫人弄不明白。令人欣慰的是，原单位的办事速度真也快捷，十几年不能解决的问题，在10天之内就办成功了。

结论简单而明确：他是一个“好同志”。

时间像点燃的蜡烛一样越来越短，短到只余一截暗红的夜晚。他送我一件黄褐色大衣，而我，能够回赠什么呢？我那老乡特意填了一阕词，我却平仄不起来，只好工工整整地为他抄上一首无韵的小诗。

人生的聚会都是为了告别。是最后的时刻。月台上，站着我和他的几位寥落的亲友。我望着车窗，突然忆起英国作家吉辛的一段话：“我们整个一生都渴望知音，这种欲望像鬼魂一样驱赶我们到渺茫的荒原上去，经常以陷入泥坑与沼泽而告终。”长方形框子嵌着那张熟悉的脸。即将消失的脸。熊猫般的眼睛大而低垂，唯嘴角翘起，作微笑的努力。顿然，一声长笛，我清清楚楚地看见，40多岁的汉子终于孩子般地流泪了！……

上班，下班，爬格子，做梦，6年就这么过去。彼此之间，曾经通信一回，仅仅一回便长此中断。山水重隔，我们还能说些什么？“不若相忘于江湖”，庄子说。忘却是一种潇洒，最苦是偏不相忘。在我那老乡乔迁他处之后，我还曾几次踏进“葵园”，在积叶间寻找往日的痕迹。虽不敢进去看已经易主的小屋子，而在橄榄树下，却也作过小小的盘桓……

再后来，橄榄树也没有了。那儿，几乎所有的花树都被刈夷，米黄色小楼和粘连在一起的小屋子们也已不复存在，代之而起的是高达10层的商场。在遥远的异域，在有月亮和没有月亮的夜晚，朋友是不是还在苦苦思念着我们的橄榄树？橄榄树，那是一支歌。假如思念，就唱吧，它当会送你走向梦中的家园……

为什么流浪？

流浪远方——流浪……

1988年5月13日

悼一禾

这是一个特别容易忘却的年头。大抵因为穷于应付眼前的事物，诸如住房、菜价、国库券与彩票等等的缘故，对于往事，人们已经不再有从前的那份眷顾的热情了。记忆如此的不值得信任。甚至连自己参与的有声有色的街头剧，在有限的时日中，也都可以消匿得毫无踪影。

我一样变得健忘多了。但是，有一位叫骆一禾的朋友，倒也还能时时记得起来。

10年前，由于向冬的推荐，我在所编的短命的刊物《青年诗坛》上，第一次发表他的诗作。大约这是他所愿意追怀的吧，几次来信，都提起所谓的“《诗坛》时代”。其时，他正在北大读书；到了临近毕业，携同另外的同学南来广州，我们便在向冬做东的宴席间见面认识了。在流花公园的草地上，大家一同倾谈，照相，盘桓了许久。

一年过后，我到北京组稿，接送都是一禾。在陌生的京都，我完全恢复了一个乡下人的呆相，没有一个向导，实在走不出胡同的迷阵。可是，除了一禾，再也找不到一个可依赖的人了。这时，他已经分配到

《十月》杂志社工作。为了陪我，请了整一周的假，即便上班，也没有一天不去招待所里看我的。他陪我找人，游览，购物，甚至结账，寄信一类极细琐的事，也都帮忙着做。临别时，我看见他的眼圈潮红了，人也突然变得沉默起来，站在月台上只是不断地缓缓扬手，我把头悬在窗外看他渐渐远去，心里不无惜别之意。不过，应当承认，告别而无忧伤，无论如何算不得交谊深厚的。

骆一禾（1961—1989），北京人，少时随父母下放到河南农村，1979年考入北京大学中文系，毕业后调入《十月》编辑部工作。著有《骆一禾诗全编》。

朋友这个词，对我来说至今仍感陌生。在乡下，最亲密莫过于一起玩泥巴长大的伙伴了，人类最本真的一种关系，却从来不以“朋友”相称。一旦置身都市，即像一头野兽从黑森林里突然来到黎明的河滩，四顾苍茫，绝无同类。对周围一切，我不得不怀抱戒备的心理，何敢期待友情呢？

两年过去，接到一禾收读我寄赠的《人间鲁迅》的来信；这时，我才发现，世上竟然还有那么一个人，在冠盖如云的所在倾听我。

信用《十月》的笺纸书写，计8页，密密匝匝全是蝇头小字。他仔细地抚摩过敲打过我书中的每一页，每一行，甚至每一句话；或表示同感，或直率地提出反对意见。为了探讨鲁迅的哲学思想，便写了整整4页。他强调鲁迅哲学的独创性、现代性、人格的深度，因而是中国情感本体论哲学的思想者，而不是逻各斯理性哲学的思想者。他援引了我书中的一段话以后，激烈地批评道：“你用了一个‘但’字，对纯粹思辨，对体系哲学让了一步，从而在鲁迅的灵魂上叠了一道折痕，对战士与思想家的区分法做了一个难以觉察的让步，给了体系哲学一口气。”“从而你也就给许多膜拜体系哲学并以此微词鲁迅的研究者一个苟活的余地。”批评得何等好呵！我理解他何以如此的小题大做，他的着眼点在中国。实际上，他已经完全越出了书中的结论，而把挑战的目光投射到黑格尔及其弟子的体系哲学的巨大的传统势力里去了！他爱朋友，他不能让朋友的文字存留哪怕是半点瑕疵。

一禾如此看重友情，相形之下，我对于人则未免过于猜疑与淡漠了。而这，是应当得到10倍的诅咒的。

信中还有着对于时下诗坛风气的批评。这种批评，同反对思辨哲学体系哲学一样，在他那里有着很深隐的精神关联。他说，现在的诗人在精神生活上极不严肃，有如一些风云人物，花花绿绿的猴子，拼命地发诗，争取参加这个那个协会，及早地盼望豢养起声名，邀呼嬉戏，出卖风度，听说译诗就两眼放光，完全倾覆于一个物质与作伪并存的文人世界，等等。看得出来，他并不否定理性。战斗的批评不可能没有理性。他所否定的只是“理性的狡计”，是理念对于个体生命的绞杀而已。

当今时世，才华绝不是重要的。作为对小才子的一种对抗，他准备在《十月》辟出一个名为“诗原”的专页。发表用他自己的话来说是“真正有着献身灵魂、献身与人格汇通的艺术的中国诗人的诗作”。

他告诉我说，要找的诗人当大部分是新人，是被忘却、挤压在诗界之外，具有独立精神的、名气不大或无名的诗人。这种编辑的宗旨，是我所欣赏的。为了表明决心，他决定在相当时间中不把自己的诗拿出去发表。他表白道：“从一个年轻人的雄心而言，我自然是乐意发的，但我必须保持自己的清醒，以免与时下的风气同流合污。在我编诗的消息跑出去之后，有人说我专门发熟人诗，也有不少人突然变得非常狎昵，前来把诗塞给我。这种谣言和肉麻的举止，我唯有以阴沉待之，于是在某几群‘青年诗人’那里说我老气横秋，像是四五十岁的人，‘玩深沉’的。这种攻击传入我的两耳，使我感到我是对的。”

诚实，质朴，认真，执着。在有限的接触中，凡这些，我都有着不算太浅的印象。但是，他那细小的躯体内藏纳着如此阔大的气魄，憨厚到近乎鲁钝的动作贯穿着如此深澈锐敏的思维，温和宁静的微笑背后，霍霍燃烧着如此坚定而热烈的情感，却是我过去所未及体察的。

现在，重捡他的遗作，颇惊异于他最早寄来的诗为何都说到死，同一种英雄的死。《先锋》说了："在春天到来的时候，他就在长空下最后一场雪……"《春之祭》说了："我们的队长，在蓝天下美丽地乌黑……"最后抄寄的《黄昏》，竟有了挽歌般的调子，哀伤得悠长：

这黄昏
把我的忧伤
磨得有些灿烂了
这黄昏
为女儿们
铺下一条绿石子的河
这黄昏让我们烧着了
红月亮
流着太阳的血
红月亮把山顶举起来
而那些
洁白坚硬的河流上
飘洒着
绿色的五月

命运之神！红马儿还在跑呵，青麦子地里的露水还亮着呵，然而，就在这五月，五月，那只沉重地上升着的"太大的鸟"突然坠落了——

一禾死了！

一连几天，我不敢相信这个传说中的消息，但接着，就收到西川发来的黑色电报。我流泪了。我其实是一个脆弱的人，今天已无力哭号。我知道，他是怎样结束了他年轻的一生的。他死于大脑，死于热血，死于忧患，死于疲倦，死于庄严的工作……

他刚刚逝去，《人间鲁迅》第二部就出版了。我在悲哀中写信给他新婚未久的爱人张玞，请求她允许寄去我的新书，希望它能被放置到一禾遗下的藏书之列。感谢张玞的理解，过了若干时日，我终于能够在寄出的书的扉页上，一如前次的赠书，工工整整地写上三个字：赠一禾。

生前每次来信，他都向我催索长诗，且不忘问及《人间鲁迅》写作的进度，说是“攫心之度，不下于希区柯克制造的不安”。而今连最后一部也已经面世，然而一禾，无论如何是再也看不到了！

“读到你的《人间鲁迅》，从字里行间听到你的自白，我想，这认识的人是可信的，为此应当为之骄傲，这是一本中国人良知的书，而当我读它时，感到的是由衷的一种同感。你的三卷著作，成为我藏书里最好的那部分。‘文章风义兼师友’，你是我所不能忘却的。”这是长信中结尾的一段话。过分的期许，使我每读一遍，心里都不由得十分感愧。称“师”，我是不敢当的，倒是他的文字与生命给了我许多的启示。甚至连“友”也不及格，因为在他生前，我实在没有很好地寻找和倾听过他的文字，一如他之于我。而且，在他死后，时间从喧哗到沉寂已流走了长长的5年，我竟然没有能够为他写上一点什么！

《吕氏春秋》记载这样一个故事说：伯牙善鼓琴，钟子期善听。伯牙琴曲中的志趣，子期心领神会，高山流水，无不极尽。钟子期死，伯牙破琴绝弦，终身不复鼓琴。的确，知音已殁，声音有什么意义呢？

然而，纵然听者沉默，我亦未敢断然弃置握中的笔管。明知道文字实际上没有什么用处，但是于我，至少可以借此倾吐，倾吐一些为一禾急于倾吐而终至于未及倾吐的东西。

你是我所不能忘却的，一禾！

1990年8月—1994年6月夜间

重印《中国文字狱》序，兼怀王业霖先生

日前想到重印《中国文字狱》，不免联想起作者王业霖先生。王先生精研文史，勤于笔耕，平生著作仅此一种；出版之际，武侠言情小说汤汤乎如溃堤之水，此书印数亦仅三千册罢了。无论书和人，存活在这世间，都寂寥得很。

1984年夏天，参与编辑的《青年诗坛》杂志已经完结，我被调至《历史文学》编辑部，同古人打起交道来。开首的工作是清理积稿。在大叠大叠的稿件中，偶然间发现一个短篇《太白墓钩沉》，实在叫我感到惊喜。小说的文字堪称一流，难得有个性，有寄托，富于才思。编辑部同仁也都公认它为优秀之作，杂志出来时上了封面的要目。正是这不足五千字的小说，让我记住了王先生的名字。我开始写信向他约稿，他答允为杂志写一个中篇；大约因了我的询问，回信中相当详细地介绍了他的境况。1964年，他在大学中文系毕业，随即分配到了安徽省当涂县——李白墓所在之地——做中学教师，不久调至县文化馆当馆员。他的妻子在芜湖市任教职，然而长达十多年一直分居两地，多次搞调动都没有成功。生活的清苦与过分的压抑，使他积下一个致命的疾病，就是

慢性肝炎。信中调子低沉，我明白了他写死去一千多年的李白，何以那般的情辞悱恻了；展读时，记起杜甫怀李白的诗："文章憎命达，魑魅喜人过"，不禁黯然。

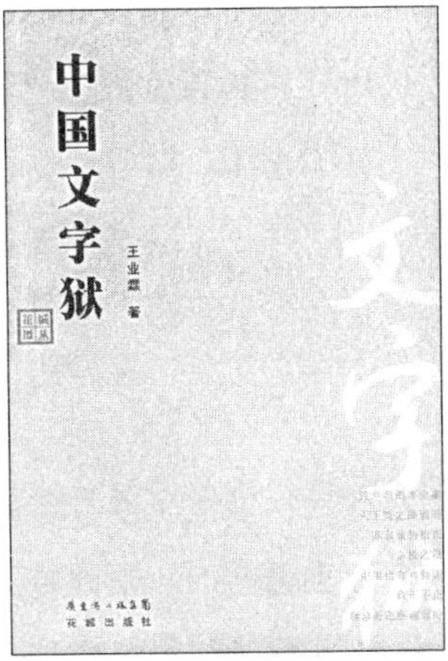

《中国文字狱》再版封面

不久中篇也寄来了，写宋代一桩与大文学家苏轼相关的文字狱——"乌台诗案"，文字果然是好。我把它编作头条，然而，由于发行方面的原因，校样刚刚出来便接到通知，说是刊物不印了。我十分沮丧，捡了一份校样寄给王先生，内心愧疚无已。

但因此，我对王先生的文史修养有了进一步的了解。几年过后，在我可以独立主持一个编辑室工作的时候，特别约请王先生为我室编辑的《八方丛书》撰写了其中一种，就是这部《中国文字狱》。

书出版后，我离开了出版社，全然绊倒在一个报社的事务之网里。其间，彼此相忘于泥涂，不复闻问。直到得到一笔义款，办起了《散文与人》，我才再次见到王先生的文章。他先后给我寄过几次稿子，共发表3篇；记得其中一篇，是从人文地理的角度质疑余秋雨先生的。当时，《文化苦旅》红极一时，不少名家为之鼓吹，没有人如此严正地施与批评，由此，我不禁对王先生肃然而起敬意。无奈凡我办的刊物和丛书都不长久，《散文与人》做到第七辑，就又接获通知不再往下编辑了。这样，我们之间仅凭采约文稿而建立的关系，复因文稿的废弃而中断了。

人事匆匆。不编书刊，是实在不曾想到过王先生的。不意在一个雨天，收到他千里迢迢托人从芜湖给我带来的一纸横幅，始知他已经离开了当涂，在市里的一个叫"政协"

的地方工作。字幅由隶书写成，落款用行草，极其脱俗，使我立刻想起“冉冉孤生竹”“磊磊涧中石”一类的古典句子。所书是邓拓先生的一首七绝，记得其中两句是：

天涯何处觅知音？
一卷离骚到处吟。

可惜我没有那种名士般的雅兴，字没有装裱，连同高尔泰先生出国前寄赠的一幅钟馗舞剑图，都被我一并藏入书柜的某一个角落里。王先生或许想象过我会在厅堂里挂起它来的罢？前些时候忽然忆及，却遍找不见，懊恼极了。莫不是愈是珍惜的物事，愈是容易丧失么！

相隔不久，接到合肥朋友沈小兰女士的电话，报告是：王先生病故了。

我长久陷于无语。消息过于突然。我没有接着查问王先生生前的病况，以及身后其他种种，因为这一切在我当时看来都没有了意义。我曾经关注过的，事实上能够关注的，亦不过是他的文字而已！

前些天，为要重版王先生的书，才辗转找到并通知了他的夫人。电话交谈间，打听得王先生是死于肝硬化，死于肝炎的一种延长，死于抑郁的。王夫人告诉我，王先生整理了两部书稿，临终前托付给她。然而，一个退休女教师，有什么能耐可以顺利地推出——姑且借用时下出版界的一个常用词——一个已故的非名人的文集？七八年过去，书稿只好这么搁着，而且恐怕还得继续这么搁下去，就当是王先生留给家人，乃至世人的一份关于生活的证词罢。

“千古文章未尽才”。我为王先生未能在生前施展他的抱负和才识深感痛惜。就说眼下的这部《中国文字狱》，字数不多，却是提纲挈领，脉络清楚，历史上的大关节都说到了。在这之前，还没有一部用了现代语言，横越两千年的时间跨度缕述中国文字狱历史的。黄裳先生的《笔祸史谈丛》，一经出版，即誉满天下。同为文祸史，黄著限于清史，且是单篇结集，不像《中国文字狱》这般系统，贯穿始终。黄著是学者的文字，讲究出典，作风谨严；王著删繁就简，深入浅出，但也并非演义式的信口开河，而是渊源有自的。黄著唯以事实说话，王著则是论从史出，时作褒贬，喜怒形于色，自是别具风味。

王先生的书排版在即，取“剑悬空垅”的古意，写下如上一点随感，就此权当序文罢。

2006年10月23日

黄河之外还有一个黄河

黄河病故已经两年了。

为她编好一个文集，内心的隐痛未曾因此稍减。在我的同代人，或是比我年轻的一代人中，恐怕很难再遇到像她这样优异的人物了。我说优异，才华、思想都在其次，最可贵的是品格。从小沦为“异类”，在并不算长的生命途中，经历了那么多的歧视、恫吓、大大小小的打击，不但不曾摧毁她的心智，反而变得更为健全。她那么真诚地爱人类，爱那些相识和不相识的人，关注他们，信任他们，同情其中的弱小者——虽然，对险恶的社会仍然保持着受伤之后的警觉。

上个世纪90年代，我和邵燕祥先生合编《散文与人》，黄河是丛刊的作者之一。

她的文章，最早是经王得后先生转来的，记得初读时有一种新异的感觉：大气、通脱、辛辣，即使从书卷出发，最终仍然回到现实中去。单看文字，实在很难想见作者是一位女性。发稿后，径直向她约稿，随后寄来的稿子是关于南美“人民教”集体自杀惨案的，也很好，照发了。接着，我收到她寄赠的一个集子。其中有些文章，好像多少带点雅士文人的气息，但是整体看来，仍然是大气、通脱、辛辣，有着灼人的现实感。

大约是1996年吧，我在编辑部里接到黄河从宾馆打来的电话，说是到了广州办理移民签证手续，约我前去会会面。见到的黄河果然是书上的黄河。30多岁，印象中像是留着短辫，健壮，微胖，脸上红扑扑的。她的大姐坐在她的旁侧，显得清瘦多了。

黄河，女，1954年生。曾任《法制日报》编辑、记者。1996年移民美国。2001年毕业于纽约大学社工学院，获硕士学位。2006年9月22日病故，时年52岁。著有随笔集《人淡酒浓》《异类：从北京到纽约》等。

黄河虽非朋友，然而，对于她的去国，当时心里还是有点不舍。我觉得，像这样富有头脑的写作者，在中国实在太少了，应当把根留住的。这种过于看重知识分子责任的想法，想来多少有点迂腐；对于生命个体来说，自由的生存毕竟是第一重要的事情。不过，黄河本人对于移民的要求似乎并不强烈，从后来的书信看，倒是出于她已到美国的父亲的发动。她坦言，国外生活对她来说未必很合适，将来可能还是要回到国内来。

谈话倒没有惜别的气氛，自始至终谈笑着，显得很愉快。具体内容不大记得，大约谈得较多的还是知识界的状况，包括写作、出版之类。临末，她送我出来，我打趣说：“你嫁一个百万富翁吧，或者嫁一个海盗也好，然后找机会把钱运回来，——那时，我们就可以放手做出版了！……”

“哪一个没出息的富豪会要我啊？哈哈……！”

朗朗的笑声，至今记起来依然那么真切。

出国之后，黄河先后给我寄来几封信，通过几回电话。

在唯一的一次见面中，我曾向她透露过打算译介国外人文方面的新书，托她留意及此，并设法相应解决版权问题。其实，当初不过说说而已，我知道版权的事务极繁难，不容易弄的。想不到她那么认真，以致此后每次打电话都要因为帮不上忙而表示歉意。

印象最深的是一次深夜里来的电话。其实并没有具体的事，只是刚读完一部关于国内环保问题的书，她便激动起来要告诉我，说三峡如何如何，沙漠如何如何，话间还夹带着大量数据、例子，一口气说上近一个钟头，仿佛顷刻间天要塌下来似的。远在千万里外，居然焦灼若此，是我万没有想到的。记得放下电话，心里顿时涌起闻一多留美时写的那些“点得着火”的诗篇。

此间，我还曾为我编辑的一个丛刊《人文随笔》——其时，《散文与人》及《记忆》已经先后夭折——向黄河索稿。她寄来短文《异类》，读后，使我对她的身世和心情有了进一步的了解。文章记叙她自小作为“右派”的女儿所经历的不幸，以及这身份留给她的内心的创伤。她说，她无从改变“异类”的角色，无论在国内还是在国外。我想，也许正因为是异类，所以她能够以异样的眼光阅世，看人，不到“不惑”之年便已不惑了吧？

创伤记忆于她是珍贵的。文章说，她不能，其实首先是不愿接受M教授教示她的现代心理康复疗法，即任何时候有机会都应尽量向人诉说自己痛苦的经历，据说这样易于平复旧日的创伤。黄河写道：“我发现我并不真正想遗忘那伤痛。那是我童年和少年时期唯一留下的印记。也许从心理学的角度说，这是自虐是病态。但对我来说，如果我把它们彻底遗忘，那个时代于我还剩下什么！”

然而，这种早年累积的创伤，其能量大得根本无法估量，它在黑暗中占据你，控制你，吞噬你的生命，而你竟然以为凭自由意志可以战胜它，真是太小觑它了。生命是有极限的。所谓“抵抗遗忘”，抵抗的力量算得了什么呢！

——黄河死了！

过早的辞世，可以肯定同长期的压抑、恐惧、不安之感有关，同创伤有关。死亡的种子，其实早早就种下了！

黄河去世的消息，由纽约的一位朋友、王得后先生，以及她的大姐小敏女士先后通知了我。痛惜之余，我向小敏女士提出，希望能看到黄河出国之后的全部文稿。

不久，文稿寄来了。

想不到的是，当黄河以文字的形象再现于我眼前的时候，我不能不为那其中竟然还有那么多为我所不知晓的人生内容和丰实的精神世界所震撼！称黄河为作家、文士，不免侮辱她了。她是一个人，一个普通的人，又是大写的人。现在我才知道，做一个真正的人，比做一个名作家，或被社会分派的别的什么角色要紧得多，也难得多。

在《埃斯特》里，她记述了一个名叫埃斯特的犹太女人的生活。为了自由的理想，埃斯特宁愿舍弃易于获取的安稳的生存条件而选择流浪。这个自我放逐者，一生都在反抗她的环境，以一种为世人所不解、甚至不齿的极端的生活方式，坚持到老死。黄河在文章中表达了对埃斯特的深切的理解，这种理解，显然来自她的人道主义，以及同样的对于自由的渴望。开篇便写道：

> 我对理想主义者永远怀着非常的敬意。对那些就是失败也不肯放弃的理想主义者更是双重的敬意。其实孤陋如我还从未见到过一个成功的理想主义者。那通体的伤痕就是他们能得到的唯一奖赏。尽管有些理想在他人看来可能距伟大崇高很遥远，甚至看来很可笑，如世人眼中的唐·吉诃德。但他们在我心中总是虽败犹荣。在日益世俗的现代社会，他们是如此地珍稀。而有些理想主义者存在的意义，有时竟是在他们不再存在的时候才显现出来。

埃斯特一年年衰老下去，生活愈加不堪。黄河曾想让她搬到自家屋里来，后来，好像经了家人和朋友的反对而终未实行，为此，她一直很自责。这使我想起她做义工，照顾老人和孩子的一段日子。她把许多周末时间都花在他们的身上，为了一个病弱者的安顿，竟不惮主动地给自己增加许多的麻烦，人也因此被弄得极其疲累。只要读完她为自己记录的《社工手记》，就不能不肃然而生敬意。

黄河去世前，仍在为一个病人的利益而作努力的挣扎。这是一个70多岁的上海移民，因为申请穷人的医疗保险时遇到麻烦，跳地铁自杀，被救起后截断双腿，送到黄河所在的医院。在黄河和他的家属的激励下，老人终于恢复了生之欲望，开始积极为安装假肢做准备。然而，主治医生认为病人年龄太大，装假肢预后不良，让黄河尽快将病人送走。黄河则主张公开病情，让病人接受这个事实之后再出院，因为她担心病人会再度萌生自杀的念头，仓促离开医院将是危险的。医生用经费和住院制度等理由力压黄河给病人办理出院手续，黄河则坚执己见。最后，医生让步了。果不其然，病人开始绝食自杀。而黄河，也就在这时候病倒了。可以想见，黄河出国期间，其实一直在理想与现实的紧张对峙中夺路突围。她是一支孤军。在异邦，——即使在祖国，像她这样的异类也不可能有援手。她困死在自己所选定的道路上。

知识分子身体力行的不多，像人道主义这种东西，对我们来说，大体上是观念的演绎，唯有黄河一样极少数的人，才会体现在日常生活上。至于说到知识分子的看家本领，诸如阐发知识，论述社会文化问题之类，黄河也毫不逊色。她思考所及的范围，比专业人士宽广，而且都有自己的判断。读了她的书简可以知道。她写得极简约，然而深刻，其中触及的论题，倘若到得那些善于张罗的学者教授手里，想必非洋洋万言的大文下不来。

到了国外，黄河忙于工作、学习，已经没有什么作文的机会，发表的几乎没有。她的记忆，她的忧思，她的愤懑，都留在她的大量未及整理的笔记和书简里。黄河算不算一个“公共知识分子”呢？她关怀的都是公共问题，私人问题也是公共问题，然而，她确实不像其他一些所谓知识分子那样喜欢走场子，饶舌，哗众邀宠；一生只是生活在沉默的大多数里，弱势群体里，生活在个人的幽暗的内心之中。

感谢小敏女士，由于她的信任，我得以在编辑黄河的遗文中反复遇见“人”和“知识分子”这样两个单词，让我明白其中各自独立的以及彼此相关的意义，明白许多原以为属于“常识”的东西。对于一代人，我一直抱虚无主义的态度，黄河的存在动摇了我的看法，叫我感到惭愧，至少我不知道黄河之外还有一个黄河！

愿黄河，一个来自东方的异类的灵魂，在异国的土地上得到安息！

2008年12月31日

为陈实先生作

诗人、翻译家陈实先生已于7月1日中午在香港去世。

次日，黄元女士来电话告知了这个消息，接着转达陈实先生生前的一份嘱托，希望我能为她即将出版的诗文集做一篇序文。我深知这份托付的分量。20年来，由我联系、编辑和出版的陈实先生的译著有四种，遗憾的是，始终缘悭一面，其间有过不多的几次电话和通信，都是因为书稿的缘故。至于陈实先生的生平经历，几乎一无所知。

幸好留下这么多文字。对于真正的写作者来说，文字会展现她的一切，即便隐没了行迹，而精神仍将长久地存留原处，接引来者识辨跟寻。心想，对陈实先生来说，其实这也就够了。

越一日，黄元女士亲自带来陈实先生的文稿，还夹了几封私人通信，特意为我介绍她所认识的陈实先生，从生活到写作，巨细靡遗。她是陈实先生的挚友、版画家黄新波的女儿。听她的描述，感受那份热情、亲近、敬重，心里不禁起了一种莫名的感动。

文稿不包括译文，书信一类文字也不在内，只是创作，但都属于诗和散文；《流沙》在编目上称小说，其实也是散文。看来她特别喜爱这两类文体，大约这与她一生渴望自由呼吸有关。几年前为她出版过的集子《当时光老去》自然收在里面，那是她创作的一个小小切面，关于绘画和音乐的。而此刻，打开在我眼前的，乃是她穿越两个世纪的整个的精神人生。从前看她的文字，多是澄澈的溪水、月光和花朵，这时却看见了火和灰烬，还有身后的深渊。

陈实（1921—2013），翻译家，广东海丰人。第二次世界大战时，作为翻译员先后参加桂林及昆明的英军服务团，1945年复员后定居香港，从事新闻及翻译工作，有著译多种。

从显白的意象到幽隐的思路，无论多么繁复和对立，都在交织着同一个主题，就是爱：爱自然，爱艺术，爱人类。陈实先生年幼失怙，随同母亲艰难度日，太早进入社会，辗转谋职。我以为，这段经历对她一生的影响是深刻的。因为爱的匮缺，所以她渴求；又因为有了爱的接受，所以她能给予。她爱善与美的一切，且能升华至一个圣洁的境界，有一种宗教徒式的关怀。但是，在文字中，她又不像泛神论者惠特曼那样浩浩天风般抒写抽象的人类之爱，她的爱总是具体的，具体的事物和具体的人。“我必须歌颂那黑暗中的坚忍、孤独寂寞的等待”，她这样歌唱早夭的蝉，风雨中折断的米兰，挣扎向上的鸽子，垂死的天鹅……在《人，猫鼠之间》等篇什里，她写了被歧视、被迫害、被遗弃的小动物，表达了一种欲爱而不能的伤感，期冀生命互助和心灵相通。她写了底层的人物，写童工，写失去丈夫的女人，失去儿子的庄稼汉……她把所有这些人认作“面貌不同的孪生兄弟，没有年纪的差别、性的差别”，担负着共同命运的一群。

陈实先生把心底的爱献给无名的弱小者、伤残者，无家可归的人。对于她，爱不仅是一种情感，而且是一种信仰，她藉此默默地守护着生命的尊严，人的尊严。

对朋友的挚爱，在陈实先生的作品中占有很大的份额，同时也是最动人的篇章。她自称朋友很少，二三人而已，而且极少交集，唯凭书信往来，甚至连书信也没有。朋友或者早逝，或者远别，文化圈中的社交又不是她所能适应的，可以想见她在香港这样一个繁华之地的孤独与寂寥。她有一首短诗《不在的人》，是阐释肖邦的《前奏曲》的，其实是对友情的缅怀：

为你把靠椅
放在书架旁边

为你把座灯
放在靠椅旁边

靠椅空着
座灯亮着

让它亮着

最后一个叠句用的真好。记忆、想象和意志中的永恒。为了这份友情，陈实先生珍藏它，又时时打磨它，展示它，让朋友的工作及其品质在人前放出银器般的光芒。

诗人戴望舒是最早帮助她发表作品的人，我见过陈实先生的手稿上留有他修改的笔迹。她似乎惋惜戴望舒让翻译过多地占用了创作的时间，曾经说："如果你没有花那么多时间介绍西方文学到中国，如果你把用翻译近百万字散文和万多行诗的时间都用来写自己的诗，你今天在创作方面的成就会是怎么样的景象。”但是，她对于戴望舒所信守的“独乐乐，不如与众”的观念是理解的，服膺的，所以会暗暗追随。可以看到，她一生的写作同样以介绍西方文学为主，译文的数量，也同样远远地超出于创作之上。这不仅仅关乎写作，这是一种人生态度，一种襟怀，一般人不容易做到的。

论交情，陈实先生与画家黄新波之间更为深笃，她用“达到披肝沥胆的程度”来形容。早在抗战期间，他们一同在昆明英国东南亚盟军心理作战部工作，胜利后又一同复员香港，一同创办人间画会和人间书屋，做进步文化的拓荒者和播种者。自1949年黄新波离港之后，两人见面只有两次，其间甚至连单独深谈的机会也没有。陈实先生写过多篇关于黄新波的诗文，或介绍他的为人，或阐释他的画作，或诉说朋友间久积的情愫。记得有一篇题为《一次失去的会面》的散文，是纪念画家逝世16周年而作的，可谓文情并茂，我首次把它编入《散文与人》丛刊发表，并多次向人推荐过。作为朋友，陈实先生为黄新波在大陆担任行政工作，身历连绵不断的政治运动，耗费了一生的时间而不能专注于艺术创作感到不平；她高度评价黄新波的极有限的油画创作，不甘心于他后来的中辍，以为有“野心”而得不到扩展，是画家在油画方面的损失。这是艺术批评家的话，也是朋友的话，除了陈实先生，大约世上再没有第二个人为黄新波说过类似的话了。

她这样评说黄新波的责任感：“这不是对一个人或对一个民族的责任，而是对人类的责任，整个地球的重量压在他头上。”她这样评说“新波的风格”，说他“把生命如此自然地渗透在作品”，“笔下的人物，无一不含有他自己的生命的一部分”。她这样评说黄新波的精神追求：“隔离了物质世界，天地阔了，层次多了”“他要藉一种精神上的英雄行为来补救自己肉体上的怯弱的、苦痛的企图”。我以为，这些话，都不妨读作陈实先生的自白。

一个内心为爱所充盈的人，很难设想会生出憎恨。其实不然。从前，陈实先生的诗文给我的印象唯是纯粹而温静的爱，而今才发现，她的憎恨也是非常炽烈的。

爱是人性中的善，而恨，并不代表恶。恨是一种形态，不是本质。爱之敌惟是恶：恶人与恶行。在现实世界中，当恶横行无忌时，人类仅仅有爱是不够的；拒绝恨的结果，必将构成对善的侵害。鲁迅说，“能憎，才能爱”，这是的确的。

陈实先生是大爱者，也是大憎者。我不知道，原来她在20岁的花季，就已经成长为一位反法西斯战士了。那时，她写的处女作《人与蝙蝠》，就是一首与黑暗和魔鬼作斗争的战歌。诗中写一个寻路的人，在夜间拒绝吸血鬼蝙蝠的诱惑和威胁，向太阳借了火种，烧毁“黑暗的巢穴”，最后以自我牺牲为追求者指示方向。全诗洋溢着一种英雄主义的激情：“即使一足踏上死亡的边沿，也要写出人类光荣的凯旋！”

上世纪60年代的“文化大革命”是中国历史上的一场浩劫。运动之初，陈实先生写下《我造反的兄弟》，可见她的清醒。“焚书坑儒的灾劫／不过改换时空进行。”那是一个造神运动，她宣告：“所有的神都已死去。”当人们都在诅咒行凶的红卫兵时，她追问“真正的凶手”。但是，她不知道要等到什么时候，“迷途的兄弟才会放下屠刀”，于是止不住为祖国母亲痛哭：

冬去春来，夏去秋来
岁月默默流转
而汉唐只是昨日的事
邯郸仍在枕中
母亲母亲你近在咫尺远在天涯
纵有三千丈白发
缚不住我乡思难收

记忆中你永远风华绝代
我为你哀哭为你心碎……

陈实先生的许多亲友都在“文革”中惨遭不幸，“文革”在她那里，是一个永远挥之不去的梦魇。

在陈实先生的文字中，令我感受最深的，是写于同一个夏天的两封信。那时，黄元女士身在异国，她遂向远游的小友报告身边的见闻。事情应当对她刺激太深，所以才有了一种不能已于言的急切的笔调。信中一连用了“失望”“忧心”“激愤”“沮丧”“羞愤”一类形容心理状态的词，还有不少副词如“很”“非常”“实在”，等等，以及大批问号。其中一封信明显地被泪水洇了一大片，字迹模糊，却见渍痕历历。汪洋般的大爱，让我在读信的时候，立刻想到德国著名的女版画家珂勒惠支。

东欧剧变时，黄元女士目睹了柏林墙的坍毁，写信不免描述一番东德人奔向西方的人潮汹涌的情景。陈实先生的回信显得很兴奋，她认为，“民主改革已经形成潮流，不是小撮人可以扭转的”。在信中，她使用了“国际大气候”的词。当是出于改革前景的鼓舞罢，临末，她这样说道：“我真希望自己年轻10年，跟你一起努力建立一个有希望的中国。”

陈实先生的作品不多，但是澄明，深邃，精微，质朴而优雅，格调很高。看得出来，她承续的是西方文学和五四文学的根脉；其中透达的精神性，恰恰是当今大陆文学所缺乏的。对于物质生活，她平素没有什么希求，说是“只要有书，有音乐，有花，生活已经够好了”。她就凭藉这有限的介质，进入无限界的精神空间，在那里，与伟大的灵魂自由来往。她记录过一个“贪恋中的人物”谱系：莎士比亚、鲁迅、歌德、罗兰，还有贝多芬和肖邦，戈雅和高更。他们是百科全书式的人，思想者，奋斗者，美的缔造者，人道主义者和英雄主义者。

她崇仰英雄的行为，不满于自己的脆弱，而努力成为精神的强者。然而，由于她说的“知识分子对于悲剧的感受性”，在社会和人生中，她更多地看到悲剧的存在，感受其中最深最黑的痛苦，尤其到了晚年。

她有一首诗，阐释德沃夏克的《浪漫小品》：

如果用二十年时间
灌溉一株优昙华
开的花竟是蜻蛉

如果用三十年时间
等一个异地的亲人
接到的却是一纸讣闻

如果用四十年时间
熟读世上的字典
之后变成盲人

如果用一生时间
追求一个理想世界
找到的原来是废墟

叹一口气，认识
天地从来不仁

可以说，这是陈实先生一生的总结，对社会，对自己。无须辩白，这是悲观主义的。

人届晚年，如她所说，“立冬以后”，季候肃杀，故人凋零，更形孤独。她青年时得过肺结核病，身体本来便弱，此时更弱。8年前患绝症，5年前眼疾加剧，几近失明，阅读要借助仪器把字放大，书写也是大字；但她仍然工作，入院仍然工作，直至停止呼吸。在绝望和痛苦中坚持工作，当是何等悲壮！

陈实先生的一代，是理想主义的一代，在压迫和斗争中过来的一代，富于思想力和行动力的一代。今天，当我写下此文给又一位老人送行时，分明望见，整整的一代人已经渐行渐远了！

2013年7月18日

追忆李士非先生

我是幸运的。如果我的文字不是邂逅了李士非先生，也许我至今仍然待在一棵老柳树底下的小小的卫生站里，日夜倾听乡间疾苦的不绝的号呻。

我对李先生长怀感激，不仅因为他给了我进城的机会，让我做我梦想中的工作，还因为他的为人，无论作为一个普通人，或是作为一个诗人和编辑家，都曾给我濡染，让我受益不尽。

一

1981年7月，我借调到花城出版社，担任《花城》杂志的编辑工作。

李士非先生是社里的副总编辑兼《花城》杂志主编。编辑部的人马大多由李先生招揽而来，其中有“脱帽右派”，有工人、农民、转业军人、刚毕业的大学生，品类颇杂。其中，除了两位“右派”是李先生的旧日同学之外，其余都是陌生者，像我来自偏僻的乡村，便没有任何“背景”。那时，是一个人和一份杂志，把所有这些人的热量凝聚了起来。

李士非（1930—2008），江苏丰县人，诗人、作家和编辑家。曾任花城出版社总编辑，《花城》杂志首任主编。著有诗集《向秀丽》《北大荒之恋》《俄罗斯行吟》等；报告文学《昭雪之后》《热血男儿》等。

《花城》初创期间，李先生到处奔走，广为联络，致力于建立杂志自身的作者队伍。这中间，有备受摧残的老作家，有流放归来的知青作家，他们都有着丰厚的人生阅历，是坚持现实主义道路的一群。现实主义是一种文学精神，它并不排除形式上作现代意义的革新，比如北岛的作品，诗和小说，在《花城》上都有集中的发表。七八十年代之交，社会上最流行的字眼是“拨乱反正”，而《花城》的“伤痕文学”占有很大比重，它不理会所谓“向前看”的高调，是忠实于我们这个多难的时代的。李先生非常看重报告文学，率先发表有名的《热血男儿》，而且大力提倡这种文学与新闻的边缘文体，这在特殊的时期里有着特殊的意义。由于广大读者看惯了瞒和骗的书刊，所以写真实的《花城》特别耀目，一时洛阳纸贵。

我来《花城》正值“反自由化”对“思想解放运动”造成正面冲击的时候。恰如宋诗形容的：“残雪压枝犹有橘，冻雷惊笋欲抽芽。”此时，改革与保守并存，希望与疑惧同在。继文坛批判电影《苦恋》，及《花城》杂志刊出“不断自问”的自我批判之后，社里又出现了两起事件：一是批判戴厚英的小说《人啊人》，再就是批判遇罗锦的小说《春天的童话》。

李先生嘱我写了两篇《人啊人》的评论，取辩护的立场。一篇给省报，一篇给北京的《作品与争鸣》，都是他推荐发表的。至于《春天的童话》，据他说，发稿是经集体讨论的，既然有人把责任推给他，说是他组的稿，又经他审阅和修改，自然责无旁贷，于是他也就担当起来，结果主编一职被拿掉了。

为了《春天的童话》，编辑部闭门整顿达一个月之久。会后，大约有谁说到“自由化”，我随口说道：“才有一点点‘自由’，怎么‘化’得起来呢！”想不到被李先生听见了，勃然大怒，走到我的办公桌前呵斥道：

“这样的话不是你说的！”

因为我是借调来的，户口还留在乡下，按照劳动制度，只能算是“临时工”。李先生的话涉及我的身份和权利，给了我很大的刺激，为此一直耿耿于怀。

我根本不会想到李先生是在保护我。

二

开头几年，户口和住房问题一直困扰着我。1984年又无端生出一个叫“清除精神污染”的运动，来势极其凶猛，我成了众矢之的，受到点名批判，一时苦闷之极。在此期间，多得李先生的慰藉；其实，因为《春天的童话》的牵连，那时他自己也还没有从窘境中摆脱。

或许我的工作与李先生的荐用有直接关系，就像从前在校的学生需要监护人一样，他有责任照看我的方方面面，直至写作。

是一个大热天的中午，他一个人摇着大扇子上楼来看我。我分住的单人宿舍不足8平方米，是木板钉起来的廊间，四围布满厨房，煤烟熏得板壁黑黢黢的。面向廊内，有一个多余的窗口，一点光亮也透不过来，白天必须亮灯。李先生有哮喘病，当我开门让他进来时，他还一个劲儿吭哧吭哧地喘气。他站定在写字桌前，长久地凝视着壁上镶挂着的鲁迅像和我家人的照片，突然说了一句：

“这是伟大作品诞生的地方！”

说完，也不坐下，问了问家事就走了。

那时，我在写鲁迅的传记。我知道他在激励我。后来在社里的选题会议上，他竟然在没有看过书稿的情况下，大加赞赏并极力推荐，这种过分的信任使我汗颜。《人间鲁迅》完成之时，已是总编辑的他调集各部门领导召开专题会议，亲自主持出版。传记先后共有4种版本，重印多次，得过奖，还有外文版，多少总算可以告慰于李先生，减少一点内心的歉疚。

李先生常常问起我的写作计划和作品发表的情况，对我的赠书，总是细心阅读，读后便又常常向人鼓吹。古人云："到处逢人说项斯。"李先生就是这样的人，热心到了极点。

最令李先生担心的，恐怕还是我的安全问题。所谓"安全"，就是思想安全。在我国，思想问题一直十分敏感。即使"文革"结束多年，知识界依然流行"心有余悸"一词，由此可想而知。

有一天，李先生请我到他家吃晚饭，其实用意是营造一种气氛，以便饭后和我谈"思想认识"问题，而不至于给我造成太大的精神压力。在我的记忆中，这是领导与被领导之间唯一的一次带针对性的、轻松然而严肃的谈话。他指出我对一些问题的"错误认识"，然后大谈改革的必要性，大赞伟大、光荣、正确的中国共产党。话间他着重提到"开门整党"，好像那是当时的一个政治流行语，说的时候特别兴奋，确信党有能力改正"文革"中的错误，开创新的未来。

对于即将召开的中共"十三大"，李先生是充满期待的。据说，"文革"前他每年都被单位评为"优秀党员"，虽然在"文革"中备受折磨，进"牛棚"，挨批斗，连孩子也曾一度被加以"写反革命标语"的罪名吃禁闭，然而不改初衷，有一种古典共产党人的风范。他能宽容异议者，甚至欣赏异议者，尤其到了后来，思想愈见开放；但是对于组织，却是始终保持应有的忠诚。

我不能很好地理解李先生。当时，我不能不把这种思想谈话视同"说教"。第二天，我写了一封信，交给一位作家朋友当面交给他。记得信的最后写的是："您是一个好政府主义者，而我是一个无政府主义者，这就是我们全部的分歧所在。"

事后，我发现李先生的态度不见有什么异样，好像在我们之间，并不曾发生什么事情似的。我现在推想，当时我的反应一定加深了李先生的忧患；而且，我出言不逊，伤害了李先生。

三

作为编辑家，李先生是富有魄力的。继参与创办《花城》《青年诗坛》几种杂志以外，他又一手创办了《历史文学》《浪潮》和《文化广场》。

这都是很有创意的刊物。"文革"后，涌现出一批反思历史的作品，不但反思现代史，而且反思古代史。专制主义的老传统一直延续下来，从秦始皇到太平天国，到百日维新，到袁氏称帝，直到十年"文革"。但是，全国之大，除了《历史文学》，好像还没有一家刊载此类作品的专门性刊物。而《浪潮》，显然是一个面向改革大潮，旨在引进和传播现代思想观念的杂志。按李先生的本意，《文化广场》也不仅仅限于大众文化而已。所有这些，对于李先生来说都是重大的挑战，因为它打破文学的藩篱，进入了更宽广的文化视域。好在李先生是一个热爱新事物而又喜欢挑战的人，虽然许多新观念，政治的、经济的、文化的，对他来说未必从深入研究得来，但颇得益于广大的社交网络；他性喜结交，又善于倾听，长于思考，因此在思想方面确实能够与时俱进。

杂志的开头都不坏，可惜人手太少，经营管理不善，结果弄得半途而废。

李先生勇于开拓而不善守成，这是的确的；但是，无论何时，都不失"大将风度"。他有超乎一般编辑的眼光，总是属意长远，不是事务主义者一般地只顾经营个别作品，而是重在人才的发掘。他说过，一个人抵得上一百个作品。

对于作者的尊重，在出版界，我没有见过第二个像李先生这样的人。凡是他的作者，不论熟悉或陌生，也不论年长或年幼，他都会亲赴机场和车站迎送。他本来走路便吃力，还主动给别人打伞，提箱子。此外，还常常把作者接到家里吃住。我先后见过的，就有高晓声、徐迟、遇罗锦，等等，至少七八个人。有一个老同事看不惯，认为他太作践自己。而令我感叹的是，这一切在他做起来，一点也不勉强，而是那么的随性、自然。

李先生非常重视“自由来稿”，经常叮嘱编辑人员，说沙子里有黄金，要做“淘金者”。他乐于接触、寻找、接待那些“文青”，建立通讯关系，给他们寄稿纸，看稿，改稿，选择合适的地方发表。我发觉他用稿的天平是倾斜的，特别热心于发表青年人、底层人、弱势者、失意者的作品。对于这些人，他从来不苛求“完美”，认为写作是长期的工作，可以慢慢完善，唯一意帮助他们把潜在的才能和价值显现出来。他表示过，发表作品可以增进业余作者对于创作的信心，甚至有可能因此进一步改变他们的命运。

广州有一个“新路诗社”，由十几位小青年组成，这里有印刷工人、店员、服务员、质检员、小学教师、乘警、校对员，自然还有“待业青年”。李先生应邀参加他们的聚会，往往是夜晚前往，坐公交车从城南到城北，爬数十级的木梯，吭哧吭哧。他在《浪潮》上用了很大的版面刊载“新路”的诗，每人附有照片和简介，还命我写了长篇评论来配合，总之是一次很有气派的集体亮相。自此之后，他们才开始发表作品，其中大部分陆续转移到文化单位上来，做了编辑、作家、学者。

记得在《花城》杂志做编辑时，有一天，李先生到编辑部里来，在我的对面坐下，问我看的什么稿子。我答说，是一位女临时工写的诗。又问，感觉如何？我表示犹豫，说诗里有坚实的东西，但句子太粗糙。

他从我手里接过诗稿，摘了眼镜凑近了看，不一会涨红了脸，鼻翼翕动，接着站了起来，说："我念给你听——"

他高声朗诵起来。

室内的几位同事一齐抬起头，转过脸看他，听他那洪亮的、动情的、富于节奏的声音。

他念完，喘息未定，指着诗稿对我说："你改一下，下期发表！"

我眼睛发热，泪水唰地流了下来。

四

李先生是诗人，我在中学生时代就读过他的长诗《向秀丽》，还从陈残云先生编的《粤海新诗》中读过他早期的抒情短诗。当年他写战歌、颂歌，很有激情。上世纪80年代以后，他写变革如《北大荒之恋》，歌唱异域如《俄罗斯行吟》，一样很有激情。不同的是，激情的指向有了明显的改变，诗人不再侧重意识形态中的"当代英雄"，而是人在历史语境中的生存状况。关振东先生读了他发表的一组短诗后，曾经对我称赞说："士非真能写，想不到他越写越年轻了！"所谓"年轻"，是指他的诗像当年大学生的诗那样，不但有青春气息，而且有现代技巧，不像老派的诗人。

李先生虽然出过好几个诗集，写过若干篇报告文学，为此费去的时间却实在不多。他才思敏捷，据他说，他待在家里写不出东西；就是说，他不需要安静、长久的构思，只需要刺激。他的作品几乎全部是在火车、飞机、旅馆和医院中完成的。一次他到日本探亲，登东京塔，情不可抑，一气写成一首上千行的长诗，结果心脏病发，只好紧急住院。大病稍愈，他不听医嘱，在病室里又偷偷写开了另一首长诗。他本来可以写得更多、更好，但是他坐不下来，他几乎把所有的时间都用在他人的文稿上面。人们常常把编辑工作比作为人作嫁，李先生俭朴自奉，自家的衣服不曾细针密缕，倒是煞费苦心，为他人缝制锦绣衣裳。

我说李先生是诗人，首先不是指有多少诗篇传世，而是他的精神、品格，构成生命的特质；那里有天生的仁爱、同情心，赤诚而慷慨。高尔泰先生出国前曾经赠他一幅画，画的是舍身求法的达摩。其实，李先生更近于侠士，常常有路见不平、拔刀相助的时候。要是说起社会腐败、不公的现象，说起个别恶人、佞人或小人，他也会横眉怒目，破口大骂的。

如果要说“白圭之玷”，在李先生，最明显的恐怕便是轻信了。大约轻信出于善良，所以书上说这是上帝可以原谅的缺点。由于他没有城府，憎厌圆滑，有事时宁可相信组织，也不肯信从世故，这样就往往容易为人所利用，给自己带来伤害。

我知道，李先生深爱出版社，尤其是《花城》杂志，所以爱提这样那样的批评意见。我猜想，他只要批评起来，很可能是峻急的、激烈的。但不知从什么时候开始，总之他再也看不到寄赠的杂志。大约久违之故，出于想念，或是想看其中的个别篇章，曾经有几回，吭哧吭哧地到办公室里向我要，简直形同乞讨。我很难过。其实，那时我早已调离《花城》编辑部了。

李先生的作者朋友遍天下，独有一位刘丹女士提出要将李先生的遗作结集出版。我应当向她表示内心深深的感谢，她做了我曾经想做而到底没有做成的事。为了这个集子，李先生家人电话里让我写一篇纪念文章，话说得很客气，使我惭惶无已。李先生给了我太多，而我无以为报，至今也没有写出如他所期许的像样的作品。写下如上的一些话，于李先生又有什么意义呢？何况，他离开这个为他所热爱的人世也已经5年了！

2014年8月12日深夜3时半

怀念耿庸先生

雪落在中国的土地上。

时值岁暮，雪灾的消息，有如大雪般覆盖每天的报纸。然而，即使冰雪塞途，列车停发，电力中断，满城烛光，人们仍然忙于营造节庆气氛，在黑暗中期望看到荧屏中的“春晚”。我们的人民是喜剧性的人民，何况遇上春节，热闹自然是少不了的。

就在这熙熙攘攘预备祝福的时刻，有一个人悄然走了。

耿庸先生去世的消息，最早是萧玉英医生告诉我的。

1988年春节前后，正是在人民北路萧医生的家里，我陪孙钿先生，一同拜见了偕同路莘女士刚从上海南来的耿庸先生。此前，拙著《人间鲁迅》出版时，曾给上海方面寄出三册，收件人是“胡风反革命分子”，我所敬重的3位长者，他们是：贾植芳先生、何满子先生，再就是耿庸先生。在他们的文字中，我获得一种确信，认定他们的身上存留着鲁迅的骨头和血脉。见过耿庸先生，我欣喜于我的判断没有出错。

“胡风集团案”发生后，耿庸先生便一直在牢狱里生活，时间长达

11年之久。夫人王皓，在两年后的反右运动中跳江自杀，当时的说法叫"自绝于人民"。遗下3个孩子，在一个举目无亲、充满敌意与冷漠的世界里如何过活呢？可以想见，当时整个家庭所担受的苦难，以及加之于耿庸先生的精神上的痛楚。几十年沧桑，留下一头银发，满脸皱褶，可是，他那儒雅的风度却掩盖了这所有一切，乍见之下，丝毫觉察不到灾厄的痕迹。他严肃，庄重，说话却是随意的，机敏而幽默。说时，他一面抽烟，一面透过眼镜片定睛看你，你可以感觉到他对问题的专注。对于世事，常有犀利的批评，说到激烈的时候，他会睁圆了眼睛，像是与人争辩的样子。但是，更多的时候，他是常常微笑着的，流露着诚恳、友善、温厚，有时说着说着，还会像孩子一样，被自己的话头惹得咯咯地大笑起来……

孙钿先生和他一样，同属"胡风集团案"的要犯，蹲过监狱，干过苦役般的重活，相聚的机会于他们来说是极为珍贵的。我虽系初识，毕竟有过赠书的前缘，所以，大家一起谈话也就无须太避忌，感觉是愉快的。

此后，我常常一个人去看望耿庸先生。他后来从萧医生家里搬出，和李晴先生在达道路合租了一幢小洋房，我仍旧是那里的常客。

那时，李晴先生在一家出版社任职，计划出版我的一部诗集。我约请耿庸先生为集子作序，一来看重先生的道德文章，二来，也想给这段往来的日子做个纪念。

序文很快写好了。

意外的是，我喜欢的几首抒情诗并不为他所欣赏，倒是明白表示喜爱《贝多芬》和集中的几首长诗，说是这些诗引发了他的"别样的感应"。他特别称引了叙说司马迁的《蚕室之一夜》中的两段，其中一段的开头是：

一千次思考只为一次选择
我选择了苟活
而不是庄周式的永生……

仅为评说一首诗，就费去了数页稿纸，关键词就是这“苟活”。他是一个坐过囚室的人，深感不自由的苦痛，难怪司马迁的古魂灵，会让他这么心意难平。只是，他并没有陷没在历史的悲剧里，在文中引了“士可杀而不可辱”一语，指出：“正直、正义、正派的士即知识分子”即使被不免神经衰弱的帝王式人物置于不是死就是活着受辱的境地，也始终怀着“无可旁贷”的使命感。但因此，生命也更有光彩。

耿庸先生是我见过的人中最有尊严的人。

我们见面无所不谈，包括臧否人物。耿庸先生在后来写成的著作《未完的人生大杂文》中，记下不少跟他有过关系的人，当然也有好些未及记，或不能记的。在他谈及的人物中，我印象最深的有两个人，就是周扬和张中晓。

对于周扬，我们都不抱好感。耿庸先生说了两件事。一件发生在1979年召开的第四次文代会上，周扬在作大会报告，当说到“社会主义文艺的春天”时，萧军从后排站了起来，高声喊道：“周扬同志的春天，就是我的冬天！”记得耿庸先生说完，当即开怀大笑。他对萧军的这种近于莽撞的行为，是颇为赞赏的。

还有一件事是，在中国作协第四次代表大会的开幕式上，主持人宣读了周扬在医院打来的祝贺电话，全场鼓掌长达数分钟。随后，由一班中青年作家起草了一封致周扬的慰问信，悬挂在会议大厅里，让众代表签名。有站着签的，有蹲着签的，因为人数太多，原信纸又太短，就又找来白纸续了上去，以致拖到地上；那结果，弄得后来签名的人只好跪着趴着写字了。耿庸先生说到这里，又咯咯地笑，到最后，用了很有点骄傲的口气说：“全会场只有我一个人没有签名！”

至于对张中晓的态度就大两样了。

我曾多次听他说起张中晓，称赞张中晓的明敏多思，以及为常人少有的批判的勇气。说到张中晓和他在新文艺出版社同一个编辑室里面对面办公的情景时，总是极力回忆着各种细节，有一种沉湎于其中的深情。赞叹，惋惜，缅怀，哀痛，沉默无语，或竟泪花闪烁，神情显得很复杂。说到往事，我发现，耿庸先生的记忆力好得惊人，描述起来，历历如在眼前。引述书本的东西也如此。与其说这是一种天禀，毋宁说是长期的牢狱生活对一个人的自由意志的锻炼和考验。他是看重经验的。几十年来，想必他一直在顽强地对抗遗忘。后来，读到他的一篇自述文字，说及他和张中晓分住隔壁的囚室，听到张中晓吐血之后轻叫着“报告”的声音，隔着牢门而无法前去救助的自责的话，实在教人感动。

耿庸（1922—2008），原名郑炳中，福建漳州人，生于苏门答腊。1955年以“胡风反革命集团骨干分子”名义被捕下狱11年，1980年平反。著有杂文集《扛鼎集》《论战争犯子》《回收集》，剧本《身边的敌人》，论著《<阿Q正传>研究》，与何满子合著文学评论集《文学对话》等。

他在出狱之后，一直打听张中晓的下落，曾试寄一张《解放日报》给在绍兴下关邮局的张中晓的父亲转交，希望张中晓看到笔迹会回应他的无声的寻唤。这个希望，终于在“文革”初期从“外调”人员口中得知张中晓的死讯而彻底破灭。他写道：“然而30多年来依然是26岁的中晓时常地显现在我的眼面前。”这样的患难交情，非是一般文人的惺惺相惜可以比拟。

在“胡风骨干分子”中，毛泽东最重视的就是最年轻的张中晓。对此，耿庸先生曾经表示过相同的意见。半个世纪来，确实还不曾有人像张中晓这样，反对把《讲话》当作“图腾”。这个十八九岁就得了肺病，且被切去5根肋骨的“反革命”，获释后仍一面失业、挨饿、咯血，一面不停顿地阅读和思考，堪称“韧战”。他把他的反专制主义的思想断续地记录到拍纸簿上、火柴盒上、废纸片上。死后由他的家人送给何满子先生保存，最终由路莘女士整理成册，名《无梦楼随笔》。我有幸最早读过稿本，并对全稿做了摘录，然后重新编序，发表在《散文与人》丛刊第一集上。

张中晓的书信，也是由路莘女士设法出版的。出版前，在北京晓风家里看到这些书信，借阅了一夜晚，感觉其中的锋芒，并不稍逊于随笔。我拟选出几篇，登到《散文与人》上，晓风的意见是由路莘女士作注后再交我刊用，只好作罢。这些书信后来印了出来，不过并没有注释；印象中，有个别信件似乎也没有收进去。也许是言辞过于锋利，尤其涉及个人的批评，编者觉得有必要为尊者讳，或者为死者讳的罢。

耿庸先生是执拗的。

这种性格的人，一旦同所追求的真理，或所坚持的信念结合起来，就变得非常刚硬，坚不可摧。当然，执著于真理和信念，已经成了上一代人的事，到了我们这一代，几乎全数沦为实利主义者了。倘若仍旧套用“真理”一类的词，那么，也即等同于霸权话语，等同于权力、财富、声名，等同于主流、时尚的东西。有谁要是独行其是，使用熟习的理论或工具，一定要被讥为保守主义者、落伍者、等待被抛弃的人。

我曾经同一位上海的青年学者谈到过耿庸先生，结论果然是“老派”。这是无可如何的事。从根本上说，中国还停留在前现代阶段，而后现代的理论已经大行其道了。对耿庸先生来说，中国是仍然需要“启蒙”的，这启蒙就是前现代话语，当然要被后现代理论家看了笑话。文学理论也如此。耿庸先生大谈其“现实主义”，说得浅显一点，即鲁迅说的“睁了眼看”，明显是针对中国文学的“瞒和骗”的传统的。他和何满子先生所作的“文学对话”，也都重在现实主义的本质的阐发。然而，这在满嘴“现代性”的学者看来，还不是土得掉渣了吗?

使用什么样的理论、概念和语词，在耿庸先生是作过严密的思考和慎重的选择的。他的文风，从来不肯随俗，喜欢使用长句子，让不少习惯于抄近路的人看了感到别扭。只要打量一下就知道，那其中的逻辑是极其邃密的；而内含的诗意，更不是一般的理论家和批评家所有的了。

究其实，他倒是一个喜欢“咬文嚼字”的人。比如，他在文章中说的“被做成‘胡风反革命分子’”，这个“做”字，我就没有见过第二个人如此用过。对于新中国成立后的第一起文字狱，用“做”字来表现是极为准确、生动，而又意味深长的。有一次，他同我讨论到拙文《五四之魂》的部分内容时，电话那头突然蹦出一个“激退”的词，让我敬服之至。鉴于五四新文化运动被蒙覆“激进主义”的谥号而被攻讦，用“激退”形容这些论客的本质，实在说得上以一当十。后来，我将此文印制成书，即采用了他的提示，将“激退”一词加入相关的段落中。

突出的，还有对上世纪80年代的一个流行词“反思”的态度。他是拒绝使用“反思”的，说时，还语带讥讽。当时听起来，不免觉得太拘泥了点；后来觉得，对于一个本质主义者来说，他的反对是有根据的。正如“反理性”一词，孤立来看，似无可挑剔，甚至大有先锋派头，倘用于未经理性训练的民族或人群，则大谬不然了。又如，在没有自由，或自由并不充分的国度，“反自由化”也是极其荒谬而且有害的。“反思”始于“思”，倘若连起码的政治常识都不具备，连正常的思考力也丧失掉，“反思”将从何谈起?

然而，耿庸先生的朋友竞相“反思”起来了，他能不为所动吗?

也许由于长时期地被禁锢和被隔离，他不害怕孤立。他忠实于自己。他固然不想做鲁迅描写过的那种脖子上挂着小铃铎的领头羊，但也不想昏昏然混杂在羊群之中。

他不阿世。

1989年初夏，我和耿庸先生、路莘女士一起，赴武汉参加首届胡风文艺思想座谈会。

与会者中有大批的“胡风分子”。据我所知，他们劫后的第一次聚会，是在胡风先生的追悼会上，这次座谈会当是第二次了。我发现：“反革命集团”的莫须有的罪名，非但不曾使他们互相规避和疏远，反倒增进了当年的一种集体情谊。他们相见时那么热烈、亲切，真像是一个大家庭；连对文学的认识，以及为之献身的热忱，都是那么相似！

会议期间，阴云密布，闷雷轰鸣，却又欲雨不雨。盛夏未至却是无比酷热，这种气候，我是从来未曾遇到过的。午间，待在房间里实在窒息难耐，便一个人溜了出来。

在大厅里，恰好遇见耿庸先生。

前些天，他和朋友们在一起，显得那么忙碌而愉快，奇怪的是，此时神色凝重，一副心事重重的样子。他匆匆说道，他有事，得去开一个小会。我觉得，他的话间很有点神秘的意味。后来见到他，人变得沮丧起来，不再如先前般的活跃了。再后来，我们都已经回到了广州，他告诉我说：当时一帮人商议要建一座通天塔的，结果意见不一致，这塔也就建不成了……

从此，他对“集团”中人产生了一些新的看法。武汉之行，在他的乖舛的人生中又当增添了若干未曾经验的经验的罢。

看到了裂痕，又顾惜“同袍之谊”，耿庸先生这种近于矛盾的心态，不禁使我联想起鲁迅在“左联”解散前后的情形。不满“左联”，却又极力维护“左联”的存在，这是一种苦境。鲁迅说：“细嚼黄连而不皱眉。”这种味道，大约是只有一个人自己知道的。

一年多以后，耿庸先生和路莘女士一同返回了上海。

我们仍然保持着多年的通信和电话联系。自“文革”开始以后，我一直害怕写日记和存放朋友的信件，耿庸先生的来信，仅存1991年1月15日的一封，是因为开头自白有关健康的态度问题，曾经感动过我的缘故。

普通信封，信纸用的是上海市群众艺术馆的稿纸，背面是印了字的，两页纸都用手裁掉了一小截，露出粗糙的毛边。耿庸先生是患有慢性支气管炎的，有一段时间很严重，像是住进医院里了。可能我曾在信中劝他珍惜身体，练习气功，所以他写信一上来就答复说：

> 气功也许比流行歌曲强一些，我也不想学。道教是“国教”，上海年前成立了协会而且恢复了沉湮久矣的道观（这在全国可能是率先的），于我则毫无吸引力。懂得中国人独不憎道士者，懂得中国大半——鲁迅此语足以令现代中国人感慨系之……

鲁迅说他佩服孙中山，并非因为孙中山革命的缘故，而是因为作为西医出身的他，病重至死也一直坚持不吃中药。这里关系到一个信仰问题。信仰讲究彻底，讲究始终如一。耿庸先生也是一个有信仰的人。在我看来，他是中国少有的坚定的西方化知识分子之一。因为憎恶“国粹”，所以连同国粹有关的所有东西都要遭到他的唾弃，哪怕这些东西会给他个人的肉身生命带来实际上的好处。

《散文与人》停办以后，我还曾编过几种丛刊，但都接连地无疾而终。因为少了约稿的事，我和耿庸先生后来的联系便少了。前年与何满子先生通电话，何先生告诉我，耿庸先生得了脑梗阻，麻烦得很。随后，我还是给耿庸先生去了一个电话，但听起来，头脑是清楚的，声音也一如从前，这多少给了我一点慰安。

10月份到上海参加一个会议，原意多留两天，顺便看望一下耿庸先生和别的几位老人，结果提前赶回了广州，留下永久的愧憾。

如果可能，唯愿编辑出版一部耿庸先生的遗著。在我，这并非出于私谊而已。无论忆述、杂文、评论，他的文字都是有温度，而且有深度的，见证了作为一个知识分子作家的良知、人格、爱和神圣的仇恨。只要世间还有黑暗，还有鬼魅，战士之书就不至于沦为文献，虽然文献是学者所宝贵的。

一个人来到世上，生命中的黄金时代被劫夺了，丧失了自由、幸福，以至写作的权利；即使留给他一点有限的残年，也简直来不及恢复，——实际上他已经加快了脚步向前走，然而没走上几步，一生就这样完结了！

今夜，听着窗外零星的爆竹声响和更广大无边的寂静，除了感慨，我还能说些什么！

2008年2月6日—9日

诗人的工作

一朵火焰，平凡的圣迹，
在它的每一个斜面和尖端上，
在所有的金红的雾霭和阴翳里，
殉教者般地发光，但不耀眼，也不刺目。

——彭燕郊:《一朵火焰》

诗人与歌手是不同的。歌手带着他的歌嗓上路，他的目光，大抵关注眼前的事物；作歌是即兴式的，歌讫便罢。诗人多出竖琴，手拨琴弦，有灵魂的颤响。诗人的目光是澄澈的，又常常是忧郁的，迷茫的。他眺望远方，纵使黑暗，依然眺望而且歌唱。其实远方是不可见的，而诗人，偏偏喜欢追寻不可见的事物，幻想中的事物，他在想象中达致完美。

彭燕郊先生是一位诗人。

我认识燕郊先生在上世纪80年代初，而称得上交往，却也多在纸面上。

他几次给我寄来已出版的集子，还有诗稿，说是寻求我的意见。我看到，每次寄来的诗，写的都不一样：题材，主题，式样，风格，不断地变化着。他发掘自己，发掘周围的世界，发掘构成命运的神秘而又确凿无疑的东西。他让记忆的阴影重现，让恶魔狞笑，让羽毛媚舞；他让钟声响起，让星光和种子醒来……他在风中行走，在音乐中凝坐；他微笑，亲切有如火焰，有时也作雷暴般的咆哮，发出闪电般的嘲笑……他不断地书写自己，改变自己，他要让他的作品有如交响乐般地盛大，富丽，涵泳一切……他每次寄来的诗稿都用的格子纸，蓝颜色字迹；上面一再涂改过，字行间栖满了密密麻麻的小字。阅读时，我会从中窥见诗人专注的目光，有如钟表匠那在深嵌的放大镜内面透射出来的目光，仿佛闻到他凑近纸张时发出的粗重的或是轻悄的呼吸……

诗人是美的缔造者。即使“大美”，也要求精微，因此，这种缔造的工作，是极其繁琐而艰难的。然而，燕郊先生不惜为此付出生命的代价，辛勤一如工蜂。可是，他并没有把目光局限于眼前的劳作，他的灵魂，时时飞离他的肉身而翱翔在别处。正如他在《旋梯》中描画的攀登者那样，因在无限广阔中有微光的召引，便不息地追逐，攀登，且沉醉于上升：“起点是上升，中途是上升，终点也是上升……”

燕郊先生寄我的是复写稿，即使分寄其他友人，想来也不至于太多的罢？这种信任使我发窘——其实，诗这东西是不能快速阅读的。所以，当时并没有如他所期待的那样，可以奉献一点什么“建设性的意见”。批评的意见倒有一些，譬如觉得山水诗没有必要太多的“哲学化”，他的最得意的作品《生生一体》《混沌初开》似乎有点过于虚玄、高蹈，诸如此类。当然，我不曾坦率地将这些写出，这种世故的保留，是很对不起燕郊先生的。

及至去年岁末，因为编选一个新诗选本，我用了一个下午仔细阅读了他的全部诗作，特别是晚期的长诗。一个时代的战士和囚徒，对于精神自由以及诗美的无尽的追求，着实使我深深地起了感动。终卷时，立即援笔写就一段评介性的文字，接着拨通电话，把刚刚写下的文字逐字地念给他听。他很高兴，孩子般羞涩地接受我的礼赞。

待到这段文字正式印制出来时，燕郊先生已经看不到了！那天，他还在电话那头笑着，大笑着，充满青年的生气——他还在“上升”呀！怎么这么快，就到了生命的终点！

彭燕郊（1920—2008），原名陈德矩，福建省莆田县人。七月派诗人，1939年开始发表作品，1938年后历任新四军宣传队员，军战地服务团团员，中华全国文艺界抗敌协会创作部副部长，《广西日报》编辑，《光明日报》副刊编辑，湖南大学中文系副教授，湘潭大学中文系教授。出版《彭燕郊诗文集》（全四册）等。

诗之外，我还读过燕郊先生的诗论，以及断片的回忆录。其中，不但记述而且品评，是我所见到的他与历史及外部世界的唯一的理性联系。诗表现的是一种普遍性，而这些批评文字却是非常的具体，就像雕塑家一样挥动锤子和凿子，为了保留这个世界在印象中或是想象中所给予他的完好的形象，而不断地毁坏着和抛弃着。他热爱，他愤怒，他厌恶，他痛惜，他悲哀，他无奈，这样，一个个圣徒、魔鬼、小丑，也就以不同的形貌在他的手中出现了。

最后一次见到燕郊先生，是在去年秋季。民刊《诗歌与人》给他颁发一个“诗歌奖”，他到佛山领奖。事前，他曾请我作“嘉宾”到场为他授奖，我因害怕这类场面，当即推辞掉。想不到会后，他竟然由诗人黄礼孩和远人领着找上门来了。

我祝贺他，他也很感快慰。中午，我们在一家饭馆里聚谈，所谓“酒逢知己”，可惜都不善饮，只好一边吃饭，一边谈话。谈诗很少，所谈多属人事，算是文艺界的杂俎罢。前年，我约他一本回忆性质的书稿，他因忙于编辑个人文集而迟迟未交，所以，说话往往涉及书中的内容，也即故人故事。说到丘东平和聂绀弩，话间有一种特别的深情。我告诉他，我写了一个萧红的传记，他立即称赞萧红，接着批评茅盾，认为茅盾不应当把《呼兰河传》当美文看待，对茅盾批评萧红的“思想上的弱点”，也深不以为然。

在电话里，或在给我的信中，燕郊先生也都常有品评人物的时候，对我们共同的熟人，直率地表示他的看法。他青年时代当过兵，经受过民族战争的洗礼，身上有一般诗人所没有的革命气质，偶尔还流露出某种优越感。他看不起那些纯艺术家，那些远离时代漩涡的诗人、作家和学者，虽然私下里他是那么看重艺术本身。在依然保存下来的少数几封信里，他表白说，他一向不喜欢朱光潜，理由是从前“生吞克罗齐”，后来因为形势不同，又转而“活剥马克思”。他对沈从文、李健吾当年批评左翼作家很反感，认为“那时左翼正走上成熟”，那样一批青年作家是叛逆的、有为的、优秀的。为此，信中连带批评了眼下文坛的“一股遗老遗少气”，胡乱吹捧“大师”的风气。对于“追捧”胡兰成乃至于后来的变节人物，更为他所不齿。

知人论世，燕郊先生未必都是准确的。但是看得出来，他看重道德甚于文章，其实道德也是一种美。对完美事物的要求，会使一个人严肃的态度近于苛刻。燕郊先生不趋奉官僚，也不迎合时流，只是镇日孜孜弄他的文字。在我看来，他的思想是前瞻的，写作是激进的，做人却是保守的。所谓保守，除了安于清贫，淡泊名利，在人际交往方面，仍然是古典的君子风，纯净如水。文坛上满眼猴子般的上蹿下跳，拉帮结伙，回头看燕郊先生，实在算得上珍稀动物，是别一个世界里的人。

在诗人中，燕郊先生是我所见的少有的一位醉心于出版者。

青年时，他便开始编刊物。晚年编事更繁，他主编的《世界现代诗坛》《诗苑译林》《散文译丛》等丛书，出书统共不下百种。我负责出版的一套散文诗译丛，其实也是他组织的。我要他任主编，他非要拉我一起挂名不可，我不同意，他也就坚辞不受。读者在丛书中所看到的只是一篇序言，其实作序之外，策划选题，联络作者，审阅书稿，他是做了许多琐碎的工作的。

我们之间，通信多谈编辑出版的事。我初到广州日报社大洋编译室做事，即向他报告工作的性质，并就旧籍重版问题请教于他，数天后，他便来信给我开具一份几页纸的长长的书单，而且分门别类，附加了不少建议。我知道，这份热忱，包含着他对诗、对文化、对真理和教育的本能的挚爱，不仅仅出于私谊，且出于他对于社会的一贯的使命感。

燕郊先生最后一封信写于去年年底，也是关于出版的。信中说：

> 想起一件事，明年（2008）是拜伦诞生220周年，有个想法，何不趁此纪念一下，借此张煌鲁迅先生《摩罗诗力说》，对目前迷茫中的诗歌界，应该有振聋发聩的作用。诗坛现况如此，有一大半是环境造成的，不但诗坛如此，整个知识界都如此。登高一呼，我们无此能力，但敲敲边鼓，应该可以的吧。我建议此间出版社印些相关的书，报刊组织些文章。但人微言轻，没有所谓的“话语权”，怕不会有什么用处，倒是觉得青年朋友中，或许可能有些回应。写了信给黄礼孩，提了些建议，不过他们恐怕也很少往这一方面想，反正试试看，他们有个《诗歌与人》，还有《中西诗歌》，后者篇幅很大，很热闹，似乎太热闹了，现在“民间诗刊”都这个毛病，和我们的意见很难一致。便中，如你以为这事还值得说说，也跟他说一说，可好?

此刻，在这个热闹的世界上，不会再有人想到过气的拜伦。燕郊先生的设想，该是在寂寞中做的一个好梦罢了。

而今，连这个有着缪斯情结的做梦的人也走远了！

拜伦的自由不羁的、灼热的灵魂，想必在一生中陪伴着他，给了他鼓舞。燕郊先生呼唤多位一体，呼唤生生精气，从来不曾想到终结，到生命的最后一刻也不曾想到终结。“终于结束了，再开始吧”——在诗人那里，世界是一体的，工作是一体的。自由、生命、诗与美，本来是同一个词。

2008年5月20日

看灵魂

人与自然比邻而居，遂得以常常看风景。

风景是人类闲居或静处时，对自然的一种选择。所以，陶渊明有南山，梭罗有瓦尔登湖，高更有塔希提岛。即如火山、海啸，也须在不相干的远处，才能观赏到蜿蜒流荡的美丽。列维坦站在崖头看海，放声恸哭，其实那已经是病，不是看风景了。

人生多苦辛。看风景是人生短暂的中断，是不带惊恐的逃跑。一直逃到踪影全无时，便是古来的隐者。

结庐在人境而无人世的烦忧，或许是令人神往的罢？然而可惜不能。威猛如魏武，当月明星稀之夜，尚有无枝可依的喟叹；豁达如东坡居士，月下访友，看庭中积水空明，树影绰约如藻荇交横，竟也无端兴起时不再来的寂寥。日落黄昏，雨打梨花，都会被风流倜傥的才子看出血泪来。所谓“相看两不厌，只有敬亭山”，或“我见青山多妩媚，料青山见我应如是”，或“一树梅花一放翁”，都是在看风景时看到了自己。临到最后，人总要面对自己。

作为人类而崇尚自然是不可思议的。与其看风景，我想，不如就看惠特曼（1819—1892），美国诗人。1855年出版的《草叶集》，是美国民主精神的最生动的艺术体现，对后世有极大的影响。

灵魂。

我不能想象，世界上有哪一片大陆会比惠特曼更辽阔。在他那里，群山耸立，河川奔流，大路箭一样射向远方。在他那里，所有动植物都因为人迹的出现而充满生气，既有急蹄，巨翮，强壮的枝柯，自然也有知更的啼唱，紫罗兰的芳馥，繁密的草叶在爱抚间变得碧绿和温柔起来。在哥尼斯堡，那个喜欢散步的智者不是仰望灿烂的星空，就是俯视自己的内心，俯仰之间，摸索着通往人类的哲学道路。康德是一个宁静的湖。因为浩瀚，致使有翻卷不已的波澜也全被人们忽略了。灵魂的博大使人敬畏。爱因斯坦飙风似地，在宇宙间往来驰骋，虽或不见形迹，而在日后的圣殿的废墟中，却不难发现他的存在。

斯巴达克斯（卒于公元前71年），巴尔干半岛东北部的色雷斯人，罗马侵入北希腊时被俘，并被卖为角斗士奴隶。后发动起义，多次战胜罗马军队，后遭围剿而战死。

我热爱英雄的灵魂甚于太阳，因为他们庄严、热烈而慷慨的照临而常怀感激。在历史书里，我认识斯巴达克斯。如果说第一个神是普罗米修斯，那么，斯巴达克斯就是第一个人。自从他和他的兄弟握紧扭断的锁链而躺入血泊，被侮辱被损害的人们由是不再相信眼泪。马尔克斯曾经描画过一位

“迷宫中的将军”，那是玻利瓦尔，他勇敢地放弃了从殖民者手中夺取的可以垄断的权力。由于目标过于远大，结果无人追随，在他所作的自我流放的无比孤寂的旅途中，我读懂了内心的坚强。我喜欢这个外形枯干而灵魂丰满的人。他是不屈的抵抗者，解放者，而不是征服者。我猜想，英雄的灵魂是由爱和意志所构成。有两个生活在囚狱中的汉子：康帕内拉和葛兰西，为了守卫梦中的太阳城，而先后战胜了无尽的苦刑，子弹和时间。当我知道他们同是意大利人的时候，是何等地惊服于人文思想的伟大呵！圣地佛罗伦萨，产生了又养育了多少伟美的灵魂！

贝多芬（1770—1827），出生于德国波恩市，作曲家、维也纳古典乐派代表人物之一，被尊称为“乐圣”。

有这样一些英雄，人生在战场和牢狱之外，却一样作无休止的抗争。他们的力量，仅仅留在纸片上，画布上，留在不可触及的动荡的旋律之中——

矮小的贝多芬，以他旋风击电般的音乐，扼住命运的咽喉。米勒毕生以农民的身份抵抗巴黎精致的画室艺术，决不肯在自己的土地上让出哪怕是木鞋大小的地方。对于上流社会，他有一种宁静的藐视。当人们向他啧啧描述王子命名仪式的壮观场面时，他感叹道：“可怜的小王子！”然而，他笔下出现的农民，一个个是圣徒般的完美。在铜黄色所铺设的同样的宁静安详底下，分明隐藏着别一种情愫，一种难言的心的悸动……

深邃的灵魂比峡谷还深。多少人读陀思妥耶夫斯基，望不见他那黑暗的底部，然而却又同时感受到从谷底升腾起来的温暖的雾气。他真诚。真诚是艺术的灵魂。卡夫卡

陀思妥耶夫斯基（1821—1881），俄国作家。1849年因参加革命团体，被判死刑，后改流放西伯利亚。归来后著有《卡拉马佐夫兄弟》《罪与罚》《白痴》等，对西方文学影响很大。

只是因为真诚而变得极度虚怯，所有纷纭怪诞的梦，其实是缘于一种单纯。他是一棵孤独的树。西方有许多这样孤独的树。自我眷注使他们彼此远离，唯荒原的风，吹来复吹去，逐个地抚慰他们，成为他们共同的艰难的呼吸。

卡夫卡（1883—1924），奥地利作家。长篇小说有《城堡》《审判》，短篇小说有《变形记》《在苦役营》《地洞》等。他的小说，对于现代社会的异化的恐怖，有着极其深刻的描述。

我喜欢忧郁的人，一如喜欢孤独者。孤独者只身应对来自庞大的实体或虚无的挑战，所以是勇敢的。忧郁却是无奈。“思君令人老，岁月忽已晚”是情思的无奈，“不知江月待何人，但见长江送流水”是哲思的无奈。李商隐守护烛火，陆游骑驴远游，龚定庵把箫而呜呜吹，都是一种无奈。忧郁是感伤的姐妹。哈代、赫塞、契诃夫和蒲宁，一生都在诉说忧郁。哈代在上流社会中隐瞒了乡下人的身份，但是我知道，虚伪不是他的灵魂所固有的。谎言是环境的产儿。他早已赤身裸体地站在自己的字行里了。我看得见，他的灵魂不在“麦克门”——瞧他怎样深情地凝视德伯家的苔丝吧！

陆沉的神州有一个很西化的女子，一生在刀边奔逐，临死时竟低吟“秋风秋雨愁煞人”。这是天性的柔弱吗？新大陆有一个很东方的女子，任流年似水，把青春、诗、无望的爱全关闭在一个连一朵栀子花也没有的小房间里——“与自己胸中悲哀的骑兵搏斗”——可是一种坚强？或许，坚强是人所应生成的，而柔弱是有待改变的，但谁又能说无期的忍受不是坚强呢？……

美丽的是灵魂，不是风景。

“任何桌子对我们每一个人来说都可以是一片风景，跟整个安第斯山脉一样……”谈到绘画时，杜步飞这么说过。桌子展现的风景，究其实，乃是灵魂的辉光。

我爱看灵魂。在风景那里，我纯然是一个陌生客，始终无法变做其中的一株树，一只鸟，跟随它们一起摇曳鸣唱；而一旦与灵魂相通，便当即为它所缠裹，无从回避那人性的无言的呼喊与倾诉。风景使人在静止和优雅中瘫痪，隐遁和沉迷，唯灵魂使人奋起，逼近，正直地站立着。多年以来，我默默注视东方的一具大灵魂，呐喊着且彷徨着的大灵魂，以致几乎忘却外面的世界和自身的存有——那是何等奇异的灵魂呵！灵魂的感通给人温热，给人濡润，使人在孤独和荒凉中无畏地茁长。大约也是因为这样的缘故，卡莱尔才讲说他的英雄，罗兰才写他的《巨人传》的罢？然而，大群的被称为“卑贱者”的灵魂，草野间的灵魂，痛苦而喑哑的灵魂，却以一代又一代顽强地保持着的高贵、完好的内质，叫我感动得流泪！……

乞乞科夫及其同行收买的是死魂灵，不是灵魂。

虚伪的人没有灵魂。

1990年8月

火，一个殉道者

火，剽悍而神秘。

世界上许多民族，早在几千年前的孩提时代，便把火当成它们崇拜的图腾。热爱可以产生崇拜，但恐怖，也未尝不可以产生崇拜的。关于火的神话和传说，总是美丽得令人伤心，而历史则始终是那么严峻。普罗米修斯，所以终年以血肉饲高加索的鹰鹫，就因为盗取了“天火”的缘故。可是，先知不知道：火，带给人类的竟会是毁灭性的打击。打击面大的，有古来的战争，即所谓“兵燹”；小则可以成为一种对付思想者的酷刑！

意大利著名的哲学家、诗人和战士布鲁诺，就是葬身于火的。古人渺矣。至今挑灯读斯人传，触指犹能感觉纸间逼人的灼热来——火呵火呵。

中世纪，在通史的卷帙里不过占薄薄的几十页，实际上却绵亘了数百年。这期间，一切科学、哲学、艺术，都成了神学的婢女，整个社会弥漫着一种森凉的可怕的气氛。作为时代的象征物，宗教法庭出现了。这头专事搏噬“异端思想”的巨兽，其活动开始由地方教会进行，尔后便设立了中央集权的教皇异端裁判所。在欧洲，到处布置着眼线、暗探和伪造者。他们的生存方式，唯靠告发那些据说是抨击教会或对教义持有怀疑态度的人们。只要一旦成为嫌疑犯，就得接受各种酷刑，直至终身监禁或烧死。后来的宗教改革家迫害异己，一律用的火与剑。他们努力铲除思想不同的人，手段的残酷丝毫不逊于他们的祖宗和兄弟，正统的教廷分子。西班牙学者塞尔维特，就是被新教徒的领袖加尔文亲自下令烧死的。

布鲁诺（1548—1600），出生于意大利那不勒斯，文艺复兴时期意大利天文学家、哲学家。由于宣传哥白尼的学说被捕，囚禁在罗马宗教裁判所的监狱里，在长达七年的审讯后被判火刑。著有《论原因、本原和统一》《论无限的宇宙和多世界》等。

布鲁诺重复了塞尔维特的结局。对于他，本来是有许多可以脱逃的机会的，但都被他一一抛弃了！我不知道昆虫学家怎样解释飞蛾扑火的现象，可惊异的是，在生物界，不同的生命实体，竟至于追求同一种热烈的死亡！

布鲁诺的道路不是开始时就布满了荆棘。这个诺拉人，18岁就被授予修士的神品，以后逐步升为副助祭、助祭，直至神父的职务。不幸的是迷上了思考。自从在教义里，在传统哲学权威亚里士多德的本本里发现了越来越多的漏洞，他变得躁动起来了。地球是世界的中心么？太阳呢？一个太阳还是千万个太阳？……从怀疑的头一天起，他就理所当然地被置于教会和世俗的对立位置上。可怕的悬崖。要不要勒紧缰绳？还是策纵前往？披着神学家的外衣，内心却是皈依真理的英雄激情者——难道这是可能的么？当他决意接过哥白尼的天体学说，去摧毁教士和庸俗哲学家制造的贫乏的天穹时，便立即成了追捕的对象。他逃跑了。

西谚说："条条道路通罗马。"具有讽刺意味的是，诺拉人前往罗马的道路并不通畅。危机四伏。他不得不做了一件新僧服披上，以期获得一种安全感。他辗转到过许多地方：日内瓦，巴黎，伦敦，布拉格，威尼斯……只要决心放弃危险的思想，他不是不可以选择某个驿站作为一生永久的居所的。由于博学，他曾不止一次被聘为教授。倘使甘于充当神学教义的一名诠释者，谁敢保证他不能成为奥古斯丁的光荣后代呢？可怕的是自我放逐。这个逃亡的修士，流浪的哲学家，不安分的自由思想者，竟公然宣布自己是不属于任何一所学院的"独立院士"！在大学讲坛上，他一刻也不忘记自己的使命，继续抨击权威的偏见。他太爱议论了。面对大群的博士方帽，竟也那么咄咄逼人，一点不肯退让；甚至在书籍审查官的眼皮底下，不断出版自己的叛逆性著作！背教者是没有出路的。锒铛入狱，自然不是什么意外的事情。

面前只有一条道路通往遥远的自由。布鲁诺知道，那就是悔罪！在异端裁判所推事们的面前表示顺从！但是，他没有做到。是的，为了逃出牢笼，他不得不坚持明显的谎话；而只要回到狱中，就决不会像其他犯人一样，对墙上的圣像下跪，祈祷，唱赞美诗，顶礼膜拜。80个月以后，宗教裁判所把重点放在被告的言论和著作上面，从中选择几条肯定无疑的异端论点，定为《八条异端论点》，要他承认，并且表示放弃的决心。否则，将作为"顽抗到底"的异端犯在火刑架上烧死。

布鲁诺的答复将决定他的命运。幸好他承认了。

呵，你不是说过，英勇地死于某个时代，结果却是不死于一切时代么？那么，你为什么要逃避死亡呢？你曾经把你的时代说成是"变节者的时代"，背叛自己难道不是背叛？放弃你所追求，你所创造，你为之生活为之奋斗的东西，难道不是变节？比起那些为了一根肉骨头而愿意出卖一切的可怜的瞎子，你这个变节者是否更坏？……

布鲁诺要求重新给他拿来文具、削笔刀和眼镜。接着，教皇收到了他的一份声明：拒绝承认一切错误！噢，经过多年的磨难，这囚犯居然还有力量反抗！

最后40天！宗教裁判所相当宽容，给了布鲁诺40天时间，让他再三考虑面临的下场。40天！还有40天！只有40天！然而，一切说服工作都无济于事，最后一次机会仍然被他放弃了！

1600年2月，布鲁诺被正式宣布处以火刑，其一切作品当众焚毁并列入禁书目录。他没有屈服。他站了起来。他朝向审判他的人，神情决绝而严峻地高声说道：

"你们向我宣布判决比我听宣判更感到恐惧！"

布鲁诺8年的囚禁日子结束了。所有属于他的日子都结束了。天亮之前，他被换上了异端犯的囚衣。一把特制的铁钳夹住舌头。除了脑袋，舌头自然是人体最重要的部件了。然后是火、火、火、鲜花广场没有鲜花，只有火、铁链、火刑架。一根杆子把耶稣像从远处伸了过来。眼睛闪闪若有雷电。他伸直颈项，立即转过脸去！事实证明，宗教裁判所的裁判无误：布鲁诺，确乎是神的最顽固的敌人。

在中世纪，拿一个人的力量去对抗一个制度化了的庞大的宗教体系，肯定是绝望的。那么，布鲁诺的希望在哪儿？未来？迢遥的未来与一名死囚有什么关系？也许，希望和绝望对他来说是没有意义的，他所以敢于蔑视熊熊的火刑柱，仅仅是出于内心的使命，内在的激情，对于思想的迷恋。希腊罗马神话中的猎人阿克特翁，因为窥见了月亮和狩猎女神狄安娜，结果遭到女神的报复，在追逐中最后变作了一头鹿。戏剧性在于：猎人反而成了猎物，被自己的猎狗撕成碎块！在这里，真理是狄安娜，被撕成碎块的猎人是布鲁诺。为了一种刻骨铭心的追求，结果做出了最彻底的牺牲。追求是执著的，持久的，残酷的，所以是崇高的。最美好的词汇都被诗人用来歌颂坚贞的爱情，我们将用什么语言去歌颂这种比爱情更为崇高的情操呢？

马克思把偷窃"天火"的普罗米修斯称作"哲学历书上最高尚的

圣者和殉道者”。死于火刑架的布鲁诺，不也是这样一个圣者和殉道者么？他一样不愿意成为“上帝的忠顺奴仆”，却以最深沉的苦难和最坦荡的牺牲，完成了自己的人格。

关于宇宙天体的多元、无限、运动的学说，在今天，已经成为小学生的常识。那么，布鲁诺当时是否值得付出高昂的代价呢？他是不是过于严肃了一点？不过，倘使从来未曾出现过布鲁诺一样的“太阳的儿子，宇宙的公民”，我们是不是仍然得躲向僧侣的袍角，猜有关世界的哑谜呢？全书的结束语道：“人类是经过火刑架飞向宇宙的。”难道这就是我们通常说的所谓历史么？

而今，于数百年之外回望中世纪，无论专制、苦难与抗争，毕竟都如古成语说的“隔岸观火”，可堪鉴赏。把笔之顷，夜凉如水；呷一口清清冽冽的茉莉茶，听一段咿咿呀呀的时代曲，此等情调，去布鲁诺则远矣！

可笑的骑士

作为群居动物，人类是通过吞并个体成为社会的。个人的行为，连同梦想，简直不可能越出由法律、教条和各种舆论编筑的藩墙。远溯史前史，群集的猿猴也不是没有大一统观念的约束的。其中最勇敢最聪明的猴子，必先设法佝偻着逃出猴群；只有到了另一块空旷地，方可独个儿慢慢学会直立着行走，学会打磨石头，以及其余种种活计。出于偶然性因素，从中又逃出一只，而且是异性，这样凑在一起便有了亚当夏娃的神话。人类的始祖是逃亡者，这当是毋庸置疑的，倘使居留原来的群体中间，而又执意表露出某种独立的倾向，那结局，只能被大家咬死。

在猴群与人群之间，不知道有哪一位学者，曾经仔细搜索过这个维持或脱离传统权威统治、充满暴力与死亡的边缘地带。

人类的进化就在于，有时候不必动用牙齿。对于异类，如果不至于构成即时的威胁，大可以换成柔软的舌头，仅仅说一些笑话。然而一个人，只要在众人的口舌中成为笑料，他的生命也就算得完结了。笑是极其出色的虐杀。所以，无论中外，都流传着这样一个经典性的譬喻：笑是一把刀。

堂·吉诃德版画

堂·吉诃德就是如此死于人们的谑笑的。

这个西班牙人，因为看了一通游侠小说，便为一个伟人的冒险的事业所蛊惑。他找了一顶头盔、一副铠甲、一柄盾牌和一支长矛，外加一匹精瘦的驽马；全副武装以后再找来一个桑丘，以及一头恰如桑丘般木实的灰驴，随同他踏上征程。从此，次第展开的追求与实现的过程。遂使他由体面的绅士变做了“逗乐的骑士”。

堂·吉诃德既以游侠骑士自居，当然得把建立骑士道作为毕生的使命：排除暴行，申雪冤屈，改革弊端，救助苦难无告的妇女、孤儿和穷人。他渴望成为英雄，然而，英雄主义的骑士时代早已成为过去。这是一种不幸。尤其不幸的是，生在黑铁时代而偏要恢复黄金时代。时代是一个框子，所有人的目光都停驻在框子之内，唯有框内的内容是真实有用的，所以自然而合理。堂·吉诃德提着长矛一味在框外鼓捣，怎么不显得荒唐可笑呢？然而，这个背时的人，竟不觉得自己是滑稽的角色。

他固守曾经热爱的一切。这种忠实，简直到了顽愚的地步，令任何智者都无法开启。由于一开始就把杜尔西内娅小姐看作自己的灵魂的保护人，故而无论海伦或鲁克瑞霞，或古希腊罗马的任何有名的美人都比不上她；即使后来得知是一位矮小粗陋的村女，而作为绝代佳人的形象，在他那里一点儿也没有改变。“游侠骑士没有一个不痴情的”，他说。他确乎无须世人所妒羡的随机应变一类智慧，所需只是专一的情感。忠诚是反智慧的。世人早已把理想当作破草鞋弃置一旁，崇高感委地以尽，他仍然背负着古老而神圣的信仰，一生也不愿放松。世人习惯于过一种近乎玩世的生活，相反，他处处当真，简直不知道世界上还有敷衍和虚假。价值这东西，世人都把它看作是变动不居的，可交易和可代偿的，他却认定是永恒不变的：金子就是金子，美人就是美人。他始终生活在精神里面。

一个古典主义者，宣言拯救世界，骨子里头在坚持自己；而成打的现代主义者，标榜自我中心，事实上以市场行情为转移。堂·吉诃德的落伍就在这里。随着社会的进步，世界上的万事万物无一不成为商品；即以人体论，奴隶制还仅只限于肉身买卖，中世纪过后，就变得可以买卖灵魂了。灵魂不给出卖，又要体现自身的价值，这是可能的么？

堂·吉诃德的可笑之处不独此也。本来，有了一个高妙的理想，摆到展览大厅炫耀一下，或是搁在小沙龙里把玩把玩倒也罢了，而他偏要实行，倘迟迟不实行还觉得对不起世人哩。就算实行起来，他也偏要寻一条艰辛的无人救援的路径，没有半点罗曼蒂克可言，虽然事情到了大家的眼中全都改变了情调：

我的服装是甲胄，
我的休息是斗争……

斗争是世人所憎恶和厌倦的。然而，不满现状的人怎么能不斗争呢？处于一个衰败的时代，多半的骑士，身上只余锦衣的窸窣声，再没有钢盔铁甲的铿锵声了。他深知，作为游侠骑士，是与“朝廷上的骑士”很两样的，只好吃无穷的苦头。他对桑丘说过这样一段很有点严肃的话：“自由是天赐的无价之宝，地下和海底所埋藏的一切财富都比不上。自由和体面一样，值得拿性命去拼。不得自由而受奴役是人生最苦的事。”由于他把受人奴役看得比斗争更苦，所以遍体鳞伤也毫不嗟叹，且继续去寻那类足够可以让自己送命的行当。

这种愚妄，推究起来，就因为他始终生活在别处，一个信仰主义者，不可能离开信仰去观察现实；故而现实中的事物，无不与他的理想世界相关联。我们是实在论者，我们可以把精神产物视为虚妄，可是在他那里，看不见而且并不存在的东西却是历历如睹的。火与十字架的对抗者布鲁诺说："英雄式的爱，乃是那些被称之为疯狂者的卓越的本性之一。"卓越与否尚在可议之列，而英雄与疯子相去不远，倒是不争的事实。

堂·吉诃德一心想做英雄，但不是恺撒的那一种，没有三军可以统率，他要做独行侠，一种孤胆英雄。然而，无论何等顽愚，他总算知道一个人的能量，对于骑士道的实行并无多大把握，所以虑及前途，有时难免忧郁。自称"哭丧着脸的骑士"，应当说是有几分肖似的。可是一旦实行起来，什么忧虑都变得无影无踪了，浑身纯净透明得唯见沸腾的血液。这时，他的眼中只有一个目标，只管勇往直前，决不退却。在想象中，他总是把自己扩至无穷大，"力拔山兮气盖世"，自是攻无不克了。总之，失败主义是无缘的，虽然实际上，他的战斗没有一次不是以失败告终。可逗乐者，他就是不肯承认这个再彰显不过的事实，几次三番地败下阵去，又几次三番地卷土重来，直到气息奄奄不能动弹而后已！

这样一个骑士狂，怎么不教人笑死呢！

对此，唯一的一个不承认主义者就是桑丘。他不以成败论英雄，唯以内心的体验，这般评价他的主人说："他虽然败在别人手里，却战胜了自己；……这是为人在世最了不起的胜利。"

噢，他算得是一个胜利者么？傻乎乎的桑丘！充其量不过是疯主人的传声筒罢了，谁愿意听他的呢？于是，年复一年，全世界就只有一个声音：

——可笑的堂·吉诃德呵！

囚 鹰

在精神刚强的勇士们的歌曲里，

你将是生动的模范，是追求自由、光明的号召！

——高尔基:《鹰之歌》

鹰是可骄傲的。它栖止于地面，又高出地面，在土拨鼠梦想不到的地方自由地飞翔，任何洞穴都不可能限制它的意志。深邃的眼睛，铁样的硬喙，矫健的双翼，都一样摄人心魄。远远地，只要瞥见了它的影子，就会立刻让你感到勇敢和坚定。由于鹰，我不止一次地窃笑那些讽刺艺术家，他们可以把神圣的上帝漫画化，却无法绘制出一匹懦弱的鹰，猥琐的鹰。

然而，如果一旦停止了飞翔，鹰还是鹰么？

普希金有一首诗，写的就是在束缚中长成的鹰。精神是禁锢不住的。即使翅膀失却了原来的意义，而心灵仍然向往于飞翔，谁能说它不是鹰呢？

夜读《葛兰西传》，我所面对的，无疑是一匹囚鹰。这位意大利共

安东尼奥·葛兰西（1891—1937），意大利政治哲学家。早年同意大利社会党建立联系，为社会党党报《人民之声》及社会党机关报《前进报》撰稿，1921年组建共产党，并成为重要的领袖，1926年在罗马被捕。著有《狱中札记》等。

产党的创建人，一生忠诚于他的主义的信仰，却不安于教条式的啄饮。他不断向前探索和拓展着人类解放的道路。只要前进着就不可能没有失误，但是对于他，我们同样用得上列宁称赞卢森堡的那句话："鹰有时比鸡还飞得低，但鸡永远不能飞得像鹰那样高。"

葛兰西，在这个世界上只活了46个年头，最后四分之一的岁月是在岩石和水泥镶嵌的天空底下度过的。其实，我们又何须回顾他那英勇搏击的前半生？对一个人来说，如果死可以更好地显示生的意义，那么禁锢和限制则更能体现内在的活力。本来，葛兰西是可以免受囹圄之苦的。只要他愿意接受同志们的建议，完全可以到国外去。可是，谁叫意大利的母亲哭泣呢？

由于世界性的声援，墨索里尼独裁政府不敢立即杀害葛兰西，只好使用慢慢折磨的办法使他致死。他们的方针是："我们要让这个头脑20年不能工作。"

而葛兰西，早就下定决心以强硬的意志，去折磨法西斯的铁窗和镣铐了。他写道："说到底，在某种程度上是我自己要求被关押和判刑的，因为我从来不想改变我的观点。我已准备为我的观点贡献生命，而不仅仅是坐牢。因此我只能感到平静，并对自己感到满意。"

斗争以独特的方式重新开始了。

几乎从入狱的时候起，葛兰西就极力争取一种"特权"。但是，他所需要的不是优厚的薪金、别墅、小轿车，或随意支配别人的权利。在这儿，面包、水和空气都成了有限度的给予。他是名副其实的无产者。他需要享有的唯一特权就是“写作自由”：有写作所需要的纸张和书籍。这个知识分子出身的革命家从来未曾轻视过文化知识，相反认为，“任何革命都要以紧张的文化渗透和批判工作为前奏。”他把政治犯组织成一个“文化学校”，自己既当教员，又当学生。晚上，当大家用扑克打发多余的时光时，他却继续读书和写作，不息地开发足以使他的内心生活完全倾注于其中的庞大的思想计划。

每天，他都如此工作达几个小时，写作时从来不坐下，但没有西方一些站着写作，即所谓“自动写作”的作家那般的悠闲自若。每当来回踱步间完美了一个思想，他就走到桌旁，站着写到纸片上。由于没有足够的文件和书籍，由于记忆、想象和逻辑推进成了文字的重要来源，由于随时可能的刑讯、迁徙和死神的临降，他只能以备忘录的形式把思考的结果记录下来。思考，工作！思考，工作！这就是他生活的全部！

他在极端恶劣的环境中把握自己，为了一个崇高的目标，始终以饱满的热情和坚定的意志，进行着他的自觉的活动。阴暗而潮湿的单人囚室，丝毫也不可能使他绝望，或陷于任何其他悲剧式的境地。他简直不需要外部力量的支持就能一样顽强地活下去。他牢牢地抓住现实又超越了现实。他是伟大的。不可思议的是，如此健旺的生命力，却是寄存在一具矮小而孱弱的躯体里；这躯体从小就有生理缺陷，胸部畸形。我们常常喜欢谈论男子汉，谈论男子汉所应具有的标准身高，以及其他构成所谓风度的条件。而所有这些，葛兰西都几乎并不具备。十多种疾病包围他，袭击他，蚕食他：致命的肺病和肝炎、尿毒性的皮肤崩裂症、动脉硬化、偏头痛、牙周炎……由于同疾病苦斗，有时候，他一个晚上只能睡两个多小时，有时甚至只有三刻多钟！当然，他不可能配备私人医生，或者进高级疗养院。牢狱里的医生都是可恨的狼和狐狸。然而，他越是发现身体的虚弱，就越是紧张地集中他的意志和力量投入庄严的工作！

折磨并非完全来自刑罚和疾病。对葛兰西来说，最难忍受的恐怕莫过于同志的误解和亲人的隔阂了。有难友甚至说他不再是共产党人，而是机会分子，因而主张把他摒弃在集体和放风的院子之外。至于亲人，尤其是妻子，来信的情况很不正常，这不能不使他的心里充满忧伤。他写道："我没有预料到的是在这种监狱之外又增加了另一种监狱，即我不仅被隔绝在社会生活之外，而且还被隔绝在家庭生活之外。我可以预料我与之战争的敌人可能给我的打击，但我却不能预料来自我不可能怀疑的其他方面的打击。"

一天他那深邃有力的眼睛终于阖上了。由于脑溢血，他的双手，那被链子束缚的翅膀，再也无法作奋力的挣扎。他是永远永远失去日夜向往的天空了……

作为一个领袖人物的葬礼，根本说不上隆重，简直是凄清。那天，暴雨如绳，送葬的只有两个亲人而已。

身后，他给世间留下两部著作：《狱中书简》和《狱中札记》。后者总计32册，2848页，合打字纸4000页。它所系统涉及的范畴有：政治学、哲学、历史学、民族学、比较语言学、文学等等。其中对于个别科学的研究相当详尽，在最微末的细节间，也无不闪烁着深刻的思想和光辉。一个人的头脑覆盖了大半个宇宙！一个人的双手完成了一个集体的工作！葛兰西，他的人格和思想，依然活在国际共运和人类的一切进步活动之中；他的遗产，成了人类精神文化的最可珍贵的财富之一。

记得狄德罗有一句很著名的话，他说：一个需要英雄的民族是可悲的民族。我想，一个民族可以没有如狄德罗所指的那类"英雄"，但是英雄主义精神是绝对不可缺少的。作为第一代共产党人，葛兰西真可崇敬，就像斯巴达克思这样有史以来的最优秀的人物一样，他们都具备着一种英雄主义的精神和气质，鹰一样的精神和气质。没有这种精神气质的载举，历史的车轮便不能推动，人类只能永远在愚昧和黑暗中徘徊……

鹰的名字是同飞翔联系在一起的。不同于檐下的麻雀，不用谋求安全的庇护，它的胸怀只有无遮的大旷野可以衬托；没有鸠鸟的占有欲，创造才是它的渴望，因此栖止的地方就不仅仅是悬崖边的一块平整的石场。它不懂退避，不懂安歇，它的哲学只能是勇敢的进取。在乌云翻滚的时刻，即使所有的鸟雀都已归巢，天空仍然鸣响着它的双翼：翼下是风暴，翼上是晴空。

而晴空，永远是我们所期待的。

向晚的玫瑰云

多少少年心事，都被纷纭的世事湮没无痕。但有一个夜晚是记得清楚的：我伏在床沿的木箱子上，凝望户外一方水井般深邃的星空，没有丝毫睡意。那是何等热情善感的年龄呵，我竟被书中的一个意象深深感动了——

> 在一色灰蒙蒙的天空中，东方涌现出一块巨大的、美丽得人间少有的玫瑰色的云彩，它摆脱一切，独自浮现在天际，看起来像是一个微笑，像是来自陌生的远方的一个问候……

看脚注，这段文字出于卢森堡的《狱中书简》。可是，翻遍了图书馆的卡片，哪里找得到原著呵？乡村中学的图书馆就像夏天的地窖一般匮乏。卢森堡的名字是知道的，历史教科书里说她是德国共产党的著名领袖，李卜克内西的同志和战友，最后英勇牺牲于敌人的屠刀之下。仅此而已。在社会起了动乱，红海洋喧嚣过一阵以后，我曾买到一本关于卢森堡的小册子。虽然那里面介绍的都是清一色的血与火的故事，而在内心深处，究竟唤起了对女主人公的敬仰。她有信仰，这信仰不是属于一个人而是千千万万的人的，不是那种“做戏的虚无党”。后来，我把它送给了念小学的女儿，那本意，自然是冀望她能从中熏沐英雄的女性之光。

罗莎·卢森堡（1871—1919），国际共运史上著名女革命家和理论家。波兰人，后流亡瑞士，迁居柏林并取得德国国籍，参加德国社会民主党的工作。多次被捕。“一战”爆发后，先后组建斯巴达克同盟和德国共产党，在斗争中被捕牺牲。著有《资本积累论》《社会民主党的危机》《论俄国革命》等。

20年后，在广州的一家古旧书店里，我终于以两根冰棍的价钱买到了《狱中书简》，一本70来页的薄薄的小书。读完这本小书，我才发现：没有了玫瑰云，卢森堡是不完整的。

书简共22封，收信人都是李卜克内西夫人一个人，但它所通往的世界却是异常宽广。这是与人类社会相对应的又一个色彩纷呈的世界：黄醋栗树，黑桦树，白杨树，樱桃树，紫罗兰，蒲公英，蝴蝶梅，土蜂，青雀，金翅雀，鸫鸟，夜莺……揭开扉页，便恍如置身于大旷野中。每一片叶子，每一支羽翎，不是跳跃着耀眼的阳光，就是饱含着脉脉的星芒。所有生命，都被赋予了蓬勃的春天的气息。春天是人生唯一不会厌倦的东西。

卢森堡，她是那般地热爱生命，严格点说，是热爱卑微的生命。她乐于观察和倾听动植物的生态和声音，甚至石头，甚至沙子。每次听到青山雀的顽童嬉笑般的啼声，她总忍不住发笑，并且模仿那声音来回答它。当半死的孔雀蝶再也不能翔舞，她对它大声说话，饲以盛放的鲜花；在信中，她详尽地谈说候鸟集体南徙的情况，如同报道重大的国际新闻；甚至如同听一首悦耳的短歌一般，聆听狱卒走过潮湿的沙砾地所发出的低微的声响。她那么恳切地请求朋友，为她到植物园去一趟，然后把看到的景象告诉

高中时代的卢森堡

她。她说，这是她的一桩心事，是除了坎布莱战役的结果以外的地球上最重要的事情。她的心，同生物自然界那么息息相关。她说过，她懂得鸟兽鸣叫中各种最细微的差别，常常从鸟鸣中了解它所包含的鸟儿的全部简短的历史，乃至百鸟喧鸣之后的普遍的沉默也能深刻地领会。听到一声情意绵绵的鸟叫，她会深受感动，如同接受朋友的甜蜜的安慰；而当一连几天听不到鸟声，就又会感到莫名的惊悸……

维持人类生态环境的平衡，是当代重大的社会问题之一。那时，卢森堡在一个与世隔绝的环境中，竟也从小动物的身上找到了与人类命运相关联的同一主题。她读到论及德国鸣禽因科技的发达而渐次被消灭时，感到悲痛无比，因为她由此想到了北美洲红色人种一步一步被有文化的人从本土排挤出去而悲惨地默默沦亡的事实。信里有好几处写及她营救小动物的经过。有一次，她看到驾车的水牛被鞭打的情景，不禁流下了眼泪。“卸货的时候，这些动物一动不动地站在那里，已经筋疲力尽了，其中那只淌血的，茫然朝前望着，它乌黑的嘴脸和柔顺的黑眼睛里流露出的一副神情就好像是一个眼泪汪汪的孩子一样……”她写道，“我站在它前面，那牲口望着我，我的眼泪不觉簌簌地落下来——这也是它的眼泪呵，就是一个人为他最亲爱的兄弟而悲痛，也不会比我无能为力地目睹这种默默的受难更为痛心了。那罗马尼亚的广阔肥美的绿色草原已经失落在远方，再也回不去了……”如果说，卢森堡在书中也曾表现过一个人的悲哀的话，那么，最大的悲哀莫过于连自己也处于可怜的受难者的地位：完全失掉了反抗的自由。

《狱中书简》是一首人道主义的赞美诗。每一页都是那么温暖，柔和，芳渥，如同母性的手掌，女儿的心。如果拒绝人性，没有爱与同情，是根本不可能成为一个革命者的。自然，仅止于同情，只是古典人道主义者的品格。卢森堡是现代革命的前驱者，她知道爱的代价。同情，既然基于强权者和弱小者二元对立这样一个社会现实之上，那么它就必须化为对抗强暴和邪恶的力量。正因为如此，温柔、文静的女性卢森堡，才被称作“嗜血的罗莎”。在她这里，铁腕和拳头的使用是不得已的。然而，一些号称最最“革命”的人物，却把手段当成了目的，于是他们的哲学只剩下一道公式：为斗争而斗争。作为《狱中书简》的东方读者，由于目睹和亲历过大大小小的运动，或不叫运动的运动，尝试过一点“残酷斗争，无情打击”的况味，所以我能够理解作者如下的一段话，理解她何以在每一个黄昏，都那么急切地寻找黑牢以外的那一片玫瑰云。

> 我有时候有这种感觉，我不是一个真正的人，而是一只什么鸟、什么兽，只不过赋有人的形状罢了；当我置身于像此地的这样一个花园里，或者在田野里与土蜂、蓬草为伍，我内心倒感觉比在党代表大会上更自在些。对你我可以把这些话都说出来：你不会认为这是对社会主义的背叛吧。你知道，我仍然希望将来能死在战斗岗位上，在巷战中或者监狱里死去。可是，在心灵深处，我对我的山雀要比对那些“同志们”更亲近些。

卢森堡，不就是一片向晚的玫瑰云么？

云可以撞击而迸电火，可以敛聚而降霖雨。水与火都生于云。云，是终极状态也是原初状态。向晚，倘有一片云，那是何等地发人遐思，何况作玫瑰色！当四周灰蒙蒙，白天已经远去，一切都无望地陷于黑暗的包围之中，惟这时候它才燃烧！它红着，热烈地红着，温柔地红着。

它迅即消逝的存在，根本无法接续眼前的黑夜和另一个白天，但是，它坚持红着，甚至红到最后也不期待被发现！……

如果说，解放全人类体现着一种广义的人道主义，那么，卢森堡的整个革命思想是与人道主义密不可分的。她在牺牲前所著的另一个关于俄国革命的小册子，有过这样一段论述："问题在于列宁和托洛茨基找到的药方，也即取消民主的药方，比他们要医治的疾病还要糟糕，因为它在事实上堵死了可用以纠正社会制度中先天性弱点的生命之泉，即有最广大群众参加的生动活泼、自由热情的政治生活……当他们企图强作欢颜，企图在理论上巩固那种在很不幸的条件下迫使他们采取的策略，把它作为值得仿效的社会主义策略模式向国际无产阶级推荐时起就开始出现危险了。"她对列宁和列宁的事业的估计，在我们看来，不能不说是错误的。然而，在这错误背后，却潜藏着十分深厚的革命人道主义的内容。由此，我不禁想，世间的错误应当分为两种：一种是"可怕的错误"，另一种是"美丽的错误"。卢森堡的错误自然是后一种。

红色，为什么一定意味着血与火呢？它也是玫瑰的颜色。红色本是丰富的。有血，有火，就应当有玫瑰云。

我读《狱中书简》，就读的这一片玫瑰云。每次读云，它都不曾褪减最初的颜色，且愈来愈显示出璀璨的光辉。此刻，我知道一个令我追念的意象，何以几十年后仍然使我一次又一次地感动无已了！向晚的玫瑰云，最后的云，它孤独，然而超绝。像是一个微笑也像是一个问候，既是一种哲理也是一种情思，它使人生最美好的意义得以象征性地呈现，由是永远令人神往……

"仅仅这样一朵玫瑰色的云彩就能够使我心旷神怡，就能够弥补一切的损失。"书中，卢森堡这么说。

白云苍狗。当许许多多事在眼前幻变着经过，我心里也不禁说道："是的，有一朵玫瑰云也就够了！"

1989年元旦于鸽堡

旷代的忧伤

世界上没有哪一位画家，乍读之下，会使我立刻想起年迈的母亲，行将荒芜的田园，和久别的胼手胝足的兄弟，除了珂勒惠支。

珂勒惠支，以锋利无比的雕刀，侵入石板、铜、坚韧的木质，而直抵内心。雕刀之下没有风景。蝴蝶、春天、蔷薇园，都斑斓在别一世界。这里则是黑暗的中午，是展开在哑默中的广大的底层：种植饥饿的耕夫，褴褛的织工，失血的妇女，早夭的儿童……人类弱小而纯良的部分，苦难覆盖他们一如绵亘的岁月；反抗的意志，乃在无从察觉的最沉重因而最稳定的处所萌芽。乌黑而深垂的手，纷纷抓起武器，从铁镰木斧直到随处可见的石头，重复着先人猎兽般充满激情的原始动作。在铁栅外面，奴隶们怒吼、欢呼，跳断头台之舞；然而，节日尚未诞生，就已经被勒死在绳圈里了。既然全身光裸的母亲双手高举自己的孩子，作为牺牲奉献给了时代的祭坛，那么孕妇，那位身著袍服的未来的母亲，为什么仍然温静、安详如冬日的稻草垛？

——等待会是有意义的吗？

珂勒惠支一生作了50多幅自画像。这些画像，无言地纠缠着所有受

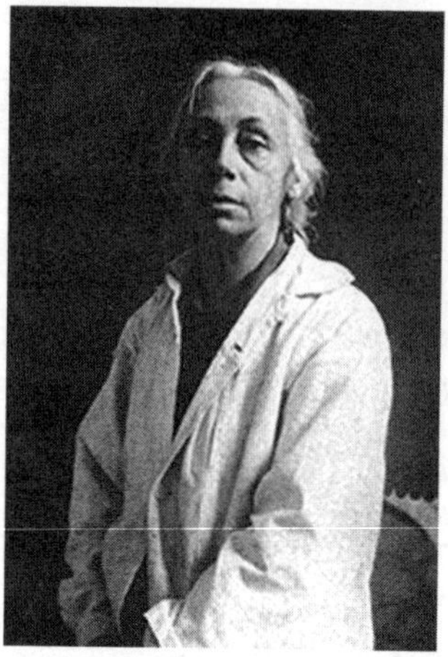

珂勒惠支（1867—1945），德国版画家、雕塑家。早期作品有《织工反抗》《起义》等。1933年希特勒上台，她虽然受到迫害，仍坚持作画，代表作有《死亡》和《哀悼基督》等。1931年作品被鲁迅介绍到中国来，对中国新木刻运动的发展起了推动作用。

难的妇女的灵魂，正如画家给妇女造像时，着意保留自己的影子一样。她们是如此相似。我看见她们常常交叠双手，抱着前胸，仿佛永远在护卫着怀中的生命；一俟无力与死神争夺，遂以手加额，在极度的疲累和无望中作不屈的沉思。母性博大、慈爱、坚忍、庄严，渴待生命的热情，于她们是上天的赐予，徒劳然而无尽；即使燃着逼人的愤怒，她们的目光，也一样流露着旷代的忧伤。

版画原本是男性艺术。它所使用的工具和材料，明显地具有对抗性质：坚定、沉着、富于锋芒。珂勒惠支以天生的大悲悯，容涵这一切，浸润这一切，于是，她的版画制作，通过粗犷而细腻的描线，单纯而丰富的颜色，遂传递出了一种品格，一种气质，一种如暴风雪驰向大旷野般的强烈的凄怆的诗意。

女画家承认，自己的艺术是有目的的；她决心以此在人们普遍彷徨失措和急待援助的时代中发挥作用。显然，艺术的作用被她过分夸大了，实际上，艺术很少有机会进入森严的社会。即如珂勒惠支，虽则没有放弃当一名“律师”的责任，所有作品都服务于“控诉”“警告”和“呼吁”，倘使法西斯政府如后来所做的那样，把强令退出艺术机构，禁止举办展览等措施提前实行，那么，什么劳什子版画，都将完结得无声无息。然而，艺术的本体的意义也正在这里。对于一个艺术家，即使剥夺了可供他利用的所有的传播媒介，也无法剥夺艺术本身。也即是说，一个艺术家的出版自由可以被剥夺净尽，但是创作自由是永远存在的。因为在创作的任何一个瞬间，作为艺术家，他已经表达过了。毕竟已经表达过了。

真正伟大的艺术，是以某种具体的艺术媒介，对人类苦难所作的最富于个人特质的强大的反应与深刻的诠释；即使这苦难牵涉到了生命的最神秘、最深隐、最恒久的部分，也仍然同人类当下的存在密切相关。珂勒惠支的艺术，就是这样的艺术。她以一位母亲的无限阔大的襟怀，遮没了美术史上所有的男性画家。

巨人米开朗基罗，他的痛苦与狂欢也许永远无人知晓，但是，光华灿烂的绘画天才，毕竟为教堂和陵墓而照耀；垂死的奴隶石雕，不过小小的缀饰而已。可怜的提香，一生的绘画都献给了王公贵族。而那些阔人，据传对他也很敬重，弄到尊贵的查理五世大帝居然亲自为他捡拾画笔。于是，冈布里奇便得意洋洋说是"艺术的一个胜利"。到底谁是胜利者呢？雷诺阿的浴女是有名的。然而，漂亮而已。在画布上，她们与洁白的细颈瓶、花束、红苹果一类毫无二致。高更老远跑到塔希提岛，出于对文明的厌憎，一打一打地画了许许多多半裸的女人。其实，与其说是女人，不如说是一些富于水分的热带植物更合适些。梵高用旋转的笔触把一切画成自我，唯吃土豆的人一如土豆，安静而淳朴，而人却遁逸了。视觉艺术一旦把象征性背景撤离视野，人也就不成其为人。蒙娜丽莎的微笑，一半像上帝，一半像魔鬼，美在什么地方呢？仅在于猜不透的诡秘么？所谓美，乃是世界上最没有分量的东西；它纯然是一种快感，而快感是不负责任的。米勒恐怕是第一个赞美农人的画家了，遗憾的是，他笔下的兄弟没有惊恐，没有愤懑，没有悲痛神色；一个个全是那么高贵、肃穆、虔诚、顺从！

谁像珂勒惠支呢？

看看本世纪最著名最富有的画家毕加索吧。他的大多数作品画的都是女性，男性少得惊人。关于这点，与珂勒惠支颇相类似。可是，毕加索的女性只是在性关系的基础上对人体所作的幻想与拼凑，是纯粹的性角色。珂勒惠支也写性。她的《农民战争》组画之二，画的一个裸女，

珂勒惠支木刻《战争：牺牲》

仰卧在地有如静物；然而，另一批静物如狼藉的花草，包括梵高未尝画过的葵花，都在暗示：此间并不平静。可以断定，裸女曾经有力地挣扎过，动弹过。由是，我们便进一步窥见了画板的隐面，裸女之外的系列的人们。可以说，珂勒惠支雕刀下的形体，都不是单个的存在；现代社会的生活，人的生活，构成为复合的外延的成分。——大约这就是所谓的艺术内涵罢？毕加索自离开西班牙之日起，就被一群女人、猴子和马屁精所包围，以致完完全全失去了生活，以及对生活的正常的感受能力。他是一个天性聪颖的顽童，追逐刺激、新奇、满足而又永远无法满足的浪游者，他活在性欲、虚荣心和一个接一个恶作剧般的胡乱涂抹的行为之中。立体主义的发明，便是题材匮乏和激情枯竭的明证。悲剧无法进入他的作品。一个对政治社会不感兴趣的人，根本不可能理解真正意义上的悲剧。然而，艺术家的品格注定是悲剧性的。是人类的普遍受难使艺术家的产生成为必要和可能；倘使状况已经改善，海晏河清，光天丽日，那时艺术家大约也就可以沉默了。

真正的艺术家，心目中是没有“艺术”的，唯有人世间的苦难而已。珂勒惠支曾经作过一次罗马之行，可是古典的完美的废物对她并不生什么影响，因为她始终在注视现实中的缺陷和污秽。其时，现代派的抽象艺术早已流行，而她，竟也浑然无觉；对远离生命实体的新生的东西，同样表现出了惊人的迟钝和淡漠。她总是一个人，固执地默默地走着写实的道路。作为苦难的承担者，珂勒惠支是孤独的，所以是强壮的。

珂勒惠支石版画《面包》

法西斯当局所以迫害珂勒惠支及其版画，就因为充分地意识到了她的艺术力量。无论如何，那样一批摧残艺术的党徒和警棍，是颇懂得她的艺术力量的。相比之下，自诩为艺术美的创造者和批评家倒是一群呆鸟。他们普遍传染上了一种专业性疾患，开口闭口动辄光、色、刀法，煞有介事地做着所谓艺术分析，其实是对艺术的最精致最残忍的肢解，乃至不惜抛弃整体，艺术中的人格与精神。

珂勒惠支的伟大地位，无疑地遭到了压制和贬损。然而，我们不得不承认：历史上总有一些事情是无法挽回的。

孤独的旅客

“在像我们这个令人焦虑和动荡不定的时代，难以在人性中和人类事务的进程中找到乐趣，在这个时候想念起像开普勒那样高尚而淳朴的人物，就特别感到欣慰。”

我理解爱因斯坦。

两次世界大战从同一个枪口洞穿了这个德国人的一生。德国，这个盛产哲学头脑的民族，在一个夜里，竟然变成了一头疯狂的野兽！最可怕的，还不在于千千万万人们对于权力者的意志的屈从，而是把一种兽道主义内化为每个人心中的道德律——于是放火，杀戮，欣欣然仿佛干着世界上唯一正义的事业。他们收拾起同类，就像收拾街头的垃圾一样，自然而便当！

整个祖国背叛了爱因斯坦。

幸好，他有另一个祖国。

他是把周围的知识分子集团当成自己的祖国的。这时，“精英”们如何呢？然而更糟！知识，非但没有为他们保持一点应有的操守，反而成了可供彻底贩卖的资本！在一个为军国主义者的暴行辩护的被称作

《文明世界的宣言》上面，便有93个著名的科学家、艺术家和牧师，以属于他们的手，签署了他们尊贵的姓名！93个！93个赤裸裸地站出来向人类的良心挑战！而另一个反战宣言《告欧洲人书》，包括爱因斯坦在内，签名的一共只有四个人！

阿尔伯特·爱因斯坦（1879—1955），物理学家。生于德国。1905年获苏黎世大学哲学博士学位。1933年受纳粹政治迫害，迁居美国。在美国，继续任教，并从事理论物理研究，在物理学等多个领域均有重大贡献，其中最著名的是建立狭义相对论（1905）和广义相对论（1916）。

多么卑鄙、无耻、自私的知识分子呵！连海德格尔这样的人物，也一样跟着大棒走！在普鲁士科学院的会议厅里，爱因斯坦身边的两把椅子总是空着。没有人敢靠近他。其实，他也不过是一个物理学家罢了，那时候，除了做实验，拨弄一些数字与逻辑，什么事情都还没有做出来。然而，作为一个危险分子，这已经足够了！

不顺从就意味着反抗。在一个专制国度里，谁不敬畏权力呢？

他没有了退路。

他完完全全地被一个充满敌意的世界抛弃了！

但是，比起大批大批死于汽油与火的犹太人，爱因斯坦究竟是幸运的。无论怎样，后来，他总算可以站在自由女神的火炬底下自由地喘息了。

——这是生长《独立宣言》的地方，又一块大陆，爱因斯坦！你尽可以沉浸在天才的想象之中，而无须理会千万里外的战争的嚣骚；你可以静静地观察物理力的相互作用而无须提防暴力的报复，可以进一步完善你的相对论而无须担心绝对权力的威凌。让你结束那个关于“祖国”的噩梦，向未来世纪的子孙们讲说你眼中广袤、辉煌的宇宙天体，大自然的美与和谐吧！要是教堂的晚钟响过，你也已感觉疲倦，那么，就走出实验室，带着你心爱的小提琴，随同纷飞的鸽子到公园或是旷野里来！那里，有惠特曼抚摸过的柔和的草叶，有爱默生喜欢的岩石、松和橡树，有林肯播种的紫罗兰的缠绕不息的芳香……

我知道你是一个诗人，本来意义上的诗人，爱因斯坦！

可是，这个刚刚逃脱了政治迫害的人，却把他全部的激情，献给了政治斗争。政治，在他看来，乃是全人类的事务，并不限于邪恶势力的墙垣之内的。他赞扬法国的物理学家朗之万说："理性是他的信念——这信念不仅带来了光明，也带来了解放。他为促进全人类的幸福生活的愿望，也许比他为纯粹的知识启蒙的热望还要强烈。正因为这样，他花了很多的时间和精力用于政治启蒙。"这不也是自我的深沉表白吗?

当屠伯们开始了血的游戏，当无情的炮火摧毁了田园，当大地因无数妇孺惊恐的哭声和挣扎的呼喊而日夜战栗，难道还能在实验室的圆转椅里安坐吗? 科学成就本身，到底能够从本质上减轻多少落在人们身上的灾难呢? 这时候，他没有沉默。他根本不可能沉默。如果沉默，就等于犯了"同谋罪"——他比任何人都更清楚地理解这样一道现实政治中的等式。所以，他全身心投入了各种公开和秘密的反战运动，没有一点犹豫。他成了不带枪的战士。他以榜样的力量，召唤着更多的为和平而战的人们。

他那么紧张地注视着时局的发展，以科学家的精确，不断地校正自己的每一个行动。从呼吁拒服兵役到主张武装抵抗，他不惜严酷地涂改自己，以致睿智的罗曼·罗兰也不能理解他。是的，他渴望理解，一生都渴望理解；但是对他来说，更为重要的是倾听自己，倾听内心的神圣的声音。真理的声音。真理是简单自明的，但又丰富到没有极限，只有忠实于人类自由事业的奋斗者，才能从它那富于人性的启示中，获得独立支持的勇气。

他一面从事反战运动，一面开辟"第二战场"：保卫言论自由和教学自由。维护和加强这些自由，距眼下生死攸关的战争未免太远了；然而他认为，任何民族的健全和发展，都不可能离开这个基础。当人们焦灼的心几乎全数为血火的战场所吸附时，他的目光，便已经探及使世界充满痛苦、叹息和辛酸的战争和各种压迫的根源了。呵，爱因斯坦，你四周的和平环境还不能令你感到满意吗？最初到来时，你是那般深情地礼赞这个自由民主之邦，怎么会诅咒起来的呢？难道你不怕陷于新的孤立？……这个大步跨出了科学圣殿而直面血与污秽的伟大的天才，他发现：科学和政治，个人和社会，都一样深深植根于脚下的多难的土地。这土地，原来便连成一片，并没有大陆和次大陆之分的。没有国界。他没有祖国，可又无处不是他的祖国！

说到底，时代与他，谁也没有抛弃谁。

如果说他离开德国，离开普鲁士科学院，离开属于科学工作者的纯粹的研究生涯也算是一种抛弃，不如说是一种拒绝。他拒绝了他所应拒绝的一切。

他拒绝了一切，唯独保留作为一个世界公民的责任。人类是什么呢？作为类的概念，其实是哲学中的一个"无"，然而在他那里却是一个实实在在的"有"，一个足以让他甘愿委以全部生命热情的实体。为此，无形中便在他与爱人和朋友之间划开了一段情感距离。他拒绝了祖国的拒绝，却也拒绝了亲人的接近，拒绝了为世俗所珍视的、日常的爱抚与温情。——这才是人生最可怕最难的一种拒绝呵！

他曾经这样写道：

> 我实在是一个"孤独的旅客"，我未曾全心全意地属于我的国家，我的家庭，我的朋友，甚至我最接近的亲人；在所有这些关系面前，我总是感觉到有一定距离并且需要保持孤独——而这种感觉正与年俱增。

——两难的孤境！

以爱因斯坦的坚强而明澈的理性，真使人怀疑，他是否真的进入了这样痛苦的状态。但是，只要读到他以无限的同情描写斯托多拉，一位“汽轮机和燃气轮机之父”的话，便一切都明白了。他说：“人们的苦难，特别是由人们自己所造成的苦难以及他们的愚钝和粗暴，沉重地压在他心上。他深刻了解我们时代的社会问题。他是一个孤独的人，如同所有的个人主义者一样，对于人折磨人的那种可怕的事情的责任感，以及对于群众处于悲惨的境地的无能为力的感觉，都使他感到苦恼。虽然他有了特殊的成就和深受爱戴，但是他的感受力还是使他痛苦地感到孤独。”

不是形而上学者的无端的空虚，也不是唯我论者的孤单寂寞，而是一个清醒的现实主义者的刻骨铭心的时代体验。在专制和谎言所毒化的空气里成长起来的普遍缺乏气魄和力量的一代人中，又能找到多少个这样的孤独者？所以，我想，他才因开普勒、朗之万、斯托多拉而多出那么一份沉痛与欣慰。即使同时出现了一批孤独的天才，也都大抵如莱布尼兹所说的单子一样分布着——没有“窗口”，灵魂怎样往来呢？

爱因斯坦的孤独是恒在的孤独。那是一种状态，也是一种力量，是他唯一可感知可把握的。只要他要做一个完整的人，只要他不肯放弃那个始终引导着他的目标，只要人类的苦难与他同在，他就注定是一个“孤独的旅客”，永远落在途中，作无止无休的跋涉……

哦，命中的孤独者！

1990年5月23日

寻找诗人

你可以不做诗人，但是必须做一个公民。

——涅克拉索夫

一

诗人总是同诗联系在一起。

10年前，从乡下来到大都市，正如从吃薯芋改作细粮一样，喜欢阅读的书，眼前也都慢慢变得精致起来。语言是富有魅力的。总之到了后来，我是能够安稳地在自己的幻觉里栖居了。

任何选择，同时是一种背弃。我开始告离从前敬仰过的诗人，这其中就有涅克拉索夫。

在我常去的一家书店里，《涅克拉索夫诗选》整齐地靠在一起，大约5册，书脊上全都蒙着一层薄薄的灰尘。我曾匆匆取阅一回，复匆匆插回架上，此后再也没有翻动过。过了许久，当我偶尔想及它们而一瞥原来的角落，早已踪迹全无，唯见一排气宇轩昂的武侠小说了。记得当时颇有点怅怅，心想：怕不会一齐被送到废纸堆里去吧？

涅克拉索夫（1821—1877），俄国诗人。其诗歌紧密结合俄国的解放运动，许多诗篇忠实表现了贫苦下层人民和俄罗斯农民的生活和情感，同时以平易口语化的语言开创了一种平民诗风，被称为“人民诗人”。作品有《秘密》（1847）、《未收割的田地》（1854）、《被遗忘的乡村》（1855）、《诗人与公民》（1856）、《大门前的沉思》（1858）、《叶廖穆什卡之歌》（1859）等。

二

一天阅稿，是苏杭先生所译的叶夫图申科的集子。有一篇关于涅克拉索夫的专论，特别提到诗人自以为非的一段故事：在专制的恐怖中，为了保全由自己主编的《现代人》杂志，他曾经为最高统治者沙皇遇刺幸免于难写了诗，以表庆祝之意。仅仅为此，他一直得不到安宁。

他写信给托尔斯泰说：“我在极力排遣恶劣的思绪，时而觉得自己是一个大好人，时而觉得是个大坏人……在前一种心境下，我感到轻松——我对我的自尊心所受到的致命屈辱，流血创伤能够看得超脱一些，乐意并且衷心地宽恕别人，对无法获得个人幸福能够想得开；在后一种心境下，我感到痛苦而又痛苦，是不值得同情的，首先既无力站起来，也无力完全倒下时，比什么都难受……”

这时，我不禁想起从前读过的他的一首诗：

我从来都不出卖竖琴，
但是，当无情的灾祸突然降临，
我的手就会在竖琴上弹出
不正的声音……
为了和人民拥有同一滴血，
呵，饶恕我吧，祖国！
请饶恕我的罪行！……

人类生存的两难，本来就是以损害一个方面来保存另一个方面的，何况艰难时世。要担任一个杂志的主编，就必须充当君主的奴仆；要坚持自己的信仰，就必须放弃个人的意志；要说出少许的真话，就必须大量地说谎；要表达复仇的快意，就必须忍受自戕的痛苦。命运的选择是没有自由的。为了俄罗斯硕果仅存的文学园地——《现代人》，做一个拟态以求生存，有什么可责难的呢？只是，目的与手段密切相关，倘使手段与目的相悖，目的就不复是预期的目的了。作为社会的喉舌而言不由衷，所谓文学，自然失却了存在的意义。的确，一首诗而已，比起《现代人》众多反叛倾向的作品，可谓微不足道；但是诗人对于异质的东西特别敏感，哪怕半点的虚伪和污垢，都会使心灵深受创伤。

三

诗人的忏悔，重新唤起我多年以前阅读《谁在俄罗斯能过好日子》和他另外一些作品片断的亲切之情。在阴霾的冬日，他的诗是斜照的阳光、面包和炉火，是载我穿越无人的野径的过膝的长靴，今天，对于我个人来说，虽然已经可以从容地踱步在早经布置的恒温的暖室里，而那些粗壮、强韧、热烈灼人的诗句，难道就不再需要了吗？人类的优秀的成员本来不多，众多萎弱的灵魂，全靠了他们的喂养和保护，你为什么竟断然加以拒绝呢？

我顿然发现，在内心里，我怎样地以最纯净的美学玷污了一个曾经慷慨给予我的灵魂的歌者！

扔下译稿，我开始发疯般地在电话和街道里寻找《涅克拉索夫诗选》，当我终于握住了一度视若敝履的集子时，那心情简直无法言说，是快乐还是悲哀？只记得我对友人说了这样一句话：

“这本书应当属于我。”

世间的文学有两种，一种近于标本，专用于摹仿写作和制作教条；

另一种则近似食品或药物，用途是改造生活，强壮心灵。涅氏的诗作明显属于后一种。

灯下读完《涅克拉索夫诗选》，心意难平，禁不住把架藏的所有可能涉及诗人的书籍统统翻出来，从多种《俄国文学史》直到《巴纳耶娃回忆录》。他自称是“黑暗王国的歌者”，那么深情地歌唱黑暗笼盖下的祖国、故乡、苦难而倔强的俄罗斯妇女。他歌唱被遗忘的村舍、未收割的田地、像麦粒一样沉默的农人，以及他们的孩子们；他歌唱预言者、流放者、囚犯，歌唱活在同一个事业中的朋友和兄弟……他背负十字架一样背负沉重的九弦琴，令它震响，诉说失去自由的痛苦、内心的矛盾、无人倾听的哀伤。为了逃避阴险的处境、检查机关的刁难，他不止一次绕道而走，在权威面前压低洪亮的嗓音。在发表《沉闷呵！没有幸福和自由》的时候，他增写了一个并非多余的副题：“译歌德诗”；直到临终之前，才将它在原稿中涂掉，然后注明：“自己的。”

在普遍受难的时代里，诗人的声音，往往不是清越的、悠长的、雄壮的；即便激愤如滔滔而下的江河，也必定有漩流和浅滩的呜咽。正是流贯在诗行中的如此的抑郁与自责，使我加深了对“诗人”的理解，从而深爱了涅克拉索夫。

元旦那天，我把新买的《涅克拉索夫文集》特地找出来，并列在书架的最显眼的位置上。三卷书的封面，全作土地和青草混合的颜色，唯一的图案是套色木刻——玫瑰，美丽而沉着，默默散发着某一种芳香。就那么看着，呼吸着，我便会重复获得同一的提示：诗人必须忍受心灵的磨难；而写诗，当然绝非是分行书写那么简单的事情！

四

在涅克拉索夫的葬礼，当陀思妥耶夫斯基刚刚致完悼词，包括普列汉诺夫在内的大学生们高喊：“超过了普希金，超过了！”

叶夫图申科承认，涅克拉索夫在历史方面超过了普希金；但是，他仍然认为，在诗歌方面并没有超过。这无疑是基于专业考虑的一种偏见，因为，诗歌本来应当包括更广大的空间，不只是技艺而已。

《涅克拉索夫诗选》封面

实际上，就像涅克拉索夫在《缪斯》诗中表明的那样，从来便有两个缪斯，不同的缪斯；或者直接地说，普希金的缪斯和涅克拉索夫的缪斯。普希金的缪斯是“柔声歌唱的、美丽的缪斯”，是“令人迷醉的古代的嬖人”；涅克拉索夫的缪斯，则是“一个冷漠无情、无人喜爱的缪斯”，是“生来只知劳累、受苦和枷锁的穷人们的忧愁的伙伴”。普希金是优秀的，也是优越的。他热烈地歌颂自由，歌颂纪念碑，歌颂西伯利亚的矿坑，涅克拉索夫所曾经歌颂过的许多事物；但是，缺乏涅克拉索夫式的平民的质朴。他一面喂养囚鹰，一面逗弄鹦鹉。比起涅克拉索夫，他为帝王的御座和陵寝献过不知多少倍的颂歌，而且，他的歌唱是主动的，而涅克拉索夫却是如此的痛心疾首。

对于一个诗人，重要的不是歌唱什么，而是如何歌唱。涅克拉索夫天性固执，迂直，近于笨拙，简直不能算是抒情诗人。他的情感，早因深厚的淤积而变得凝滞，流变无由；大段大段的关于生活戏剧的铺陈，明显地偏重历史而非美学。据说，诗人的想象特别的丰富而斑斓，然而，他的蝴蝶谷在哪里？

普希金的诗歌，许许多多诗歌，由来教人飞升；惟涅克拉索夫以创作的广大深沉，逼使意欲逃逸的灵魂返回黑土。或者是五月的鲜花，或者是荒芜的墓地，他歌唱的都是脚下真实的生活。

五

诗人何为?

为大地所生而歌唱着大地的人便是诗人。

诗人首先是人，然后是诗。诗人首先不能在诗行中寻找，而应当在人群中寻找；正如寻找诗不能在盆栽植物中寻找，而应当在乔木、灌木、地丁和刺藜等卑贱的族类中寻找一样。

称为“诗人”，是因为写了诗，但是却不仅仅因为写了诗。

今夜，我拿起两部诗集

今夜，我拿起两部诗集：一部是《瓦普察洛夫诗选》，另一部是《米吉安尼诗文集》。

《瓦普察洛夫诗选》是上海译文出版社1978年版本，多人译。封面橘红色，其上有线描的两个武装起义者形象，书名及书脊均作玫瑰红。若在煤油灯光的映衬下，会显得格外温暖，仿佛透着初暾的微光。

《米吉安尼诗文集》是中学时代购读的，存放在家屋的大木柜里。上世纪60年代初突发洪水，所有的存书连同木柜全被压在砖泥之下，其中就包括米吉安尼。我找不到书的封面，首尾也有缺页，扉页后面插印的作者头像也没有了。依稀记得诗人的模样：前额开阔，目光略带忧郁，唇上留着短胡髭。这部书的用纸特别粗，脆，颜色也特别灰。“大跃进”年代有一批书都用这种纸，海涅的《新诗集》就是，简直近于黑。米吉安尼的诗印在这上面，倒是很相配，愈发显出那忧郁来。

在报上读到关于纪念瓦普察洛夫100周年诞辰的报道，随即想到米吉安尼，以及他们的诗集。两部诗集紧靠在书架一侧，它们是30年前从乡下一起随我进城的。

瓦普察洛夫（1909—1942），保加利亚诗人。1926年，入读瓦尔纳航海机械学校，1933年，加入保加利亚工人党。二战爆发后，加入抵抗运动，终于被捕，后以“煽动罪”被处枪决。去世十周年时，获追授国家和平奖、世界和平理事会颁发的名誉和平奖。

瓦普察洛夫和米吉安尼都是巴尔干半岛人，瓦普察洛夫生于保加利亚，米吉安尼生于阿尔巴尼亚。20世纪初，他们差不多同时来到同样为土耳其人所奴役的世界。瓦普察洛夫1909年出生，比米吉安尼大两岁，米吉安尼却因肺病在27岁时早逝。时隔4年，瓦普察洛夫毙命于行刑队的枪弹之下，年仅33岁。这是划过时代的黑暗天幕的两颗彗星。

瓦普察洛夫的父亲曾参加反对土耳其人的战斗，母亲是保加利亚的美国学院的研究生，这样的家庭教育，给一位战斗的诗人的成长准备了良好的土壤。他就读于瓦尔纳航海机械学院，毕业后自愿当工人，随后加入保加利亚工人党（后改名为保加利亚共产党），积极投身于社会解放运动。“二战”爆发后，保加利亚与德国法西斯结盟，瓦普察洛夫随之参加抵抗运动，直至英勇就义。米吉安尼诞生在一个贫民家庭，5岁时双亲相继去世，成了孤儿。在亲友的帮助下，他在当地读完小学，14岁被送进马其顿玛拉斯梯尔地方中学就读，接着又被送进神学院学习，8年的修道生活，不但不曾使他皈依上帝，相反激发了他的叛逆情绪，不断抨击宗教的虚伪和罪恶。不同于瓦普察洛夫的革命斗争实践，他是以一种精神内省的、孤独的方式倾向于革命的。

尽管在家庭境遇和生活道路方面有很大的差异，但是，对于现实社会的不满和反抗，两人是完全一致的。瓦普察洛夫长期当工人，做过火夫、司炉工、技工，进入党内之后，既是战斗者，又是组织者和领导者。他置身于工人阶级革命队伍中，更多地表现一个“喧嚣的机械的时代”的集体生活，许多比喻用的都是工厂里的意象。米吉安尼一直当乡村教师，熟悉的是阿尔巴尼亚农民的生活，世世代代承袭不变的贫困而悲惨的生活。在他们的诗中，虽然生活的范围和形态各不相同，但是对于生活，他们都同声发出恶毒的诅咒。

瓦普察洛夫把生活比作“恶狗”“邪恶的、愠怒的下流货”“积重难返的浪子”之类；在著名的《历史》一诗中，他唱出了被压迫者的呼声：

……在你永无穷尽的卷帙里
在每一行、每一个字的下面
我们的痛苦将偷偷地眨眼
发出一声辛酸的呼喊

因为生活，对我们毫无怜悯
它用沉重的残忍的爪子
抽打我们饥饿的面孔
这就是为什么我们的语言会这样粗野……

瓦普察洛夫是富于激情的，即便诉说生活的苦难，也一样声调高亢。我是在一个名为“四人帮”的政治寡头集团覆亡之后不久，骑车进城买到《瓦普察洛夫诗选》的。至今，我仍然清楚地记得，当晚在小屋子里大声朗读此诗的情景。

米吉安尼也曾写过激越的诗篇，有的带有战歌性质，不过，他的热情更多地是经过压抑的。比较起来，瓦普察洛夫的诗更偏于主观抒情，技巧更具现代性。米吉安尼对于农村生活和底层人物的表现多是描画性的，正如他所说，“保存在人民心中的歌被偷走了，歌变成述说”；手法看似陈旧，读起来却是特别真实感人。乡居十多年，那是一段动荡的、恐怖的、卑贱的日子，我几乎离不开米吉安尼的诗，特别喜爱诗中那种超乎形式之上的忧郁气质。我倾听他，感激他，始终觉得他代表我在倾诉。他有一首诗，题目就是《在忧郁的旗帜下》："在我们的国家里/在每个屋顶上/都悬挂着忧郁的/没精打采的旗帜……"他常常写到泪水，他的歌声是伴随着哭泣的。他在《苦难》中写道：

我每天都看见
生活
把各种情感
都逐个地打上
命运的戳记
而欢乐却没有存在的地方

生活
以往我不知道
你竟是这样可怕
那时，我还没有
落入你的怀抱

今天，在镜子里
我凝视着自己的眼睛
我看见，由于苦难我的目光逐渐黯淡
我看见，我的脸上布满了衰老的皱纹
我很快就要变成一面
百孔千疮的旗帜
在屋顶上
迎风颤抖

两位诗人都深爱着他的祖国、土地和人民。米吉安尼出身孤苦，命运坎坷，他以悲悯的情怀，注视广大的不幸者：农人、妓女、弃婴、自杀者、乞丐、纤夫、疯子、囚犯……他说，他愿意在膝盖一样深的污泥中行走，拥抱那些深夜里与他一起跋涉的人们。瓦普察洛夫的爱同样来自人性的深处，而非政治信仰和集体意识。人道主义不是意识形态，不是宣传灌输可以奏效的。相反，意识形态国家往往敌视人道主义。我怀疑，人道主义直接来源于血统——深蕴于个体生命内部的关于民族和家族的悲剧命运史，爱与同情都是一种心灵秘传。为了纪念一位战死的同志，瓦普察洛夫一连写下《同志之歌》《妻之歌》《信》《梦》等诗篇，从中不难发现，燃烧的热血中随处都有泪水的润湿与温柔。

米吉安尼（1911—1938），阿尔巴尼亚诗人、作家。生于斯库台一个中等家庭。在马其顿的马纳斯蒂尔神学院毕业后拒绝充当神父。1932年回到祖国，翌年走上革命道路。1936年春天，被调到普克任教。1937年为医治肺病到了意大利的都灵，进入当地大学的文学系。1938年 8月病逝于意大利。著有诗集《自由诗》以及100余篇散文作品。

由于爱，瓦普察洛夫和米吉安尼不能不怀着神圣的愤火高唱复仇。瓦普察洛夫在一首诗中写道：“你曾经教过我，亲爱的母亲，要爱所有的人，像我爱你一样。我愿意爱他们，母亲，但是/我必须也要有面包和自由。”同样爱人类，战士、诗人与宗教家便有如此的不同。为了改变人类的非人处境，为了寻求自由、正义和真理，他们的竖琴弹不出平和之音，他们成为至死不肯妥协的反抗者和革命者。

在两部诗集中，都有多首献给春天的诗。他们每人都有自己的乌托邦。米吉安尼对索古政权憎恨至极，他在《低声歌唱》中表示拒绝官方的民族主义宣传。在《寻求的心》里，我看见诗人含着热泪的明澈的目光向着西方，一面怀着敬慕，一面怀着疑惧；正如《沉思》所写，“每一滴悲苦的泪花里都有一个人诞生”，用希望的微光照亮行程，而所经的道路又无处不是坟茔和荆棘。他心灵的创伤太深，矛盾重重，他在希望和绝望中迂回行进。《片断》中写到，一个小流浪儿立誓要做这个世界的“复仇者”，结果在没有找到语言之前就被汽车压死了。我猜想，这是诗人遗下的“途中的镜子”。他生前唯一的诗集《自由的诗》出版后，立即遭到政府的查禁，只有有数的几册幸存下来。他对时代的记录和抗议，唯靠手抄的形式在世间流传。

瓦普察洛夫的反抗是有组织的反抗，是政治革命。苏联成了他的乌托邦。在当时，作为世界上第一个“工农国家”，恐怕没有哪一位激进的知识分子不是为之神往的。在政治上，瓦普察洛夫有一种坚定性，一种唯古典共产党人所具有的抱负；为了实现解放全人类的理想，他渴望战斗，甚至渴望在战斗中死亡。他在《一封信》的末尾写道：

尽管强烈的阳光
会灼伤
我的翅膀，像一只渺小的粉蝶
我决不诅咒
也毫无怨言
因为我知道
迟早我总要死亡
但是当你死在
大地
开始
蜕去谬误的躯壳
千百万人重庆新生的时候
死是一支歌
是的，那是一支歌！

在我阅读过的诗人中，殷夫，可以说是中国的瓦普察洛夫。为了反抗一个由几千年的传统帝制国家演变而成的现代政党国家，他从中学时起参加革命，两次被捕，遭到残害时才22岁。他15岁写诗，是一个早熟的天才；虽然比不上瓦普察洛夫的成就，但是，他的诗一样闪射着自由的梦想、青春和激情的光芒。鲁迅称，“这是东方的微光，是林中的响箭，是冬末的萌芽，是进军的第一步，是对于前驱者的大纛，也是对于摧残者的憎的丰碑。”而且强调指出，“一切所谓圆熟简练，静穆幽远之作，都无须来作比方，因为这诗属于别一世界。”当时，还有一些左翼诗人如艾青等，都是与瓦普察洛夫和米吉安尼同属一个精神谱系的。1949年以来，文学史曾经给予殷夫们很高的评价，其实所取的是政党立场而非人类的、人道的、自由反抗的立场。任何反抗专制统治，追求自由解放的精神遗产，都是人文主义传统的一部分，应当为我们所珍视。可是，近30年来，我们的学者却无视政治生态的历史和现状，手执非政治化的大棒，把殷夫们几乎全部给打杀了。

据报道，联合国教科文组织宣布2009年为瓦普察洛夫年。保加利亚的纪念活动十分盛大，国家图书馆召开了研讨会，图书馆和博物馆联合举办了专题展览，同时发行第五枚瓦普察洛夫纪念邮票，首映一部长达54分钟片长的纪录片。一个革命时代的共产主义文学圣徒，获得今日西方和他的祖国如此的尊崇，令我深感意外。由此我确信，只有在民主社会里，在脱离了极权主义统治的国度，才可能尊重历史，尊重事实，维护言论社会的公正性，实现真理的价值——说到底是人的价值。

关于瓦普察洛夫，还有米吉安尼，我国当今的诗坛已经遗忘了他们，许多诗人甚至不知道他们的名字。我买的《瓦普察洛夫诗选》，恐怕是最后一个汉译本了，距今快30年，不见重印；而《米吉安尼诗文集》，在书店里消失的时间更长，少说也在40年以上。进入90年代之后，据说到了“告别革命”的时代，学界纷纷批判“激进主义”而倡言“宪政”与“改良”，文界也群起倡导“私人写作”和“身体写作”，像瓦普察洛夫和米吉安尼这些曾经寻思反抗和参与革命的诗人，受到普遍的忽视、漠视乃至歧视自是理所当然的了。

瓦普察洛夫在《就义之歌》里写道：

战斗是艰苦而残酷的
战斗，正像人们所说的，是史诗。
我倒下了。另一个就接替我——
何必特别标榜一个人呢？

遭到刽子手——再遭到蛆虫
就是这样简单的逻辑
可是，我的人民呵，因为我们这样的热爱你们
在暴风雨中我们必将和你们在一起！

可是，谁去接替他呢？谁会热爱他们呢？

我顿然想起，鲁迅恰好也曾用过诗中的比喻，但指的是另外的“蛆虫”，为“文界的腐败”所滋生。他说，这群蛆虫“挂着好看的招牌，在帮助权力者暗杀青年的心，使中国完结得无声无臭”。当然，鲁迅的评说距今就更久远了，时间足足过去了80年！

2010年1月10日

孤独的异邦人

经历过“文革”的人，没有不知道白求恩的名字的。在规定“天天读”的著名的“老三篇”中，这是一位“毫不利己，专门利人”的革命圣徒，众人学习的典范。但是，作为西方知识分子，白求恩身上固有的个人主义的特质被掩蔽了。应当看到，这种个人主义与革命理想是有密切联系的，然而也有冲突，并因此蒙上悲剧性的阴影。

白求恩于1938年离开温哥华前往中国，据介绍，与他同一位他昵称“小种马”的女友，左派艺术家玛丽安·斯科特的恋情有关。不过，从他动身时写给斯科特的短简看，当时肯定受了斯诺的《西行漫记》、史沫特莱的《红军长征》、伯特伦的《中国第一幕》一类书籍的诱惑，毕竟他是一个富于政治激情的人。此前，他曾经作为加拿大医疗小组负责人，参加过西班牙内战。同英国作家奥威尔一样，由于政治身份遭到西班牙当局的怀疑，行动受到监控，结果提前被召回国。从此，奥威尔脱离了实际斗争，致力于写作反面乌托邦作品。而白求恩，对于革命，依然充满着一个乌托邦主义者的幻想的热情，而且勇于孤身前往。

在延安，外国专家很少。白求恩的到来理应受到当局的礼遇，仅每月发给他的津贴便相当可观。然而，他谢绝了。

以下是他写给“军事指挥部聂将军处”的相关的信：

亲爱的同志：

今天晚上我收到了林大夫带给我的301元钱。这笔钱中的100元好像是付给我的个人津贴，另外的102.20元似乎是用来偿还我在药品上的垫支，而剩下的98.80元似乎是用来支付我在纱布和药棉上的开销。关于这第一项100元，我在8月12日发给延安军事委员会的电报中已经表示过拒绝接受并且建议将它用做伤员们的烟草专款。我在此只想重复这一提议。关于其他的两项，首先，我完全不知道自己在药品上垫付过那笔钱；至于花在纱布和药棉上的98.80元钱中，只有70元是经我的手花出的，剩下的部分则是由布朗大夫支付的。我经手的这笔钱在6月6日离开岚县前往五台之前已经由蒋大夫给过我，所以它并不是我自己的钱，而是八路军医疗队的。这笔钱的收条早已经寄给延安的首长了。

其他的医生每月只有1元的津贴，而聂将军本人每月的津贴也只有“可观的”5元，在这种情况下，让我接收每月100元的津贴是不可思议的。

另外，因为我需要的所有东西都是免费提供给我的，钱对我没有任何用处。

致同志似的敬礼！

白求恩

这种对金钱的态度，令人想起中国的另一位革命者的名言：“清贫，洁白朴素的生活，正是我们革命者能够战胜许多困难的地方。”而今，一代古典共产主义者随风远去，难寻踪迹，令人唏嘘。

在恶劣的战争环境中，白求恩随部队辗转于荒凉的大西北，每天除了工作就是工作，用他的话说，过的完全是“高强度的生活”。他在1939年8月15日写了两封信，一生中最后的两封长信。其中一封给加拿大的党组织，另一封给一位未明身份的关系密切的“朋友和同志”。在私人通信里，他偶尔述及1938年一年，其实不到一年的工作量：“去年我共行军3165英里，其中有400英里是徒步穿行于山西、陕西和河北三省。我共做了762个手术，检查了1200名伤员。我还重组了部队的卫生系统，写作和翻译了三本教科书，建立了一所医疗培训学校。”这是一组惊人的数字。如此繁重的工作，卓著的效绩，不要说一个人，就算一个小分队也难以在有限的时间内完成。

像这样一个忘我工作，毫不讲究物质生活，从不计较个人酬劳，却又拥有一门专长技术可资利用的人，怎能不受革命的欢迎呢？

白求恩在信中坦陈道：“我不在乎日常的艰苦——酷热和严寒，肮脏和虱子，一成不变的食物，崎岖的山路，没有火炉，没有床铺，没有澡堂。”是的，他可以放弃为大众所追求的优裕的生活，忍受肉体所能担受的一切困苦；作为一个有教养的知识分子，他需要的只是一种有信仰、有内在方向感的精神生活。其实，他一直在谛听灵魂深处那个古老的声音——自由的呼唤，而且期待着身外热烈的回响。真实的境况恰恰是：精神比物质更匮乏。

白求恩是一个技术知识分子，难得喜欢文艺，一生热爱写作。多伦多大学出版他的文集《激情的政治》（1998），其中除了医学论文，还有诗、小说和戏剧，间有摄影和美术作品。此外，就是大量的书信。看来，文字被他赋予了一种神圣的使命。来华以后，他每月都给毛泽东和加拿大党组织写工作汇报，频频地给各地的朋友写信。意想不到的是，邮件极不规律，发出的信几乎没有回音。他开始抱怨。1938年底，他写信给马海德说：

白求恩（1890—1939），加拿大共产党员，国际共产主义战士，著名胸外科医师。1916年毕业于多伦多大学医学院。1933年被聘为加拿大联邦和地方政府卫生部门的顾问。1935年被选为美国胸外科学会会员、理事。1938年前来中国，援助抗日战争，辗转战地，救死扶伤，后因手术中被细菌感染转为败血症医治无效，意外去世。

收不到你的信，我已经习惯了！向上帝保证，我已经习惯了。又有两个月过去了，仍然没有你的回信。延安的医疗队于11月25日到了这里，却没有带来信件。我一直盼望着这支医疗队能够带给我一些书籍、杂志和报纸，以及一封你的信，让我了解一些外界的情况。但是，他们却只带来一台没有电机和支架，所以将无法工作的X光机。他们还带给我一听已经开封的加拿大香烟，一条巧克力，一听可可粉和一支剃须膏。这些东西都很好，但是我宁愿用所有的这些东西换一张报纸，一本杂志或者一本书。顺便说一句，我从延安收到的所有东西都已经开封。这其中包括我的所有信件。一些信件还有缺页。下次请一定将所有物品和信件多加一层保护。中国人的好奇心太强了。

除了一张日本人留在一座小林子里的4月18日的《日本宣传报》，我已经有6个月没有见到过英文报纸了。我也没有收音机。我完全与世隔绝。如果不是因为一天中有18个小时要忙于工作，我肯定会有不满情绪的。

白求恩在次年的信里，也说："没有回信是我生活的组成部分。我不情愿接受却越来越能够接受它。"他估计收到的信件只有1/25，至于书和杂志的情况更糟，一年半的时间也收不到一本。他说："我完全清楚有钱人的时髦和好莱坞的新招，但是对于所有重要的事情，我知道得比北极的探险者都少。”他总结道：“一年多以来，我一直孤身一人——没有信件，没有书籍，没有杂志，没有收音机。我必须要借助帮助才能够支撑下去。”

知识分子的精神空间比“王土”广大得多。他关心人类，关心千万里外发生的事情，世界上任何大小的变动都与他有关。他努力捕捉更多的信息，因为这些信息关系到人类的生存。他渴望了解。同时，他也希望世界了解他，理解他。所谓“士为知己者死”，中国士人为了寻找“知己”，不惜捐弃生命。对革命知识分子而言，可托的知己就是组织，这组织在他的心目中是千百万生命个体的集合，是扩大了的有血有肉的躯体，总之，是充分人性化了的。所以，他渴望与组织进行平等、自由的交流，如同对待亲密的朋友一样。事实上，组织这东西，在其自然倾向来说，无疑带有整体主义和机械主义的性质，出现程式化、官僚化，甚至非人化的现象不足为怪。组织要求其中的每个分子无条件服从，做“齿轮和螺丝钉”，但知识分子不能。他要在组织内部保持自身的独立性，无论何时，维护个人的尊严甚于生命。

白求恩生活在别处，却不满于“完全与世隔绝”。他收不到加拿大共产党的信，也收不到中共方面的信，这种来自组织的显得相当冷漠、简慢的态度，特别使他受伤。他在14个月内给原来的党组织发出20封长信，完全石沉大海。他给毛泽东个人寄的“许多信”，根据毛泽东的说法，“因为忙，仅回过他一封，还不知收到没有”。失望之下，他也就不再给毛泽东写信了。他说：“在过去的12个月里，我给延安的组织（Trustee Committee）如此频繁地写信，却从来得不到他们的回信，我已经厌倦再给他们写信了。”

1938年豪情万丈，一年后急转直下，陷入低谷；不快、厌倦、悲观的情绪积聚起来，完全控制了他。根据薛忆沩先生的介绍，《激情的政治》将白求恩在华时期的文字分成两章：可以清楚地看出前后两个不同

白求恩

的阶段，两个不同的人。到了后来，他变得实在无力抵抗“乡愁的袭击”了。在最后的信中，他把返回加拿大的决定告诉了组织和朋友，其中有一段这样写道：

> 我梦想咖啡，上等的烤牛肉，苹果派和冰激凌。美妙的食品的幻影！书籍——书还在被写出来吗？音乐还在被演奏吗？你还在跳舞、喝啤酒和看电影吗？铺在松软床上的干净的白床单是什么感觉？女人们还喜欢被人爱吗？
>
> 所有这一切在我境况好的时候都是可以轻而易举地得到的。这多么令人伤心！

他毫不隐瞒他的思乡病，那被革命理想压抑已久的世俗生活的欲望：他想家，想电影、音乐、跳舞、咖啡、啤酒，想女人……在这里用得上毛泽东后来在延安文艺座谈会上批判知识分子时的一个经典说法，就是：灵魂深处还是一个“小资产阶级的独立王国”。

倘若把白求恩梦想中的生活方式同现实中的“清教徒”形象联系起来，不免显得有点荒诞不经。其实，直到他做出暂时离开延安“回家”的计划时，也仍然在周密地考虑在短暂的旅途中如何继续为中国革命工作，比如募集资金和物资，甚至医疗人员，等等。革命者要战斗，也要休息，要娱乐，要有个人的独立空间，我们知道，生活质量并不完全取决于物质。但是，不同的人们对此会有不同的要求。

一本书，一份杂志，不能果腹也不能蔽体，对于延安这样一个文盲半文盲的区域来说却是简直近于奢侈的；况且，革命战争需要的是工具和武器，军事化准军事化行动本身便带着一种整一性、强制性和精简性，命令、指示、集体决议和纪律才是唯一重要的，至于个人友谊、欲望、感情、志趣之类，不用说是多余的赘物，甚至于是消极有害的。与此相反，在一个西方知识分子看来，所有这一切是如此必需，又如此平常。卢森堡向往的革命是知识分子的志同道合的结合。这样的革命是否能够成功是一个问题，但是它颇适合于知识分子的胃口是的确的。问题是，有形形色色的革命：或者本来意义上的革命，或者如卢森堡说的“畸形的革命”。他们渴望参与其中，在组织内部，却又要求从形式到实质，最大限度地实现民主与自由。倘若革命不是以一种尽可能民主的、温和的形式进行，拒绝“请客吃饭”，知识分子与革命的冲突便变得不可避免了。鲁迅演讲的题目是“文艺与政治的歧途”，扩大一点说，就是知识分子与政治的歧途。

……

从白求恩去世的最后一年的沮丧、绝望的心情看，他与革命的冲突，已然在一个隐蔽的精神空间中发生。对于中国，对于中国革命，说到底，他是一个孤独的异邦人。说是“异邦人”，不仅因为国籍不同，带决定性意义的还是身份问题。他是一个革命者，却始终保持他的独立自由的天性，而坚执地建造他的革命乌托邦。美国学者雅各比在他论述乌托邦思想的著作中区分了其中的两种倾向：蓝图派的乌托邦主义传统和反偶像崇拜的乌托邦主义传统。从白求恩的文字遗产看，他明显地属于后一个传统；属于这一个传统的乌托邦主义者，据雅各比的说法，往往到最后变成为“自由主义的反乌托邦主义者”。

回头再读读白求恩在他创建的战地模范医院的开幕典礼上的讲话：

我们需要领导人，尤其是小领导人，作为起萌芽作用的核心，去深入广大的人民群众，唤醒他们，让他们认清现实，并向他们指出摆脱贫困、愚昧和苦难的道路。正因为缺乏这类小领导人，所以才有独裁者，才有那些自以为我们应当佩服、崇拜，并且像主宰一般地服从的所谓“伟大人物”“伟大英雄”。

如果白求恩不是过早辞世，我们仍然无法预想他是否会走到“自由主义的反乌托邦主义者”这个端点，但是事实上，他已经偏离了蓝图的方向。他扑倒在路上。而那里，正是介于乌托邦与反乌托邦之间的地方。

2009年6月23日

墓地的红草莓

我和我的世纪失之交臂。

——茨维塔耶娃

在没有火炉的冬夜，我读着一部关于自杀的女诗人的回忆录。茨维塔耶娃。于纸页掀动间，世界突然变得疏远起来；祖国，革命，爱情和诗篇，宛如空中飘忽的轻烟。生命实在然而脆弱，使我一再想起帕斯卡的比喻：会思想的芦苇。

请你为自己折一茎野草
再摘一颗草莓
没有哪里的果子
比墓地的草莓更大，更甜美……

“我是一个完全被遗弃的人。”茨维塔耶娃说。

当大门已经关闭，当恐怖降临，当所有的呼喊无用，这时，诗人只好在内心制造出另一个自己来，仿佛从此便有了彼此间的问候，倾诉，

茨维塔耶娃（1892—1941），苏联女诗人。早年移民柏林，定居巴黎，后回国。其女儿以间谍罪被判刑，丈夫也遭逮捕并被处决。1941年，生活无着，自缢而死。著有多种诗集及文论，部分近年被译成中文出版。

抚摸，以及种种赠予。如果不是这样，凭谁可以拯救自身于深处的孤独？

为自己！在现代话语世界中，有关“自己”的使用太频繁了，因此，便容易忽略它固有的庄严的悲剧的意义；直到侧身经过这诗行，它才像雷电一般倏然击中了我，以惨白的亮光，照见眼前长久地伏处黑暗之中的事物。其实，只有当精神的伤势严重时，一个人才能真正感知自己的存在。

茨维塔耶娃从小就惯于同自己来往了。

因为母亲的疾病，她随同全家漂泊异国，在动荡不安中尝试被抛的风味。命运的神秘力量令人惊异。数年之后，因为丈夫的政治性病痛，她又携同女儿离开俄罗斯祖国，远赴布拉格，然后卜居白俄分子麇集的巴黎。

作为一个“白军”军官的妻子，沉醉于纯净的古典风格的诗人，她的到来，立刻激起了一批敌视十月革命的流亡诗人的兴奋，随即陷入他们的簇拥之中。他们出版她的诗集，为她鼓吹；可是不用多久，就从她的诗篇嗅出某种异样的气味来了。在伏尔泰咖啡馆举行的马雅可夫斯基诗歌朗诵会上，有记者问她：“关于俄罗斯，您有什么话要说？”她回答说：“那里有力量。”一句话，顷刻把她同一样来自故国的往日的朋友划分为两个世界。

她成了一个孤岛。

侨民作家转而攻击她，他们不能容忍她对失去的乐园的叛卖。这样，依靠写作为生的道路被切断了。整个家庭，没有任何的生活资料，4口人全靠她和女儿编织帽子，一天挣

5个。她说："在这里，我遭到了残忍的侮辱，人们嘲弄我的骄傲、我的贫困和我的无权。"她因无力改变这种境遇而深感痛苦。

可是，对于一个执著而高傲的女性，这个世界同样无力改变她。"那里有力量。"她这样说，并非出于外交场合的需要，而是内心的爱，因为过于弥满而在偶尔的触动间而荡溢出来。她那样向往俄罗斯，甚至可以说，唯其遭受孤立和打击，新生的祖国，才成了她的信仰，她的星光。她表白说："我不是为这里写作，而是为了那里语言相通的人。"这里那里，此时成了她经常使用的特定的语词：一个代表现在，一个代表过去与未来。恰如挂钟的垂摆，她不能不左右荡动于两个世界之间；然而那时针，却始终指示着既定的方向。俄罗斯成了她的情感的源泉。她汲取、浇灌着自己以及幼小的一代："我的儿子，回家去吧""回到自己的家园""回到没有我们的祖国去！"……

你呵！我就是断了这只手臂
哪怕一双！我也要用嘴唇着墨
写在断头台上：令我肝肠寸断的土地
我的骄傲呵，我的祖国！

47岁那年，紧随着女儿和丈夫之后，诗人带着14岁的儿子小穆尔，终于回到了阔别17年的俄罗斯，命中的俄罗斯。

对诗人来说，革命成了预设的陷阱。

回国之后才两个月，她的女儿和丈夫先后被捕，他们都是因为忠诚于革命而被戴上反革命的罪名的。从此，她长期奔走于营救然而无望的途中。那时候，大规模的"肃反"运动已经开始。多少政治家、军人、知识分子，为理想所激荡过的人们，昨天还在为苏维埃作忘我的战斗，今天便成了苏维埃的敌人：监视，囚禁，流放，公开的或者秘密的处决。诗人的丈夫，就是被抓之后不久暗暗死掉的。告密，诬陷，人头买卖，成了官方鼓励的行业，绑架和失踪，到后来也因为大量发生而不复成为新闻。茨维塔耶娃。这个被称为亚马孙式的诗人，此时已经全然失去当年的英迈之气；她以十分凄苦的笔调，在日记中写道："人家都认为我勇敢。我不知道有谁比我更胆小。我什么都怕。怕眼睛，怕黑暗，怕脚步声，而最怕的是自己，自己的头脑……没有人看得见没有人知道，已经有一年了（大约），我的目光在寻找钩子……活到头才能嚼完那苦涩的艾蒿……"

很早以前，死亡就开始诱惑她了。她曾不止一次地写过遗嘱。这里那里，红草莓！她一再地选择墓地，难道真的出于天性的喜欢吗？

广袤的俄罗斯国土，没有一个人的栖身之地。当诗人归来寻找从前的旧房子时，那里早已被拆为一片废墟，只留下孤单的老白杨，萧索的风声与片断的追忆。她向作协负责人法捷耶夫求告，回答是：一平方米的地方也没有。

风呵，风呵，我的忠实的见证人
请告诉亲爱的人们：
每夜在梦中，我走着
从北到南的路程……

她回来了，那么艰难地跋涉归来，可仍然在流浪。梦中的故园。她把莫斯科连同自己贡献出来了，反而遭到另一场无边界、无终期的放逐。几年间，她找不到一份像样的工作。后来，战争发生了。由于德国军队进逼莫斯科，她带领小穆尔，随大批居民疏散到一个偏僻的小城叶拉布加；为了糊口，又随即返回莫斯科，要求作协在迁往叶拉布加的基金会开设的餐厅里给她一个洗碗工的位置，而结果，仍然遭到拒绝。

剩下的唯有诗篇了。她写，发疯似的写，没有任何力量可以逼使她停下来。没有朋友，没有读者，没有社交，没有爱护和同情，连一手抚养成人的小穆尔也瞧不起她，最后竟头也不回地离她而去。面对一个无动于衷的世界，除了沉思、叹息、呼告和哭泣于绵绵无尽的诗行，她将如何安顿自己？

然而，这个6岁便开始写诗的诗人，这个刚满18岁便出版了第一部诗集的诗人，这个热爱诗歌甚于热爱生命的诗人，回国之后，只公开发表过一首诗，而且是旧作。

苏维埃政权通过作协把所有的作家和诗人控制起来了。所有的出版机构，所有的报刊书籍，都听命于一个声音。其实，革命本来就意味着强制和统一。哈姆雷特的问题成了人们永远面临的问题：生抑或死？曼杰施坦姆是一种死法，叶赛宁和马雅可夫斯基是另一种死法。至于活着，就必须献出颂歌，连真诚的高尔基也不能保持缄默。无从捉摸的意识形态，借助权力工具而钉子般楔入所有的文化区域：机构，会议，大脑和各种文本。凡寄希望于生存的作家，几乎都无师自通地学会自我调节，以使文字在到达审查机关之前，绝不包含易燃的成分；然后，通过出版，评奖，授勋，形成范式和风气并加以强化，从而彻底排除了个人。

茨维塔耶娃问自己："在这个小心翼翼的世界中，我对我过分的感情激动该怎么办呢？"

我拒绝在别德拉姆
作非人的蠢物
我拒绝生存
我拒绝和广场的狼
一同嚎叫

她可以对国外的法西斯势力表示愤怒，可是，她能够抗议国内的无所不在的恐怖势力吗？自从走出白俄分子的包围，她一直是苏维埃政权的热烈的拥护者，如今，站在自己的国土上，竟不能抒发国家主人翁的情感了。当她告别了早期的诗风以后，就一直雄心勃勃地试图超越普希金，建立自己的自由辽阔的诗歌王国；的确，这是一个富于激情力量的诗人，她的诗经常裹挟着一股猛烈的风暴，闪耀着电火，发出霹雳般炸裂的声音。但是，如果不是为了歌颂，这种危险的抒情风格还有保持的必要吗？社会已经不容关注，如果不退回到内心深处的堡垒，那比彼得保罗要塞还要坚固安全的堡垒，她还能到哪里去？……

在即将动身离开巴黎、返回祖国的前夕，诗人对一个朋友说："我在这里是多余的人，到那里去也是不堪设想的；在这里我没有读者；在那里，尽管可能有成千上万个读者，但我也不能自由呼吸；也就是说，我不能创作和出版诗集……"

敏感的诗人，多虑的诗人，她成了先知了！

一切家园我都感到陌生
一切神殿对我都无足轻重
一切我都无所谓
一切我都不在乎

这里那里。几十年的辗转奔逐，寥廓的地域和时间都不可能改变一些什么吗？据说，革命是在一种普遍的意义上带来人类的进步和幸福的，难道就不能适用于具体个人？茨维塔耶娃。她已经一无所有。在一个号称无产阶级专政的国度里，难道连极有限的一点给予，也不能留给自己的同志？

她死了。终于死了。她是把高傲的头颅和正直的颈项伸向亲手编就的绳套里结束自己的，在陌生的叶拉布加。最后一份遗嘱写的是：

“小穆尔！原谅我，然而越往后就会越糟。我病得很重，这已经不是我了……我无法再活下去了……我已经陷入绝境。”

这是祖国给予公民的唯一权利。

她使用了这个权利。

关于马雅可夫斯基的死，茨维塔耶娃这样说：“作为一个人而活，作为一个诗人而死。”关于她的死，爱伦堡认为可以换一个说法，就是：“作为一个诗人而活，作为一个人而死。”确实，她以一个人的死，护卫了一个诗人的尊严。

假如，命运是一种选择，那么只要不是固守素性的偏执与孤傲，学会迎合时势，哪怕甘居平庸，她的一生也许不至于如此惨淡。当然，在一个玉石俱焚的社会里，所有这些为她而作的设想未免过于天真；但是，即使因为禁锢的疏忽而留下可能死里逃生的缺口，也将由她先行堵塞了。当全体人民处于危难之中，她并不冀图侥幸得救；这时，任何的个人荣耀，在她看来都是以肮脏的交易换取的。她不愿意出卖自己。她要过内心真实的生活。

对于生活在内心的人，事实证明，是不可能彻底战胜的。茨维塔耶娃在赢来不幸的同时赢得了诗歌。虽然在长达30年的时间里，她的名字在国内已无人提起，但当自由的白昼临近，人性和美感一同开放，她的诗篇便铮然飞起，向着人们的集居地，如同大队大队无畏的鸽群……

当我停止呼吸一个世纪以后
你将来到人间。
已经死去的我，将从黄泉深处
用自己的手给你写下诗篇：
朋友！不要把我寻找！时代已经变了！
甚至老人也不能把我记起……

多少领袖群伦的人物机关用尽，都为名垂青史；而这位诗人，却藐视身后的种种“哀荣”。生是美好的。如果允许重新选择，她定当一千次地选择生；但是，如果生而斫丧自己，生而远避同类，生而向权势集团和世俗社会行乞，那么对她来说，死仍然是必要的。因为此时的死，乃是人生唯一的一次独立而自由的选择，是更庄严、更顽强、更伟大的生。

红草莓！多么硕大！多么甜美！当它径自选择了墓地，便无法说清：它是在点缀死亡，抑或傲对死亡……

1996年1月—2月

最后的迷失

天性忧郁的人都憎厌人群，但是，无论如何总得寻找一个人。仅仅一个人，这也就够了。悬崖上的孤松，多么向往柔润的雨水能顺着枝丫，弯弯曲曲一直深入它的根部；如果终有一天暴雨如注，却又害怕变成岸柳，——在悠长的岁月中，它早已习惯于坚硬的岩石与干涩的砂粒了。这样，在事实上，它向往的只能是一朵停云。

有一个人来了又去了。这中间停驻了13年，欲雨不雨，在另一个人的期望中。

人海茫茫。正如在大海中找不到两朵相同的浪花一样，很难想象，在人群中会寻到质地相同的两颗灵魂。

奇迹出现了。

是音乐契合了他们：柴可夫斯基和梅克夫人。一个创造，一个倾听。“我们只是在距离上是远别的，此外我们便几乎等于一个人；我们对于同一件物事都有同感，而且往往是在同时。”梅克夫人说。

作为“雇主”的扮演者，收购曲谱的人，梅克夫人对于音乐生命的质量，要求十分严苛；可是，当她提出意想中的曲式和主题要求柴可夫斯基创作时，却不忘以女性特有的关怀，唤醒音乐家倦睡的乐思。乐曲完成之后，她那么陶醉于丰美的旋律，仍然不忘报以由衷的赞美，让创造者及时赢取创造的快乐和骄傲。

日日夜夜，梅克夫人的精神深处，到处回应着柴可夫斯基的音乐。她熟悉那里的每一个音符，每一处停顿；熟悉那里每一缕清风，每一簇星光，每一条幽隐的道路……心灵大抵因善感而长于倾听，是故倾听者对艺术的敏感，往往胜于音乐家本人。柴可夫斯基称莫扎特为“阳光灿烂的天才”，她却以鄙夷的口气，说是“伊壁鸠鲁派的莫扎特”；还有瓦格纳，她说他亵渎了艺术，说：“多谢上帝，我们没有瓦格纳，只有彼得·伊里奇（柴可夫斯基）。”她以异常的穿透力，通过飘忽的音符，把捉音乐家的整个人格。人格是重要的。在她看来，只有音乐家的人格与才能相等时，才能给人以深刻而真挚的印象；相反，音乐家身上没有“人”，作品则愈是音乐化，他愈是一个说谎者，伪善者，剥削者。这是一个具有纯正斯拉夫人血统的女性。在她的身上，除了高尚，分明还透露出一种博大深沉的苦难气质，那是俄罗斯精神的特质；所以，她厌恶莫扎特式的快乐主义，瓦格纳式的形式主义，厌恶炫耀，轻浮，做作，一味的闲雅，而以刻骨铭心的热爱，称柴可夫斯基为“我们的俄罗斯民族作曲家”。对于她，与其说热爱柴可夫斯基的音乐，不如说热爱音乐里的灵魂，俄罗斯的灵魂。

在书信里，梅克夫人称柴可夫斯基为“亲爱的灵魂”，正包含了所有一切。找到这样的知音，于音乐家无疑是一种幸运。柴可夫斯基说：“我笔下写出的每一个音符，都要献给你。”他努力寻找两颗灵魂的共振点，并为此而深感慰藉。梅克夫人倾心于他的灵魂——同时也是自己的内心灵魂里的声音，她这样诉说听了《斯拉夫进行曲》以后的情愫变化：“我一想到它的作者就某种程度来说是属于我的，我就有说不出的快活——谁也不能把它从我这里夺去。自从我认识你以来，我第一次在非常的环境里听你的作品。在贵族会堂里面，我多少感到有若干敌对，我觉得你更欢喜许多别的友人。但是在这里，在一个新环境里，周围都是陌生者，我感到你更其完全地属于我，我感到谁也不能和我做对手。在这里：我占有，我爱！”对于这种“疯狂的呓语”，柴可夫斯基回答说：“当我知道我的音乐深深走进我所爱的人的心里时，这是我一生最快活的时光……”

柴可夫斯基

《第四交响曲》辉煌了整个演奏大厅，然而听众毫无反应，甚至他所有的朋友，多年生活于其中的音乐学院的赫赫有名的教授们。在沙漠一样的噤默与荒凉之中有一个慰安者从天而降——那就是梅克夫人！这个天使，给他打来祝贺的电报，紧随着，又在信中寄出炙热的赞词，称他为俄国音乐的“伟大的建筑师”。

柴可夫斯基在《第四交响曲》的乐谱上写下“献给我最好的朋友”是当然的；正如梅克夫人称《第四交响曲》为“我们的交响曲”一样是当然的。

——“我们的！”

梅克夫人说：“‘我们的’这个词儿包含着多少迷人气味哩。”然而，这气味氤氲了好一阵，终于消散了。最后，他们谁也找不到谁，——不，从通信的那一天起，他们就一直规避寻找和认识。他们永远是一对陌生人，虽然那么靠近。

一面规避，一面靠近。

愈是设法规避，愈是渴望靠近。

梅克夫人

难道这一切都是火的缘故吗？火能给人温暖，火又能毁灭一切。梅克夫人对此十分了解；当她第一次向火堆投放柴薪的时候，就已经想到灰烬了，因此，必须禁绝燃烧！

梅克夫人："曾经有过一个时候我想和你见见面。现在呢，我越觉得感动，我就越怕见面。我不能对你说话。如果在什么地方，我们偶然面对面了，我不能够当你是陌生客人的——我应该向你伸出我的手，但仅仅是无言地握着你的手。目前我却宁愿远远地想念你，在你的音乐中倾听你，在那当中一道起伏着感情。"

远远的想念，直到终老。她将伸出的手缩了回来，藏进怀里，不让他看见那几乎病态的颤栗。当她听说柴可夫斯基结婚的消息，曾经寄出一封短简，言不由衷，只是行间夹了这样一句："有时也得想起我。"想不到柴可夫斯基很快便来信称结婚为"恐怖的日子"，告诉她，这是一场"精神的折磨"。这时，她立刻做出反应，怂恿他离婚，——"从伪善和谎话中逃出来"。

逃脱以后又如何呢？在时间之河里，他们是互相追逐，喋喋不休的两尾游鱼；然而在空间，他们只是危岩上各不相属的两棵树，树上的两朵停云。

出于一个根本无法稽查的原因，梅克夫人给柴可夫斯基写了最后一封信。信很短，告诉他产业快要破产了，从今以后再也无法寄钱给他了。行文是一种奇怪的调子，从来未曾使用过的调子。耐人寻味的是最后一句话——"别忘记我，有时也得想起我。"——曾几何时，她同样这么说过。

他读不懂。他猜测，抱怨，伤心，像受委屈的孩子般写了长长一封复信，试图再度点燃火焰。他说，“我从来没有一刻钟忘记你，将来也永远不会忘记你，因为我对我自己的每一个想头，也都与你有关的。”他说，“我用尽我心中所包含的全部热力吻你的双手，希望你能够了解，除了我之外，没有第二个人那样同情你，没有第二个人像你一样感到了那种痛苦，而且为你分担这些痛苦。”他说，“我是烦恼得写不出清楚的字了……”

然而，没有回声。一点也没有。

永别了。

在莫斯科时，他原以为自己快完了，曾写过一张近于遗嘱的纸条：“如果我死了，原稿送与梅克夫人。”如今，她在哪儿？柴可夫斯基整个人崩颓下来，匆匆两年，灰暗的生命遂再也吹不出一粒火星。死时，他发着呓语，轻唤着梅克夫人的名字——

菲拉列托夫娜！……

两个不幸的人。

他们的不幸，是因为一个偶然的机会而竟邂逅了。致命的是，他们都把对方视作唯一的，等同于神。对于幸福，如果说哲人一生致力于意义的追问，他们则始终致力于形貌的想象，在形而上的高处，一样是收获不到浆汁饱满的果实的。

作为遗孀，梅克夫人一直处在对时间的悼亡状态。对着书简流连，叹息，时时提及死亡。对生命失去信心的人，孤单、惊怯、疲倦，有可能进行爱情的角力吗？其实，爱情本身就是一场战争。她无力作战。她表白说：“忍从是笨拙的，但又有什么办法？你不能以继续不断的战斗来折磨你自己。”她自称是一个“现实主义者”。关于两个人的现实是，她必须给贫困的柴可夫斯基以物质上的援助，此外都是梦想。她给他钱，以卢布抵偿精神的援助，同时让他也感激卢布，从中安妥自己的灵魂，极力回避因为艺术的相知而可能促进情感关系的未来的恐惧。

对于她，音乐欣赏与教养孩子已然构成一个自足的世界。她说音乐里有“一种愉快的肉体的感觉”，她一面沐浴其中，一面以母性角色体验着“养孩子的快乐”，她把这种快乐叫做“现实的诗意”。一种爱被另一种爱置换了。由是，她享有安宁。

柴可夫斯基一样是忧郁的人。他逃避人，一如逃避法律，长期设法一个人留在音乐的故园。他说：“艺术家所过的是一种两重生活，一重是人类日常的生活，另一重是艺术家的生活，这两重生活总是不大能够融合在一起。”他过的其实只是艺术家的生活，而把日常生活抛弃了。梅克夫人说，他一生爱音乐太多，因而缺乏对女性的爱。在他的身上，死亡本能特别活跃，这本能使他变得脆弱，伤感，不堪一击，但是也能培养一种异于寻常的耐受力，使他安于极端的孤独。精神上的自虐，就这样藉艺术创造而化做了自娱。

灵魂是需要血肉滋润的，灵魂深切的交往，同样需要日常生活的足够的给养。普希金说：“习惯代替幸福。”世俗间多少男女自以为幸福者，都是同一个屋顶之下的共同生活的事实：吃饭，交谈，劳作，睡觉，生儿育女，等等毫无激情的大量的重复性动作所构成的，逼窄的空间教人协作、亲近，虽然协作并非协调，亲近也非亲切，正如事实与真实之间存在着巨大的差异那样；然而，事实是强大的，无法违拗的。柴可夫斯基与梅克夫人在同一个戏院里远远避开，在路上相遇羞于窥视，甚至住在同一个庄园里也不互访，所有这些矫情的行为，却在事实上为他们留下了无法弥补的空白。

他们在预设的防线跟前倒下了。

柴可夫斯基与梅克夫人的精神交往，成了音乐家传记中最激动人心的一章。对此，素喜夸张的传记作家写道：爱情的悲剧故事。其实，真正的悲剧是：爱情从未发生。

水与火（二章）

水之变奏

水是最好的。

——【古希腊】泰勒斯

我们曾经为鱼类。我们用鳃呼吸。空气和水一样澄明，且无涯涘。没有影子的追逐。我们在时间之外嬉游。

从什么时候开始，我们遂与禽兽为伍，不复摆动尾鳍。大森林成了人类王国。我们构木为巢，用树叶子编织围裙，打磨石器，寻找偶像和酋长。然后，乃有无止的砍伐，捕获，角斗，凯旋或惨败，颂唱或哭泣。水，因陆地分割而呈网状。人在网中。我们舍弃澄明无限的大海，而后凿井而饮，倾盆而浴。水的本然状态使人惊恐。静止的水，曰死水；动荡的水，曰风波；洪水是灾祸，深渊是罪恶。那个飞去飞来的小精灵为甚么衔石填海呢？

为了对水的征服，人类筑堤堰，建桥梁，造舟楫。从大陆到大陆。人类宁可在沙上建塔，却认海市为缥缈之乡。然而，徐福居然成为水上使者。郑和下西洋。有号麦哲伦者，载沉载浮于另一张海图，既非君临也非朝觐。开拓是冒险的事业。水能载舟，亦能覆舟。

——逝者如斯夫！不舍昼夜！

人们从无刻度的水里辨认时间，而忘川悠悠，人们早已忘却自己曾经为鱼类。

子交手兮东行，
送美人兮南浦。
波滔滔兮来迎，
鱼鳞鳞兮媵予。

唯诗人是人中之鱼。他们一直梦游于水，甚或委身于水。庄子一生述说着同一个关于鱼的寓言，从“逍遥游”，到“相濡以沫”，到“相忘于江湖”。屈子行吟泽畔，结果怀石自沉，是否可以算是东方宗教徒的一种受洗方式？太古无酒，水而已矣。后来刘伶阮籍一类酒徒，其实是耽于水的。传说飘然太白醉后死于月光，月光如水，何处无水呢？“鸿雁几时到，江湖秋水多。”望断秋水，月光便长此萧瑟了。这之后，是王国维，是朱湘，是老舍，都是屈原的模仿者。老舍写龙须沟，沟里有水，何以要去寻找浑浊的太平湖？智慧的东方诗人大抵喜欢投水，或沉于江，或沉于湖，却无一沉于海。河殇不是海殇。

一天，大陆突然凹陷为红海洋。复苏的鱼性，因了海潮的刺激而狂游无已，不知所之。始而汹汹然，继则悄悄然，终归一片沉寂。

老子说，“治大国，如烹小鲜。”春秋时，大约已盛行吃鱼。士阶级冯驩歌曰：“长铗归来乎！食无鱼！”不过，那时许是另一种烹法。总之，鱼一旦成为美食，天下就少游鳞了。

曾经沧海难为水。

蓝色的多瑙河，那才是水；天鹅湖，那才是水；德彪西的大海，那才是水呵！

水复以澄明无限环绕我们，诱惑我们在某一个时刻，无数支僵直的手脚于是柔软成鳍，成尾，次第展开成雄壮而优美的旋律，回荡于盈盈天地之间……

——再会吧，自由的元素！

有一位诗人在远方唱着。那声音，至今仍然悬在临海的崖头，嘹亮一如钟声。

火的传说

一切转为火，火又转为一切。

——【古希腊】赫拉克利特

自燧人氏从林莽中钻取第一粒种子，火，便勃然繁殖了千万斯年。

火是美丽的。火有人性的光辉。作为人类生命的忠实的伴舞者，火使我们的心灵得以如此的速率跳动着，使血液如此鼓荡奔流。如果没有火，我们肯定会变得僵化和冷漠许多。

初燃的火焰热烈而宁静。我们围在火堆旁边烤肉，取暖，烧制陶器；擎起火把寻找自己的树皮屋、道路和星辰，走进洞穴观赏昨日斑斓的壁画；或者点亮灯盏，幽幽中撩拨情人的长睫，和叮叮当当的大耳环。那时，杀戮仅仅限于狩猎，在人类中间，只有拥抱，爱，如火的亲吻。我们为什么要惧怕火呢？

然而，人们终至于惧怕火。

一俟把命运交付给酋长，火随即成为威吓和惩治同类的圣物。“不能用药治的就用铁，不能用铁治的就用火。”希波格拉第以火治病，酋长们以火治国。火中铸剑，战事焚毁了多少家园、城市、有为的躯体？第一缕狼烟升起自古堡危堞，于是长此弥漫无已时。赫胥黎称火为“变革之物”，而酋长世界万古常新，火改变了什么？两次大兵燹的废墟犹在，伐林做栅栏的人奔逃四散，只剩下一个叫毕加索的画家喂鸽子……

毁灭思想是另一种战争。思想是危险的。思想是自由的块根，只有火，才能阻绝它的生长。始皇帝焚书坑儒，那是一个伟大的启示，几千年的死灰，至今还时时吹出火星来，在后起的继承者中，希特勒是有名的。古今酋长，都有玩火的嗜好，有时候简直为放火而放火。至此，火便成为权力意志的象征，不独刑法而已。宗教裁判所庄严屹立数百年，难道被活活烧死的只是布鲁诺及其有数的兄弟？以信仰代替信念，以思想消灭思想，炙手可热而不见烟焰，这才见手段的博大精严。

各种不安分的思想，于是纷纷藏匿起来如同石头。

有人说：“沉默是最大的迫害。”也有人说：“石在，火种是不会绝的。”可是，无论怎样，于火的情感已都不复单纯如昔了。

普罗米修斯因盗火而受天罚，火中自有悲剧的性质。女娲炼石补天，却别具东方的喜剧意味。秦王筑阿房宫，极尽奢华，结果“楚王一炬，可怜焦土”。三国时火烧赤壁，曾几何时，“山高月小，水落石出”，已是另一番风景了。维萨里的《人体解剖图》和哥白尼的《天体运行论》，是在烈火和十字架的阴影中产生的。而李贽，则公然以《焚书》为自己的著作命名。德拉克洛瓦笔下的自由女神，当她旋风一样前进着的时候，脚踩的不正是遍地的熊熊火焰吗？

“过去、现在和未来永远是一团永恒的活火。”

历史进化与否，在火中成了问题。为时间所揭示的，唯见整个世界，从神到人，到一切物质都被火无尽地分解。火毁灭着，火锻炼着，火熔铸着。而人们凭着自己所经历或未曾经历的，也随之恐惧着，怀疑着，渴待着。这时不是那时，此火非同彼火——

有谁说得准：在一次大火劫之后，一定没有吉祥之鸟从覆巢中倏然飞举呢？

1991年2月

散 步

我喜欢散步。

据说，一些名人如甘地、卢梭、托尔斯泰也都是喜欢散步的。但是他们与我无关。我喜欢散步，绝不是出于对他们的摹仿。散步完全是个人的事情。

推想起来，对空间的渴望，恐怕是最原初的动机。无论是会议大厅那貌似天空的拱圆形屋顶，还是工作室的欲坠非坠的天花板，都在时间中构成了一种潜隐的威胁，何况多出卫士般永远肃立的墙壁呢。

走出户外以后，世界也不是没有规范的。但是，在楼群，灯柱，梯级，斑马线，众多的缠绕中间，毕竟存在着无限多可选择的道路。回避即选择。身外许许多多物事，本可以不同自己发生任何的关联。譬如，偶一抬头便赫然看见太阳，设想低首而行，世上的光华灿烂又于我何有呢？所以，哲学家使用了“在场”一词。我即是我，既可以在场，也可以不在场。我行故我在。

散步时，我不带同伴，只带影子。集体行动是反散步的。说到舞蹈，我就不喜欢双人舞和多人轮舞。无条件地接受他人的约束，响应一种近于严密的节律，这种形式的艺术，纯粹是古代贵族王公及其豢养的优伶的遗传。我喜欢独舞。至于散步，则自如多了，简直没有节奏。或疾或徐，步调全没有法则。倘使路旁多出一位褴褛的瞽者，或是一株蔷薇，都可以随时停下来。

行行重行行。没有行囊，没有远方的呼唤和近身的催促，无须尝旅人的苦辛。只要想到散步，披一件夏威夷衬衫就足够了。风起时，再加一件大衣，随手把衣领倒竖起来也不失为一种风度。其实，于散步的人来说，根本不管什么风度不风度，这时，需要的只是鞋子，或穿或趿，尽凭一时的兴会，赤足也未尝不好，就怕少了草地罢了。总之，鞋与不鞋，全为了取悦自己。

按照传统的关于阴阳的说法，散步主阴，以它的柔静，实在不宜称作运动的。王维诗云："行到水穷处，坐看云起时"，很可以为散步写意。书本子上的所谓自由，大约指的就是这样一种随意性吧？散步是没有目的的。没有目的，自然没有探寻。无须寻找的道路叫什么道路呢？其实，散步只是走，并非走路。散步不是为了通往哪一道门。门是另一种存在。只有卡夫卡一类严肃到病态的人，才有门的情结。

自由无所思。即便有所思，也当自行消失于一片散漫优游之中了。罗丹的"思想者"，以拳头支持沉重的脑颅，因为紧张，致使全身的肌肉绷到发直。状态有如此不同。柏格森说："像思想家那样行动，像行动家那样思想。"思想是需要状态的。状态决定一切。一天，我照例作着散步，突然发现双手空空荡荡，仿佛从来没有过的空空荡荡，这才觉得：我应当握着一点什么！

然而接着想，果真有那么一种用具握在手中，还能叫作散步吗？

1991年3月14日于鸽堡

读画（三章）

席里柯：《梅杜萨之筏》

——该死的船长！

读过法国画家席里柯的油画《梅杜萨之筏》，并且了解其背景的人，大抵没有不生这种恶毒的诅咒的。

仅仅因为不懂得航海，贵族肖马雷被政府任命为船长，率巡洋舰“梅杜萨号”，远航非洲的塞内加尔。结果，途经布朗海岬便触礁了。他随即同一批高级官员逃逸而去，扔下一百余条卑贱的生命，应付汹涌而来的海浪、风暴、饥饿、疾病和死亡！这群乌合之众，仓促间只好找来破败的桅杆和船板，用缆绳捆扎成筏，开始漫无方向的漂流。13个白天黑夜过去，最后被营救上岸时，筏上只余10人。这就是一出关于叛卖与坚持的戏剧的全部。

生存或者毁灭？梅杜萨之筏成了人类处境的一个象征。

设想当初登上舰板，进入舱中的座位，有哪一位乘客会不安于早经安排停当的秩序的呢？及至开航，当帆布渐次为海风灌满，一种节庆般的情绪便悄然上涨，浸然弥漫成一种氛围。一切都无须选择，自然毋庸置疑，在危机四伏而表面平稳的过渡中，个人的自觉意识已然进入酣眠状态。——领航人成了船中唯一的头脑。正是船长，赐予乘客以无须许诺而能直接感知的彼岸的快乐和荣光；权威的力量，因他渗透其间，神明般地使人们普遍获致一种安全感。他的无所不在使他成了一个隐形人，直到逃离了现场，人们才仿佛第一次发觉他的存在。

然而，一切为时已晚，梅杜萨已经陷于绝望的境地，由船长所维系的集体全然瓦解了。

没有船长的航行是不可思议的。可是，当船长亡失以后，由谁来决定未来的命运呢？选择自我是唯一的现实。现在，毕竟从他人的船只回到自己的筏上来了。由船而筏，所改变的岂止是境遇而已！

绝望促人醒觉。自我醒觉的力量才是真实的力量。在席里柯的画布上，众多的倒毙者，无一不是搏斗到了最后一刻的，他们都把生命发挥到了极致。所以，在这些横卧的尸体上面，我们可以理解，画家何以倾注了那么明亮的色彩——一种神圣之光。至于生者，他们都在迅速地熟悉一切，主动履行属于自己的责任，做一切应当做的事情，极力阻断通往沉沦的道路。沧海一粟，个人确乎是微末的。可是，在恐惧中，一个生命却可以发现和拥抱另一个生命。爱产生了。对于生命的同一热爱把人我组织到了一起，集体不复是相加的个人，而是个体的扩展与延伸。我读过许多名画，对于手的表现，从来没有见过像《梅杜萨之筏》这样的富于动作性，这样的紧凑、有力，感人至深：它们一只只全都从渴望中伸了出来，就这样互相紧紧地挽着、抓着、拉曳着，即使对于死者！在波峰之外，在黑暗得发亮的远方，当帆影依稀可辨，这些激情的混乱的手，顷刻之间便把狂呼的众人垒成了一座金字塔。而塔顶，则是高悬的另一只手，和一条猎猎飘动的红巾！

茫茫生死之间，谁主沉浮？

猎猎的红巾是得救的标志，但也完全有可能是一种轻信，一场虚妄。迢递的航程充满偶然，谁能担保梅杜萨之筏一定可以驶出死域？

然而，即使木筏倾覆，它仍应骄傲地行驶在航海史上！众多的乘客成为命运的主宰者，他们已经学会选择船长了，而且实际上，他们自身就是船长！

《梅杜萨之筏》

我不禁想起法国的另一幅名画，就是德拉克洛瓦的《自由引导人民》。战斗的人们所追随的，不再是王公贵族，一如席里柯笔下众人不再追随船长。引导他们的是自由，是独立，是庄严的理性，笼盖一切的人道主义的大灵魂。浪漫主义与现代主义的艺术，都一样具有人类生存的哲学内容。不同的是，浪漫主义者总是不忘扬起手中的红巾或旗帜；而现代主义者，即使张开双臂，也没有这类色彩鲜艳的飞扬的织物。对于他们，前头是没有救生船的；而船长，在他们诞生之前就已经死掉了！

浪漫主义者说：把失去的一切找回来！

现代主义者说：失去的将永远失去！

我不知道，世纪末的此刻，我们是落在船中还是留在筏上？但总之，浪漫主义离我们是愈来愈远了！

列维坦：《弗拉迪米尔卡》

历史是不完整的，甚至可以说不是真实的。它是一种感觉，一种想象，一个不及逃避的影子，在近处响起遥远无尽的回声。

自古迄今，千百万奴隶的血泪在哪里？攻打巴士底狱的嘶喊在哪里？纳粹时代的焚尸炉呢？它是如何吞噬众多的血肉之躯连同他们的名字的？最惊心动魄的场景已然泯没了，所谓历史，惟余一堆零碎的杂物：毫无表情的密诏、大小报告、红皮书和白皮书，锈钝的刀箭，哑默的枪管，博物馆里古意盎然的镣铐……俄国的沙皇，是以开发西伯利亚天然牢狱驰名于世的。但是，随着流放犯的获释、迁徙和死亡，以及其后的权力的倾覆，罪证肯定会消减许多。

不幸的毕竟还有无法移易的地方在，比如俄国画家列维坦笔下的《弗拉迪米尔卡》。

弗拉迪米尔卡是俄罗斯人对流放犯必经之道的称呼。画面上，一条大道从近处一直通往远方。道路凸凹不平，辙痕斑驳，布满尘土。两旁是原野、草丛、麦苗、林木、土丘。大块的天空欲雨不雨，云块并不陌生。然而只要说：“这就是弗拉迪米尔卡！”我们就将立即获致一种非同寻常的感觉。——大约这就叫历史感了。

《弗拉迪米尔卡》

此刻，阴郁的天空变得愈加阴郁起来。密云深处，仿佛听得见雷声。枢密院广场上十二月党人的枪声，以及尼古拉卫队的炮声是雷一般作响的；开往西伯利亚的驿车是雷一般作响的；威严的军靴，挥舞的警鞭，直到普希金和涅克拉索夫的诗句都是雷一般作响的。可是，难道雷声便是暴风雨的预言么？如果不是暴风雨，又凭什么摇撼头顶凝重无比的黑暗？喑哑中，有一脉斜晖投射到黑麦田上，白骨般炫目，令人心悸。但见云块陡然涌起，自远方逼近我们，好似有意让我们从中发现自己的灵魂的骚动。而原野、山峦、纠缠的小路，也纷纷动荡起来，似是无力承受重压，又似不甘于宁静的匍匐……

列维坦，这个从小失去父母的人，过早地成了历史的遗孤。作为风景画家，他不但善于感受俄罗斯大自然，于民族历史的重负也如列宾一样具有过人的敏感。不同的只是，命运的纤索并非加于"集体"的肩膊之上，而是深深地勒紧了个人——看看大道上的那个流浪者吧，多么地渺小而孤独！周围不见同类的形影，只有带檐的十字架，在近旁的墓顶俯视着他。永远的十字架！

人类的不幸，正在于灾难无法分担。它穿透个人而且只有穿透个人而成为纯粹的一种痛觉。说到历史，它就不是圆丘形的大脑拼凑出来的大而无当的实体；作为曾经存在过的时空，它的充满苦难的内容物，唯在个人锐利的痛觉中敞开而成为新的事实。人类苦难之途的象征——《弗拉迪米尔卡》，完全可以使历史在我们如读一般风景画的欣然超然的感觉中消失。但是，倘使一旦从它那里竟烧灼般地感觉到列维坦的感觉，那么不妨说：

我们已然进入了历史。

怀斯：《克丽斯蒂娜的世界》

世界是何等的辽阔而辉煌呵！

怀斯用色太奢了，画布几乎染遍了金黄，令人炫目。原野一望无遮，秋草芊绵。地平线大弧度划过。其上自是天空，蔚蓝而且透明。

有两道车辙，犹如神启，若明若昧地引向远方。

对于一个敞开的世界，其实无论何处都可以成为出发的方向。然而，眼前的少女是再也不能匍匐向前了。她的手足是那般纤细，恰如干枯的芦苇；显然，运动所依仗的肌肉早已萎缩，可怕的疾患吞噬着有为的生命。作为人的直立的权利被剥夺了，自由被剥夺了，仅存的力量是属于意志的。爬是唯一的动作。那飞扬的乱发，抓紧了土地的双手，整具倾斜、扭曲的躯体，呈示着怎样的一种悲壮呵！爬着，爬着，阴影便出现了。阴影爬得比她还快，楔子般使人想见逼迫的落日余晖。黄昏是余下的时间。黄昏是一个极限。

除了朝前来的方向往回爬，她别无选择。

每天每天，她都这么吃力地爬出来又爬回去么？来而复往不就是有限的一段距离？这般相等的距离对她来说有什么意义呢？

她背对我们，总翘首不远的小屋子。

我们无法窥见她的眼睛，永远无法窥见她的眼睛。只记得许多年以前，当我初读这少女的时候，心里便顿时为一种力所充盈，同时为一个可企及的目标而深感慰藉。时至今日，这才霍然发现她的归宿地，原来就是起点！

她爬不出小屋子。

栖定如黑土蜂一般的小屋子，在画幅中简直可以当成点缀，但是在一个少女的视野中却占据了支配的位置。于是，一切广远的事物，都变得同它的存在相关了。

然而，青春而倨傲的心，只为屋外的世界而跳动！

梦想与现实，超越与局限，选择与宿命，想必一生都在纠缠着画家怀斯。福楼拜说："包法利夫人就是我。"少女克丽斯蒂娜，那么就是怀斯么？

许是惊惧于风沙的吹袭吧，久违的乡土，于我是如此温柔。我多么想再一次摩挲我的田园、小路、草地、牛群，还有小屋。或者外出，或者返回，但都一样是艰难的匍匐，——克丽斯蒂娜！

《克丽斯蒂娜的世界》

火与废墟（节选）

建筑学

法西斯建筑

一

必须记住人类的恶行，纳粹的恶行也是人类的恶行。假如失去了这恶的记录，我们将因失去一面镜子而无法看清自身的影像，并可能为此重陷于犯罪情境。所以，基弗着意保存纳粹建筑的图像，一如在《占领》系列中保存纳粹式军礼的姿势。

但因此，他也就成了“法西斯主义者”。

二

建筑给人以强烈的空间感。它的有限性、稳固性、可控性，实在可以作为国家的象征。基弗的建筑是全封闭的，正如边沁的“全景式圆形监狱”一般，当然只有专制帝国、极权主义社会可以比拟。但是，那些矗立在党和政府机关所在地的法西斯建筑，却一致地取纪念碑式风格，高出于监狱之上，宏大，森严，令人敬畏。

由于这些实地建筑是权力和罪恶的标志，战后被摧毁是必然的事。与其说，德国人藉此表示同领袖及其党徒的决裂，毋宁说害怕时代的遗物对个人责任的追询。事实上，在浩劫之后，不少法西斯头目仍然留在权力机构内部，自然更倾向于消灭这些建筑实体，消灭罪证，消灭可恶的记忆。

基弗着意保留法西斯建筑，显然，他不惮于背上同情罪犯的恶名，挑战全体德国人。

画家在表达他的历史态度时，不幸采取了审美的形

基弗画作《内部》(1983—1984)

式，这正是艺术家与宣传家不同的地方。美学的歧义性，使他自行退向了一个晦暗不明的位置。

忧郁的基弗。

他注视任何事物，目光中似乎都带着一种灰色调。对法西斯建筑也如此。批判的目光本是明快的，坚定的，有如飞矢直达目标；可是，对于忧郁的人，这目光难免变得迟疑，缠绕，雾一般缓缓向前靠近。内省的神秘性，将把我们引向何处？我们最终能不能拒绝法西斯主义的魅惑，至少不至沦为视觉上的同谋？

三

现在，我们不妨跟随基弗去看施佩尔的帝国总理府，从一个艺术家那里看另一个艺术家。

《内部》重现了总理府的大礼堂。黑色墙板、栅格的地砖和天花，阔大，傲慢，阴沉，焦点透视推进了固有的胁迫感。近景有一墓石，燃着白色火焰，透着死亡的气息。画家用加厚的油画颜料、树脂、乳胶、虫胶、干草，覆盖在摄影图片之上。建筑是真实的、坚固的、恒定的，而其材质却是脆弱的、易朽的；碑铭主义，反碑铭主义，两种不同的风格元素掺和到一起。总之，画布的总理府不同于砖石的总理府，它是废墟，仅仅是废墟，鬼魂一样的梦幻建筑。

施佩尔说："即使所有的文件都丢失了，历史学家也能从第三帝国的建筑中读出希特勒主宰世界的宏图。"御用建筑师原以为这些建筑可以雄踞千年，结果如何呢？当它作为废墟而移置于画布上时，我们看到的却是：反讽。

——谁是时间的主宰者？

除了《内部》，还有水彩画《无名画家》（1980，1982），油画《台阶》（1982—1983）、《五位愚蠢的少女》（1983）等，都是法西斯建筑的模拟性图像。

基弗虔信真实的力量。历史的真实，内心的真实。为了寻找事实中的材料进入画作，包括石头、土壤、植物、砖块、铅、骨灰，以及织物，他会像探险家寻宝一样，一直寻到源头。他十分看重原型，看重材料及选址的真实性，看重两者间联系的内在意义。既是实存，又是隐喻。他像巫师一样信赖旧日的遗物，拟托亡灵，且像炼金术士一样赋予虚无以生命。

巫师和炼金术士在生死相克中介入，是现实的干预者，神秘主义革命家。

可以比较基弗的《内部》和柯罗的《从君士坦丁大殿拱廊看斗兽场》。

同为废墟，柯罗是敞亮的，拱廊作银灰色，远天微蓝；基弗是封闭的、凝聚的，天花白是有限的白，为宽阔的黑色块所包围。柯罗安静而落寞；而基弗是压抑的、焦灼的，仿佛听得见石头沉闷的声响。柯罗作为风景画家，以古典的抒情调子，流露对古帝国的向慕、眷恋和永不可及的惆怅；基弗对自然风景没有太多的兴致，他笔下是历史风景，常常为一个时代的生死兴衰而陷入沉思。他是诗性的，又是理性的；他是古典的，又是现代的。他为自己设限，在美与真实之间保持距离，保持内在的张力。

巴札克，阶梯，廊柱，门

一

基弗从布亨迁至巴札克，从画内走向画外，从地面走向天空。在

200英亩被废弃的养蚕场上，他织造建筑师之梦。

几十座独立建造的小楼。铅石混制的七层塔。崛起，倒下，崛起。整齐而零乱。基弗说，他喜欢看到他建造的塔楼在绳子的拉曳中摇摇坠倒的瞬间。他享受毁灭。

我怀疑，同《占领》系列一样，画家在体验独裁者治国的情形。所谓装置艺术，不仅装置而已。

关于塔的神话——

基弗说，塔置身于天地之间，除了雷电，它们还吸引了别的东西。它们裸露，脆弱，不堪一击。

基弗说，他从来不喜欢建好的房子，包括自己的工作间。他喜欢的是放下第一块砖时的感觉，因为那时，一切都是未知数，世界的式样仅仅在想象中成形。所以，他的塔，给人们的印象总是废墟。

基弗说，废墟，包围了他成长的全部岁月。但是，他从来不像人们那样把废墟仅仅看作灾难和耻辱，也看成一种新生。

夜幕低垂，阴云四布。

塔楼只剩下一个个突兀的影子，有如复活岛上的石像，在天风号啸中，默默守望，千年无语。

塔楼的每个楼层都有坼裂下坠的危险，只好加入楔子；然而楔子又有坼裂下坠的危险，只好等待毁灭……

阶梯向上翘起，向上，向上，然后顿然中断，犹如一支又一支折断的翅膀，挂在空中，接受飞鸟的吊唁。

钢筋水泥板弯曲作波涛状，其上覆盖冰块，放置一件小小的铅制轮船模型。

绝望的航行。

水泥柱满地狼藉，夜来的大雪为它们裹起尸衣……

这么多建筑：未完成的建筑，残缺的建筑。

永远的未完成，永远的残缺。

被炸毁的历史名城德累斯顿

完成意味着生命的完结，无限的完整，只是一个幻相而已。总有一种力量在阻绝生机。破坏是永远的，正如建设是永远的。

摄影中的巴札克——

显然，基弗并不想完全回到世界内部，而是同世界比邻而居；在内部感受，在外部观察和思考。艺术总有一种超越世俗的品性，形而上的品性。所以说，这里已非基弗的居所，而是我们面临的世界，不完整的世界，真实的世界。

二

还有强制性建筑。

多层级的房子，封闭的房子，规整划一的房子。完全的集中营式。过道里偶尔放一块石头，一本书，一尊古希腊女巫雕像。其实，这些零散的装置对于营房来说，无异于风马牛。

严密与自由：同一度空间中的两个世界。

巴黎的萨贝提利耶医院和它的小房间在基弗手中再度呈现时，已然转化成为一个具有纯粹意义的图像，一个由专制思想与现代技术力量合谋以控制身体，控制个体生命的象征。

这里没有廊柱。

廊柱不是属于圣殿，就是属于魔窟。

基弗是喜欢廊柱的。他画的柱子并非希腊罗马式的圆柱，多呈方形，颀长，坚实，斑驳有如创痕。或许在他看来，单独的廊柱是美的，可是，一旦藉以支持帝国大厦的沉重的拱顶，美便坍毁了。所以题画时，他把廊柱比喻为一群愚妄无知的少女，就是为此。

廊柱岂能是独立存在的呢。

三

不见开阖的门不是门，是墙；

没有门的屋子不是屋子，是陵墓。

基弗画的门总是关闭的。

而此刻，他的铁屋子却打开了一道窄门，藉此诠释人类的命运。

在绿树红墙的掩映中，赫然矗立着这样一间铁屋子，无论如何是怪异的，可怖的。屋子作深灰色，矩形，绝密。门外有台阶及少许护栏，门内黑黢黢地无从窥测，你不知道这是展馆，你不禁问：这是人的所在吗？如果没有人，那么窄门就是诱惑的入口；如果有人，窄门则成为逃亡的出口。但是，只要开放一个门洞——唯一的门洞，无论出入，捕获的机会将会大得多。

德国最重要的城市全部被盟军轰炸摧毁

你进入窄门——

两壁荒海旋即包围了你。转瞬之间，世界变得无限大，而你变得无限小。巨浪滔天，一艘艘战船遍身锈迹，仿佛穿越千年向你飞射而来。你惊惧，急欲逃离，然而安全岛在哪里?

捕获你的，首先是你的恐惧感，你的心。

广场与密室

一

广场是都市的心脏。

德国投降后，德国妇女在清理柏林的瓦砾。德国有一百多座城市遭到轰炸，多数城市的一半房屋被毁，清理建筑废墟主要由妇女承担，由此产生出一个专门词：“废墟妇女”。她们总共清理了4亿立方米的瓦砾。

破碎的心脏。

二

广场在基弗的粗帆布上是有序与无序的砖块，飞扬的沙粒，黄尘弥漫……

那么大的潮水，怒涛汹涌，而今已然退尽。钟声喑哑。火光衰微。卷起的旗帜，如同对准弓弩的鹰隼的翅膀，在风中无力地坠落……广场空无，平坦而寂静。青春的胴体卧倒在那里，就像活跃的鱼群，纷纷躺倒在干涸的海滩上……

是残酷的季节。为了一束白色素馨花，人们从四面八方前来，广场因他们而变得丰盈，焦灼，狂暴，充满嚣声。疾风扬起千万支手臂，于顷刻间长成一座焚烧的森林，然后上升，上升成高原，悬于世界的额际。守望者在黑暗中寻找星辰，倾听狂跳的心，空洞的胃，脉管里血的嘶鸣，以及那渐渐远去的回声……

在德拉克洛瓦的女神之后，死神悄然逼近……

车辚辚车辚辚车辚辚……

到处是《麦克白》的敲门声……

跑呵，跑呵，黎明的白马还跑在路上，罗马已经陷落。当广场再度升起时，正如基弗用砖、石头和沙子所铺筑的，那是一座祭坛——

可是没有鲜花，

今夜，蜡烛无人点燃……

三

密室。

光净的地板上，一支带血的短剑——诺桑，直立在那里。

密室想必同广场连在一起，不然，为什么这样逼窄的空间也有火焰和鲜血呢？

密室想必同广场连在一起，即使大门紧闭，也有暗道相通，如同化妆间连着舞台一样。当演出开始，伟大的领袖、将军、警察头子、小丑、侏儒、说谎者，就会在密室里套上假发、面具和手套，各各穿上合适的服装，然后依次登场；如果演出结束，他们又将回到密室，还原了本来面目：谀媚，庆贺，玩笑，聊天，下跳棋或打桥牌……世界从来是小的控制大的。密室控制广场，正如领袖控制

基弗画作
《诺桑》
（1973年）

党，党控制国家一样 。我们看得见广场，看得见广场上的人群、火光和血，却忽略了密室；我们看得见整个国家，却模糊了罪恶的黑手……

所有这些，都是基弗留给我们的关于第三帝国的想象。在他的画作里，无论广场，无论密室，都空无一人；只有火焰，鲜血，风暴和沙粒……

密室想必同广场连在一起。

四

在夏日的边缘，
飞霜、飘雪……
我们从密室
的窗玻璃里窥见怪异的冬景，
从颤抖的火焰里听到
广场外，那浩荡而凄紧的风声……

一位母亲 站立
在风中。
此刻，惟无言地伸出双臂，
把死去的孩子高高地举过头顶——
风雪茫茫……
谁可以上前
替她承受那份生命的沉重？

西格弗里德忘却了布伦希尔德 。
忘却了。尼尼威的城墙已朽，
梆声随逝水远去。

昏盲的守夜人没有子嗣，
凭谁在广场满地断砖的锈迹中辨认
坚定的钢铁？忘却了。
太阳的余晖穿过沙漠——
那么多金字塔，那么多不朽的死人！
谁会想起塔内密室
某具木乃伊曾是一言九鼎的僭主？……
忘却了。白蜡树之花
开遍倾斜的屋顶。
时代如此荒芜，
往日的故事由谁讲述？谁可以讲述？

基弗画作《西格弗里德忘记布伦希尔德》（1975年）

五

广场。营地。帐篷。

疾风卷起铁丝般的头发，散乱的头发，长长的头发……

沙子从发中落下……

——英博珂·巴赫曼！

——英博珂·巴赫曼!

基弗在沙地上反复写下策兰的女友，一位诗人的名字，伴着风，时间，声音……

唯一的名字，

你的名字，我的名字，人类的名字……

书

一

书是另一种火，由人类心智点燃的火，照亮蒙昧和黑暗。

书里有思想的凝云、雷和闪电；有情感的湍流，溪涧，漩涡，和深的湖。雨果把书比作自由的鸟群，飞向四面八方而占领着时空的每一个点；其实也有落网的时候，虽或可以断定其无法灭绝，但说无法截获是不确的。

书铺出人类的道路：荆棘、石头、泥沼、深渊……文明的脚步是如此艰难。

那么多逝者。书是他们的纪念碑，不但记录着光荣与梦想，而且记录着各种迫害、屈辱、苦难和无辜的死亡。今天，如果不再信任生活，而试图寻找新的道路，就把书打开吧！如果要寻找伟大的灵魂的照耀，就把书打开吧！如果要寻找爱与同情，寻找勇气、智慧和力量，就把书打开吧！书是未来的纲领，任何胜利和失败的行动，早经载入海浪般重重叠叠的册页之中。

书是不朽的。

千百年来，单是自然的灾厄，便使这个沉默的族群蒙受了极大的损失，更何况独裁者的禁毁？然而，它们骄傲地活到了现在。看看希腊，看看罗马，多少神庙坍塌了，多少雕像毁坏了，多少王公贵族连同他们光华万丈的生活都已消亡；而荷马和彼特拉克，他们的诗卷依然握在后人的手中，为热烈而温煦的目光所摩抚，犹如沐浴爱琴海和亚得里亚海岸的阳光。

在逝者与生者的联系中，书是最直接、最富有意义、最有效的方式之一。

二

基弗说，他的作品大半属于书。

他对书充满热爱。

书是一种饱含精神的物质。为了揭示精神的奥秘，他制作的书，并非单纯的纸质。纸，同铅片、铁丝、麻布、石头常常复合在一起，书页里黏满了照片、花瓣、黏土、沙粒、鲜血般的红墨水……迷宫般繁复而深邃的精神，对于他，正如火与金属对炼金术士一般的富于魅力。他的书，既是具象的，也是抽象的，具有物质性和精神性的混合的特质。

世界上有不可读而可思的书，这是基弗独特的发现和创造。

由于基弗在这里居住过，布亨终于变做了七部书。

书册里镶嵌着村庄、道路、旷野的荒凉的面影，天空因爆炸的烟霾而呈现出恐怖，有的页面全然是墨迹，仿佛世界剩下的只有焦炭。封面由烧过的粗麻布制成，这些布料，是被画家事先毁坏的画作的残余物。

《孤寂的20年》(1971—1991)为纯属于自己的时间造型。这是一组书的雕像。其中，有的是铅薄板支撑着的打开的账簿，也有手工制作的书，它们叠放在一起，或者与木板、干花，一些枯燥的事物为伴。据说铅薄板取自科隆大教堂屋顶的天花板，空白的书页印着许多黄褐色的斑块，则为画家的精液所玷污。

在书册的深处，画家把自己隐藏了起来。

尼采作过如此的描述：

在本书中，你将看到一个工作在地下的人，一个挖掘、开采和探索地下世界的人。如果你有一双足以洞察这项作业的眼睛，你就会看到，他谨慎、不动声色和不可动摇地向前推进，几乎看不出有什么苦恼的迹象，而这种苦恼本来是任何长期不见天日的人所不可避免的。你却可以说，他不无愉快地工作于地下的深处。这是否意味着，也许有什么信念支持了他，有什么慰藉补偿了他？仿佛他要的就是这种长期的黑暗，就是不可思议、不为人知和难以理解，因为他知道这样做的结果是什么：他自己的白天，他自己的拯救，他自己的曙光？……他将返回人间，这是没有疑问的：不要问他在那遥远的地下寻找的是什么，一俟他重新变成一个人，这位似乎暗哑无声的居民就会开口讲述他自己。谁要是和他一样，像只鼹鼠似的在地下孤寂地生活了这么长时间，谁就会完全不知道什么叫做保持沉默……

书册沉默着。

沉默的语言无人知晓。

三

多么阴郁的记忆呵！

瞧！书被绑在战机的双翼之上，战神把它带到了哪儿？

舰艇在书上游弋，那是异己者、入侵者、君临的统治者，还是书之魂，自由意志的象征物？虚拟的海面散落一簇簇浪花，一簇簇凋零的白色花……

书册被卷入唐豪瑟的骑士之梦里，卷入玫瑰风暴里，卷入铁网里；那些枯枝，那些干花，再也找不到青春的姐妹了……

铅制的书被竖立起来，并且打开，可以看到那经了腐蚀的森冷的页面上，溅满了大大小小的彩色斑点：花与星星。画家用标签题写了国家航空暨太空总署的星星数目，用绘画线把它们联结到一起，然后起下名目：植物的神秘生命。

当书页阖上，当生命隐匿起来，就能听到辽远而幽闭的地方传来的声音吗？——祷告、呻吟、哭泣，连彼此交谈也是耳语般的低悄……即便世界敞开，声音那么柔弱，就确信一定可以听到？

基弗画作《女祭司》（1985—1989）

是的。这是一部特别的书——

铅制的书页，被塞进一个构造严密、规整、简洁却不失精致、设有开关的褐色匣子里。这褐色，令人想起党卫军的褐色制服和橐橐发响的长靴。匣子偶尔被揭开，看得见那些铅片一页页竖立着，像是排列等候一个决定命运的时刻似的。

画家用了霍布斯著作的名字称呼这个作品：利维坦。

国家，可怕的巨兽。

基弗对于国家并不抱坚定的信仰，更不必说极权主义国家。作为一个人道主义者、神秘主义者和悲观主义者，对于高踞于人权和自由之上的国家主权是不信任的，甚至是藐视的。

在画家的眼里，有那么多的废墟。

装置作品《两河流域》，与同名油画一样，所呈现的都是国家的废墟。如果说，油画在废墟中尚存一点温柔的色泽，那么以书和书架的形式出现的，则只有沉重、忧郁和恐怖。

这是一座图书馆式的雕塑。作品由两个13码高的书架组成，书架每层摆放着巨大的线装书，因为书页散乱，于是有铁丝相牵系，与原先的断裂的装订线交缠在一起。线装书多已泛黄，发皱，反卷，凹凸不平。在书中，画家蓄意留出许多空白，着字的部分，忠实地记录着他个人对时代的沉思，空白却不尽是个人的，也是历史的，有些空白注定永远无法填写。

画家又为作品取名为《女祭司》。他要从源头说起，让女祭司说出国家衰亡的秘密。女祭司源自塔罗特牌的第二张，即术士的形象。这是一套古老的纸牌，用于占卜和游戏，占卜时，与原形达成共时性。当基弗以一种命名的方式，在人类文明遭到浩劫的影像中插入女祭司，就暗示着：历史的劫数有着可怕的秘传。

——眼前的大书架，不就是3世纪毁于大火之中的亚历山大图书馆的投影吗？

四

书的殿堂是神圣的，却是孤立的，险峻的，无路可以前往。

基弗把书册砌成殿堂状，置于重叠多层的钢筋水泥预制件之上，有如危崖，暴露的钢筋像一根根枯枝伸向空中，有的残留着水泥块，犹如初冬的枝头悬吊着零余的坚果……

人之书遭到人类的放逐——

焚烧，囚禁，流徙，藏匿，无人阅读……

基弗把一部打开的书弃置在荒原上。孤零零的书。围绕它的是冻土地，古海，依稀可辨的花瓣，血迹，阴云，看不见的风暴以及冰雪……

大地的孤儿！

即便让伊卡洛斯给装上翅膀，也逃不出这个充满杀机的世界。

对书的侵害，就是侵害人类自身。

当人类可以毫不顾惜地弃绝记忆、良知、知识，弃绝真理、善与美，弃绝书中的一切，世界的希望何在？

图书在版编目（CIP）数据

看灵魂 / 林贤治著. -- 贵阳：贵州人民出版社，
2018.11
（林贤治自选集）
ISBN 978-7-221-14949-7
Ⅰ. ①看… Ⅱ. ①林… Ⅲ. ①诗集—中国—当代②散
文集—中国—当代 Ⅳ. ①I217.2
中国版本图书馆CIP数据核字(2018)第271907号

看灵魂

林贤治 / 著

选题策划：京贵传媒
组稿编辑：黄筑荣　陈滔
责任编辑：刘泽海　马文博
出版发行：贵州出版集团
贵州人民出版社
（贵阳市观山湖区会展东路SOHO办公区A座）
邮　　编：550001
印　　刷：北京温林源印刷有限公司
开　　本：680mm × 960mm　1/32
印　　张：11.25
字　　数：260千
版　　次：2019年1月
印　　次：2019年1月第1次印刷
书　　号：ISBN 978-7-221-14949-7
定　　价：45.00元